有爱的青春陪伴者

晚风思起

韩安逸·著

江苏凤凰文艺出版社

图书在版编目（CIP）数据

晚风忽起 / 韩安逸著. -- 南京：江苏凤凰文艺出版社，2023.12
ISBN 978-7-5594-7865-8

Ⅰ.①晚… Ⅱ.①韩… Ⅲ.①长篇小说 – 中国 – 当代 Ⅳ.①I247.5

中国国家版本馆CIP数据核字(2023)第130865号

晚风忽起

韩安逸 著

责任编辑	王昕宁
特约编辑	周丽萍 李 娜
出版发行	江苏凤凰文艺出版社
	南京市中央路165号，邮编：210009
网　　址	http://www.jswenyi.com
印　　刷	长沙鸿发印务实业有限公司
开　　本	880mm×1230mm 1/32
印　　张	9
字　　数	184千字
版　　次	2023年12月第1版
印　　次	2023年12月第1次印刷
书　　号	ISBN 978-7-5594-7865-8
定　　价	39.80元

江苏凤凰文艺版图书凡印刷、装订错误，可向出版社调换，联系电话025-83280257

目录

第一章 /001
想吃什么就吃点什么吧

第二章 /023
哭后眼睛如何不肿小妙招

第三章 /043
专业选手禁止参赛

第四章 /080
外面的世界充满了危险

第五章 /104
你像极了情窦初开的少年

WANFENGHUQI

目录

第六章 /135
我不想考虑除你以外的任何人

番外一 /271
"嗑"的 CP 成真了

第七章 /173
我来谢谢你相信我

番外二 /277
你是我的第二份半价

第八章 /224
顾医生,我和昨天一样喜欢你

第一章
想吃什么就吃点什么吧

温尔雅盯着眼前的地板,医院独有的味道一个劲地往鼻子里钻,她软绵绵地趴在病床上,正脸塞在床洞里,像是一根刚从沸水中被捞出来的面条。

手机不断地振动,给温尔雅推拿的医生都没忍住,贴心地询问道:"小姑娘,要看一眼不?"

忍着推拿时憋着的一口气,温尔雅闷哼了声,表示不必。她不用看也知道,肯定是来祝她二十四岁生日快乐的。

想到这点,温尔雅不禁悲从中来。她原本打算今天拿着身份证去各大商场领取会员生日福利的,没承想刚起床就因为头晕得不能动弹又来了医院。

今年才过了一半,她已经第四次出现这样的情况了!

"好了,你多注意,年纪轻轻的,有点严重。"

随着医生的话,她还没把脸从床洞里"拔"出来,隔壁病床头发已经白了一大半的奶奶就搭上了腔:"哎哟!这么小,颈椎就出问题啦?"

温尔雅想点头,奈何她现在脑袋一动,就觉得世界都在旋转,只能老老实实地趴着没动弹,嘴上"嗯"了声。

"这小孩,胸椎和腰椎也不好,是咱们这儿最年轻的常客。"

医生的这句话像是砸中了奶奶的语言开关,奶奶立刻熟络地将一个接一个的问题抛了出来,并吸引来许多年龄在五十岁上下的病友前来围观。

在他们七嘴八舌的讨论下,温尔雅完全不想把脸"拔"出来了。

俗话说得好,必要时刻藏好自己的长相,比掩盖起自己身体的任何一个部位都有用。

在她静止不动的时候,周围的人已经聊到他们老家邻居的小孩因为不爱惜身体而瘫痪的事情。那位开了话头的奶奶话锋一个急转弯,扯到了温尔雅的身上:"小姑娘,你这样以后也是要瘫痪的。"

一句话让温尔雅原本晕乎乎的脑袋开始隐隐作痛。

顾不上别的,她一个鲤鱼打挺坐了起来,抓起手机露出一个讪笑后迅速冲出围观群众。

以后再也不来这家医院了!

温尔雅握着手机,恨恨地在对话框内打字:救命!我尴尬症犯了,好想远离这家医院,但是我想健康活到下一个本命年。今年生日愿望,赐我一个老中医,让我这棵老树回春。

原本送祝福的众人收到温尔雅这条群发消息,纷纷询问她什么情况,能否突破她上次写的大尺度剧本上线后被家人包场观看的程度。

只有发小严焕算有良心,他发来一串"哈哈哈"后,表示立刻给她安排一位老中医。

于是,温尔雅二十四岁生日的这天晚上,她坐在烧烤店,透过烧烤的烟雾,似乎看到了长寿的曙光,闻到了健康的气息。

"顾行舟。"

被带来的"老中医"年纪并不大,二十多岁,配上干干净净的装扮,没开口前满是少年的气息。可一开口,再配上这个名字,莫名地给他添了一份稳重。

顾行舟说话的时候脸上的表情不多,嘴角微微向下。温尔雅感觉他不怎么好相处,下意识地看向一旁的严焕。

身为跟她一起长大的人,基本的默契还是有的,严焕只凭借她的眼神就知道了里面的含义,笑道:"温尔雅,温文尔雅的尔雅,但是比我还话痨,认识我们的都说她比我还让人烦。"

"说过这话的只有你妈吧?"和严焕聊起天来,温尔雅一直紧绷着的肩膀才松散下去,"阿姨还说你长得帅呢,这话也信?"

严焕被调侃了也不生气,笑呵呵地将温尔雅的手腕扯起来放在桌子上,他对顾行舟挑了下眉梢:"来来来,老中医让她闭嘴,给把把脉,看看她这小体格,有没有我的好。"

严焕身高直奔一米九,整个人白瘦白瘦的,一副"体弱"的模样。温尔雅和他开玩笑都不敢太用力,怕他伤筋动骨受了伤。和这种从内而外散发出"虚"的人相比,温尔雅还是有自信的,起码她有着徒手拎矿泉水桶上六楼的伟绩。

但随着顾行舟的指尖放在温尔雅的手腕上,他眉头越发紧皱,温尔雅的自信产生了一丝动摇。

几分钟后,顾行舟急促地吸了一口气,一直没什么表情的五官皱在了一起,看得温尔雅心下一紧。

"你这个情况……"

严焕立刻在一旁叫唤:"还有救吗?"

兴许是被严焕夸张的反问"惊醒",顾行舟意识到自己的神情有些过火,他的五官舒展开:"倒也没有那么严重。就是身体太虚,所以才会有许多小症状,注意一下作息。"

"可是我总睡不好,最近这几天,总是做噩梦。前天晚上还梦到我在高考,结果考到一半被人叫出去吃饭,吃饭回来卷子已经被收走了!"温尔雅提起这个梦还心有余悸,下意识地拍了拍胸口,"而且考的语文,我连作文都没写上。"

"你是天天写剧本写得太多了吧?哎,你上次跟我说的超级甜蜜大片开始写了吗?那种悬疑的,我一个大男人,不喜欢看。"严焕在一旁喋喋不休,声音和周围的嘈杂混为一团。

温尔雅抬眼,看到坐在对面的顾行舟不知道从哪里摸出来一个小本子,他正拿着桌上点单的铅笔写写画画。

这一瞬间，温尔雅觉得有些眼熟。

脑子里瞬间过了许多画面，不过都是影视剧里的，她还没想到自己在生活中什么时候见过这个男人，就被严焕拍了拍肩膀。

"……是不是？"

"嗯，差不多。"完全没听严焕说了什么的温尔雅开启了"糊弄学"的标准回答。

严焕瞄了顾行舟一眼，嘟囔了一句"点菜还挺快"，就将菜单塞到温尔雅手中："多补补，来点烤生蚝、烤大腰子什么的。"

"不行！"顾行舟立刻抬起头，表情严肃起来。只是还没来得及听他说为什么不行，温尔雅的手机就响了起来。

她一看，是导演打来的。

徐导和温尔雅合作过许多次，他的性子有些拖沓，不是要紧的事情，他一般不会直接打电话过来。

"不好意思，接个电话。"

温尔雅都没顾上起身，赶忙接通，不小心摁到外放，徐导略显无奈与疲惫的声音就冒了出来："咱们送上去的本子，那边二轮反馈下来了，想一起聊一聊，挺着急的。你那边方便吗？"

温尔雅连声答了几个"方便"，示意了严焕和顾行舟一下，她就去外面了。

这个项目就是严焕刚刚提到的"超甜蜜"题材，第一轮卡了很久，可以说是温尔雅做编剧这几年修改过最多遍的项目了，好不容易推进到二轮，她听徐导现在的语气，估计情况也不怎么乐观。

果然，她一边走着，徐导的叹息就钻进了耳朵："他们这个第二轮和第一轮审的人不是同一批，想法挺多的。我看了一下，和之前提的意见有些矛盾。"

温尔雅无语。

出门被热风一吹，温尔雅起了一身鸡皮疙瘩。

在她看来，这样的大幅度修改比重写还要麻烦，这本子要不是她"夭折"了无数个言情项目后唯一"存活"的甜宠剧，她早就——还是得伺候。

"这就是成年人的生活吗？'八岁'的我好累。"

"三十八岁的我也已经被折磨得面目全非，不如转行卖红薯去吧。"

两人私下关系很好，嘻嘻哈哈了几句，双双苦笑了声。徐导扯回了正题："那我先挂了，拉个群聊，群里说。"

"行。"

温尔雅回答的时候就已经把手机拿离耳边，插上耳机。

耳机被塞进耳朵的瞬间，她深呼吸了下，将心中那团似乎要烧起来的名为"烦躁和紧张"的无形火压了压。

这么多年了，她依然讨厌任何类型的修改。

每次沟通都像讨价还价，对方要杀内容的价，人设风格细节都要"雕琢"几刀才肯买走。而自己呢？只能推销自己的作品哪儿哪儿都好，希望对方手下留情。

最后的结果也能预见。

一定是妥协。

手机又响了起来，温尔雅打起精神，接通后先问好了一句。

对方很客气，开始前还寒暄了两句："我知道温老师比较擅长写悬疑，现在在我们这边播的那部剧的收视数据就不错，咱们这个甜宠呢……温老师的个人风格还是比较强的。"

对方的话让温尔雅干笑了两声，她还不至于好赖话都分辨不出来，张口给自己找了个台阶："哪个少女不想写甜甜的爱情呢？"

众人佯装欢声笑语了一番后，总算迎来了正题。

今年的六月热得出奇，听着对方一个接一个的建议，温尔雅的汗很快就开始顺着额头往外冒。为了凉快些，她开始有些分心地沿着街道走下去，听到那边一声"温老师"，才停下脚步。

对方问："我们什么时候再碰一下呢？"

温尔雅："我争取这两天修改出来一版，今天周四，您看下周一方便吗？"

"可以呀，可以呀。温老师还是这么有效率。"

恰巧停在一家蛋糕店前，温尔雅忽地想起来，她今天的生日还没过完。

电话挂断，她待在原地没动弹，一阵疲惫感迅速席卷全身，刚刚下意识上扬的嘴角随之垮掉。直到透过玻璃的反光，温尔雅看到顾行舟站在自己身后，她转头对着他再次挂上笑容，露出了招牌酒窝。

"顾老师，你们不会是吃完了吧？"

他们这行的人不管对方是做什么的，都要尊称对方一声"老师"。

顾行舟没什么表情地点了点头，扬起手上的单肩包："严焕有急事先走了。"

"没给我打包点?"

温尔雅看着顾行舟空空如也的左手,眉头比刚刚开会时皱得还紧。她刚刚只喝了一口热水,这顿生日晚宴,就结束了?

"烧烤容易上火,不适合你。"顾行舟一本正经,从口袋里拿出一张写满字的纸塞到温尔雅的包中,"注意事项和吃什么,我都写在上面了。"

刚刚酝酿起的那一丝矫情的悲伤顷刻被无语席卷,温尔雅接过自己的包,和顾行舟大眼瞪小眼起来。

她不说话,顾行舟就也不作声,两人之间的氛围仿佛是在闹分手的情侣。

还是那种男朋友绝对不会低头的闹分手的情侣。

忽然,一阵面包的香味随着空调外挂机吹出来,温尔雅咽了咽口水,主动打破了沉默:"那个,吃饱了吗?要不买点面包?"

"你也应该少吃碳水,而且现在太晚了。"顾行舟丝毫不给温尔雅台阶,看了一眼手表,"我送你回去。"

"我家挺近的,我自己回去就可以了。"她决定和这位乏味的小中医就此别过,等会儿好到楼下的烧烤摊打包一盒超辣烤串回家,弥补一下今天寒酸的生日。

可惜,顾行舟没给她这个机会:"我答应严焕了,而且……顺路。走吧。"

他说着就迈开脚步,温尔雅下意识跟着走,拐过街角的时候恋恋不舍地望了一眼蛋糕店透出来的暖光。

今天还没来得及吃上一口蛋糕。

沮丧的情绪又慢慢涌上来,温尔雅懒得开口调节气氛,顾行舟也乐得清静,两人就并肩在炎夏的长夜中走着。

她沉沉地叹了一口气出去,胸口还是闷得紧,她随手在胸前捶了几下。

"可以这样,缓解胸闷。"

看到温尔雅这个动作,顾行舟将四个手指弯曲,在胸腔处轻敲了几下:"锁骨中间的位置到胸的两边,是三角胸腺,轻轻敲这个三角区,还能缓解你睡不好的问题。"

"是吗?"

温尔雅在自己胸前找到这个三角区,没敲几下就停下了脚步,客气地表示自己到了:"麻烦您了。"

顾行舟礼貌地点了点头,站在原地没动,看样子是要目送她上楼。

知道他在身后,温尔雅也只能打消了溜去打包的计划——她住顶楼六楼,而且还没有电梯。

爬上楼,温尔雅立刻瘫在沙发上。

半晌,她的呼吸才彻底平复。

她漫无目的地刷了会儿手机才起身往次卧走。次卧被她改成了一个小工作室,平日里可以将休息区域和工作区域彻底分开。

次卧的窗户外面就是露台,采光极好、视野开阔。她偶尔还能在露台上支起炉子弄点烧烤,把投影仪搬出去就可以看个电影。这也是温尔雅会选择租在六楼，住这么久还没搬家的原因。

坐在椅子上，温尔雅打开电脑瞟了一眼时间，还没到十二点，没到她最有灵感开始干活的时候。于是，她顺手点开浏览器，调出上次没看完的电视剧，安慰自己：这不是拖延，不是摸鱼，是学习。

磨蹭到凌晨两点，温尔雅才依依不舍地关掉网页，打开文档敲了两行半的字，胃酸却开始一阵接着一阵。最后实在没忍住，她拿起手机点开了外卖软件。

等外卖的时候，她干脆从椅子上挪到了沙发上，毫无形象地半躺着，举着手机调出了严焕的对话框：今天这位顾医生是"60后"吗？比我爹还成熟稳重、冷漠淡定。

"夜猫子"严焕一个电话打了过来，听完温尔雅的复述，在对面哈哈大笑起来。

"不愧是编剧啊，生动形象，我都有画面了。"

"今天这顿饭不算我头上啊，下次你再请我一顿。"温尔雅说着，就听到一阵敲门声，她起身穿上拖鞋，"还得补给我一个蛋糕。"

"不是吧，温尔雅，现在是凌晨两点三十七分，你不睡觉就算了，还吃外卖？"

严焕在那边大惊小怪，温尔雅已经打开门拿到了包裹严密的外卖袋。提起来的瞬间，烧烤的香气飘入鼻腔。

"烤翅中、羊肉串、鱼豆腐，还有一份疙瘩汤！"

"我要去告诉老中医，你不遵从医嘱。"

温尔雅随手把手机丢在沙发上，严焕听到一声闷响后，像是自己被摔到了似的音调都提了几分。屏蔽他声音的温尔雅迫不及待地撕开外卖包装，还哼起了刚刚在看的电视剧的片尾曲。

这个时间点，外卖送得格外快，烤串上经过烟熏火燎而变得焦香的外层并没有因为被锡纸包住而变得软塌塌。油脂丰厚的蜜汁鸡翅在灯光下闪着诱人的浅褐色光亮，三瘦两肥串在一起的羊肉混合着辣椒面和孜然的香气，肉香扑面而来。

还有烫手的疙瘩汤和外焦里嫩的鱼豆腐，温尔雅只是把它们从包装袋里掏出来，就开始不由自主地咽起口水。

桌上的餐巾纸没有了，她伸手去包内拿手帕纸，一眼就看到顾行舟塞进来的那张纸，顺手拿了出来。

只看了一眼，温尔雅犯困的脑子一个激灵醒透了。

严焕还在那边叫唤着要向顾行舟打小报告，温尔雅又将纸上的字扫了一遍，是一些常规的叮嘱和建议，但熟悉的字体还是让她将今晚的身影和记忆中的人重合了起来。

难怪！难怪她会觉得顾行舟低头的时候那么熟悉。

这不就是她总去的那家医院，给自己写过几次病例的顾医生吗？

只是温尔雅每次在医院看到他时，对方都戴着口罩，没有戴过金丝边眼镜，差别有些大。但是这个字，她当初看到后还专门发过朋友圈，称赞是第一次出现她能全部看明白的病例本，而且字迹端正规整，建议全国推广。

严焕当时还评论了她。

严焕：不难看出是一个老头的字体。

"别去!"温尔雅回忆起这番往事,连送到嘴边的鸡翅膀都顾不上吃便脱口而出地制止。

她一边咽口水,一边三言两语地给严焕讲清楚了缘由,听得严焕连连感叹了几句缘分后,又绕回了打"小报告"上:"今天在饭桌上我已经答应老中医当他的卧底监督你,免得他给你越调理越差,砸了人家的招牌。所以我刚刚已经给他发了消息,说你现在不睡觉还点了全城排名第一的烧烤当夜宵。"

温尔雅酝酿了一下情绪,丢下一句脏话就挂断了电话。

温尔雅盯着手中的纸看了会儿,脑子里不由得浮现出顾行舟那张不苟言笑的脸,可惜刚刚没瞧个仔细,只匆匆几眼,所以脑海里的模样很是模糊,依稀记得眉眼干净。

她记起,自己当初看到这样的字迹时,还试想过口罩下会是怎样的一张脸。

原来,比她想象中的更年轻,模样也更精致一些。

被挂了电话的严焕回拨过来,让温尔雅也回过神,她赶忙去吃热度开始消退的烤串,顺便无视响动的手机。

等到吃饱喝足,手机也安静下来了,温尔雅才真正开始了工作。

直到窗外的天色从深黑里透出一丝蓝,温尔雅才总算整理好自己脑子里的思路,拍了拍想东想西的脑袋开始敲键盘。敲着敲着,她就开始打瞌睡,有几秒钟她甚至怀疑自己刚刚昏迷了过去。

等到外面天色彻底露白,她的脑子越发迟钝,强撑着又改了几页内容,最后甚至没有意识地打出了一句"困到模糊,好想睡觉"就合上了电脑，她闭着眼睛洗漱后就扑倒在床上。

在躺下的瞬间，温尔雅还不忘记努力支起眼皮，定了两小时后每五分钟响一次的闹钟来叫醒自己去追昨晚落下的进度。

第一个闹钟响起的时候，温尔雅根本没有意识，连着响了几次闹钟后，她才睁开眼睛，瞄了一眼时间。她觉得还早，就把手机一丢又闭上了眼。秒针"滴答"，窗外的天色走得如常，丝毫不顾睡觉人的意愿，温尔雅原想着"再睡个五分钟"，结果等她再次睁开眼的时候，时间已经是下午了。

温尔雅瞬间醒神，手机上的未读信息一条接一条地跳出来，还混着几个未接来电。水都没来得及喝一口，她赶忙一一回复，打哈欠的时候顺手揉眼睛，越揉越觉得左眼不舒服，在语音开会的时候还顺便点了个眼药水缓解。

一口气忙到晚上，温尔雅感觉左眼有些睁不开了，她又用手揉了揉，一阵痛感让她拖着身子来到了洗手间。

看着镜子里微微发红，还肿起来的眼睛，她的大脑下意识地给出了一个词——麦粒肿。

这个俗称"针眼"的毛病，和她的颈椎问题差不多，这已经是今年的第四次了。

果然，本命年充满了危险。

温尔雅赶忙用清水擦拭了几下眼睛，找出上次没用完的眼膏，随便吃了点东西后吞下一颗消炎药。

她双手合十，祈祷这次不要再严重下去。还没祈祷完，手机就响了起来,是徐导。

这通电话一打,事情就一件接一件地忙到了半夜,等到她头昏脑涨地关掉文档,睡下的时候,她已经能听到楼下环卫工人清理垃圾的声音。

因为第二天十点约了个线上剧本会,所以温尔雅干脆将定了闹钟的手机放在了客厅。次日,她被硬生生吵醒过来,开会的时候溜号对着前置摄像头左看右看,觉得眼睛虽然没有缓解,但也没恶化,便没将麦粒肿放在心上,继续埋头苦干了。

周一进行新一轮的线上会,对方客套地称赞了几句,询问温尔雅是否有空飞到他们那边,见面聊一下。当时,温尔雅拿起手机,看着自己已经肿得发亮的眼睛,心里一抖,礼貌地一口回绝。

她虽然不靠脸吃饭,但也是要面子的。

为什么这次会严重到连下眼睑都肿起来!早知道她就第一时间去医院了!

"等咱们意见再出来,我和徐导一起去。"温尔雅一边说话一边收拾东西,她约了医生,再不出门要错过叫号了。

"哎呀,知道我和你对接,我负责宣发的同事还说要谢谢你,要不是你上部剧的数据抗打,他又要被扣钱了。"

那边又扯了几句,但心思不在这上面的温尔雅有些敷衍,她应付几句,等到挂断后立刻冲出了家门。

为了找个心安,她甚至提前挂的专家号。医院里人来人往,温尔雅从医生那里得到了一个肯定的"不会瞎"的判断后，终于如释重负，带回了药膏和消炎药。

一周后，来串门的严焕看着温尔雅还肿着的上下眼睑，咬了口手中的冰棍。

"你这个针眼的情况，是看了多大尺度的内容，这么严重？"

"虽然你很闲，但是也不至于闲到坐两个小时地铁专门来胡言乱语吧？"温尔雅合上手中的合同，"就是那天见了你长出来的。"

"明天在附近拍摄，早上七点就要到，我家那么远，五点就得出门，那个时候还没地铁呢。再说了，我起不来啊。"严焕知道温尔雅绝对会让他赶紧滚出去，在她开口前补充道，"正好顾行舟也在附近住，我来投奔他一晚上，顺便看看你。"

"顾医生也住这边？"

温尔雅自问自答道："也对，我之前去的那家医院就在附近，难怪那天没车还要送我回来，原来是真的顺路。"

"还有就是，姜郁回来了。"

严焕说这句话的时候看似漫不经心，眼神却一直在温尔雅的脸上盯着。果然，她瞬间就变了脸色："所以呢？你明天的活儿是姜大导演的？"

"那个……主要还是，挺久没见了。"

"挺好的，有钱为什么不赚？姜导挺大方的。"温尔雅冷笑了一声，"可惜，我的水平入不了人家的眼，要不然我也能多赚点钱，以后去医院次次都可以挂个专家号。"

"还去什么医院啊,我直接带你去找顾行舟私下会诊。"严焕知道姜郁想让自己当说客的事情八成是没什么结果了,赶忙将话岔开。

只是温尔雅还不想搭理眼前这个有"叛徒"倾向的人,直接别过头不搭理他。

严焕见状,干脆站了起来,一把将温尔雅从沙发上拉了起来,半拖半拽地将她拉出了门。

顾行舟家的距离确实很近,就在对面的小区——人家小区还有电梯。

站在顾行舟家门口,温尔雅莫名地觉得有些尴尬,她一个约等于陌生人的患者突然上门,怎么想都很突兀。

她脚步微动,只是还没来得及溜走,门已经打开,顾行舟那张没什么表情的脸出现在了眼前。

严焕倒是轻车熟路,像是到了自己家,大剌剌地先进了门,还招呼起温尔雅:"不用换鞋,直接进。"

对于温尔雅的到访,顾行舟没说话,但意料之中地有些诧异。不过想到严焕好热闹的性子,他也就了然了,反正他平时就会将家中收拾得井井有条,不担心有客突袭……顾行舟看了一眼乖巧地坐在沙发上眼神却在四处飞的温尔雅,勉强将其定义为"参观"。

顾行舟的家不是冷淡风,相反,还有一些温馨。整体色调偏暖,目光所及,满屋书籍,不过并不杂乱。因为在家,顾行舟穿着休闲,再搭配轻松温馨的气氛,温尔雅觉得他比第一次见面的时候要好相处许多。

从进门开始，她就时不时地偷瞄顾行舟，毕竟上次没有看真切。这已经是第二次见面了，她觉得还是把对方的长相记下比较好，大家住这么近，日后路上碰到顾行舟，免得认不出来。

察觉到温尔雅一直在看自己，本就没话说的顾行舟表现得更加寡言，仿佛他才是客人。

"顾医生，看你家和我家的构造差不多，你租的房子多少钱？我当初还差点租到这边来呢！不过这边只多了个电梯，租金就贵五百块，所以我毫不犹豫地选择租在了对面小区。"温尔雅将乱飘的眼神收了回来，拘谨地用双手在膝盖上拍了两下缓解有些冷的氛围。

"你找个人合租不就省下来这笔钱了嘛，一个人住两室一厅，富婆。"顾行舟没回答，自如地靠在沙发上，拿出遥控器的严焕倒是抢起话。

温尔雅来这边已经三年了，搬了四次家，从三环到六环，从公寓到民宅，可谓是深入房地产市场。她租房要求一再降低，但唯一不改变的就是——绝不合租！

一来她睡眠质量差，有点动静就睡不着；二来身为一个半自由文字职业者，她大半时间都在家待着，在房间里走来走去是她思考和解压的方式，找人合租的话，空间大大缩减，影响她的心情和创作。

最重要的是——

"我都住在六环了，还不能住得舒坦点吗？这儿又不是黄金核心地段，几乎去哪儿都一个小时起步，这还要合租，我也太惨了吧？"温尔雅说着，"啧啧"了两声，"比不了某人为了夜生活方便，宁肯六家合租。"

"我主要是为了工作,工作。"

"晚上工作?你什么时候改行做夜场保安了?"

严焕和温尔雅斗嘴就没有赢过,却还乐此不疲。顾行舟也乐见每次都将自己说得哑口无言的人吃瘪,在一旁安静地看电视,甚至还拿出了眼镜戴上。

等严焕节节败退地服输后,这位看客才幽幽开口:"这是?"

见顾行舟的手指了指他自己的眼睛,温尔雅才意识到他在和自己说话,立刻停止了输出,语调都低了些:"就是麦粒肿,今年总这样。"

"是吃了什么吧。"

顾行舟的话带着肯定。

温尔雅知道顾行舟是给自己看过几次病的医生后,下意识地有种心虚。出于从小对这个职业养成的尊重,她想起自己没遵从医嘱的行为,不知该如何开口,眼神瞟向一旁的严焕。

刚刚被噎得哑口无言的严焕正愁怎么找回面子,见状立刻幸灾乐祸起来:"我不是跟你说了吗?那天你刚把她送回去,她立刻就点了烧烤。好家伙,那辣椒面,撒得都看不见烤串的颜色了。"

"微辣,是微辣。"温尔雅觉得自己还能再辩解一下。

严焕:"顾行舟,我就跟你打赌,她绝对不可能听你的话吧,还不如我呢!"

"一句都没听进去吗?"顾行舟的眉头皱了一下。

温尔雅回想了一下那张纸上写的注意事项,连最基本的早睡和忌口都没做到，而且别说收敛了，可以说是变本加厉。

"你自己知道就行了，也不用跟我说了。"顾行舟说完，起身走向卧室。

温尔雅抿唇，抬手一拳捶在严焕身上，疼得他龇牙咧嘴。

"你故意把我带过来让顾医生对我有意见是吧？"温尔雅压低声音，又捶了一拳，"激怒我对你是有什么好处吗？"

"疼疼疼……我这不是叫你来认认门，下次有什么头昏脑涨的毛病直接自己过来嘛。"严焕揉着自己的肩膀，"挂号费挺贵的，你又没医保。"

温尔雅只坐过半年的班，典型的退休之后连退休金都没有的无保障人士。

被戳到痛处的温尔雅立刻要再补一拳，胳膊刚抬起来，就听到顾行舟的声音："你的问题主要还是有火气，再加上熬夜，睡不好就会上火更严重。"

温尔雅将手缩了回去，给了严焕一个"算你命大"的眼神。

"我这儿有些去火的东西，你平常泡水喝。"顾行舟从卧室出来，拿着不少东西，慷慨地都送给了温尔雅，还贴心地用袋子给她装了起来。

温尔雅瞬间觉得自己省下了一笔巨款，看顾行舟更加顺眼了。

果然，医者仁心！

又坐了一会儿，眼看要到饭点，空手而来的温尔雅不好意思蹭饭，她懂事地主动走人，临走前还不忘嘱咐严焕："你欠我的那顿饭，我转赠给顾医生了。"

她一走，严焕立刻瘫在沙发上："晚上就别做饭了，还要洗碗，就吃泡面吧。"

顾行舟没搭理他，站在窗边往下看，依稀能看到一个身影走出楼道。

"是不是觉得我的身体已经算不错了？"

顾行舟将眼神收回来，一边摘下自己的眼镜，一边淡淡地评价了一句："你还有脸说别人？我说过你这个姿势对腰不好，你们两个都这么不听人劝，不如早点想吃什么吃点什么吧。"

严焕无言以对。

他把这句话略微改动后，发给了温尔雅。

严焕：顾医生说你想吃什么就吃点什么吧。

温尔雅：这么直接吗？

温尔雅新接的活是一位艺人想带编剧进组给发来的，那边催得很急，她很快就忙活起来。同时，徐导那边又发了消息过来，告知有个新的悬疑项目想与她合作。

她虽然准备转型与甜剧，但也还是要生活，总要有项目做。

徐导原本还担心被拒绝，没想到温尔雅爽快地答应了。他感叹道："我还怕你不答应呢，都开始发愁该去找谁合作了。"

"我都被打击得没自信了。"

想起那个"前途渺茫"的言情剧本，温尔雅叹了口气，她下意识用手敲了敲顾行舟告诉自己的三角胸腺。

"言情市场是好一些，但是你都在悬疑做出名气了，就先做着呗。"徐导语重心长，开启不知道第几次的劝导，"而且你写的言情也太畸形了，人家都是甜蜜蜜的恋爱，你动不动就把两人卷进什么凶杀案件里。干咱们这行的，多少还是要讲点天赋。"

"我还不够有天赋？"

温尔雅这句话虽是自夸，但她确实也是有天赋的。

她大一就出版了小说，同年卖了小说的影视版权出去，作为一名编导专业的学生，次年就进到了编剧这行。大三那年，她担任编剧的小成本悬疑网剧凭借过硬的内容上了好几个热搜。

后来她又连着接了三四个悬疑网剧。网剧虽说比不了院线电影和上星剧，比 S 级项目也差一大截，但制作快，等她大学毕业时差不多就上线了。对比其他还在急赤白脸琢磨项目经验的同龄应届生，温尔雅的作品量可谓是独占鳌头。

满打满算毕业两年，她又上了两部班底优秀的悬疑类的网络电视剧和网络大电影。高产又有数据、口碑的实绩，让温尔雅在整个悬疑圈子甚至网剧圈都小有名气。再加上她本人能很快接受意见、落地修改，大大节省沟通成本，高效的同时性格也不错，不少做悬疑剧的剧组主动给她抛来橄榄枝。

只是……温尔雅现在要另辟蹊径，去做自己之前完全没做过，明显也不擅长的言情剧，也实在是令人费解。

"别嘚瑟了，项目书发你了，看完再说。哎，还有之前咱们合作的那部剧，平台有意向做第二部，投资方也挺有兴趣的，这周末有空约个饭？"

"这周末不行，我要进组了。"

"什么组啊，还要编剧跟，现场飞页啊？"

"不是，朋友的一个朋友，是个经纪人，然后她带的艺人想带一个编剧进组。"

进组的编剧其实并不好过，人家一天的戏拍下来通常是三更半夜了，编剧还要被拖起来开会改本，而且没署名不说，还可能得罪人。但……这次的酬劳实在太可观了，温尔雅想着自己也好久没出门玩，便答应下来就当作公费旅游了。

"现在的艺人哟……那行，我先去，然后给你反馈，咱们有什么随时沟通。"

挂掉电话，温尔雅下意识地又敲了敲胸口，她刚刚在顾行舟家里就一直觉得恶心，现在这个感觉还没消失。

温尔雅几步走到洗手间，对着马桶干呕了几下。

没吐出来什么东西，她又用力咳嗽了几声，吐了几口，却见马桶里的水渐渐变红。

看着眼前这幕，温尔雅的第一反应就是自己流了鼻血，用手在鼻尖上擦了擦，什么都没有。

她直起身看着洗漱台镜子里的自己，脸色发白，头发有些凌乱。她又低下头对着洗手池吐了几下，几大口血覆盖在白到反光的瓷器上，刺得她的大脑瞬间失去了思考能力，一片空白。

第二章
哭后眼睛如何不肿小妙招

温尔雅几乎是下意识地给严焕打了电话。据他事后回忆，当时的她语气淡定，平静得像是和他约吃饭："我刚刚吐血了，你能过来一趟吗？"

严焕拉起准备入睡的顾行舟，火急火燎地叫车带她去挂了急诊。

温尔雅坐在医院的椅子上时，大脑才慢慢反应过来，她的心蓦地被一种恐惧包裹起来。小说一般写到这种情节，这个人也差不多要下线了。

她好像还有很多事情没做，但她一时间又无法从混沌中直接想出来最遗憾后悔的事情到底是什么。

急诊室的走廊上很是喧嚣，温尔雅却只觉得脑子有些木讷，空白得像是新建的文档。

在温尔雅身侧的严焕安慰似的轻拍了拍她的肩膀，递给她一瓶水："马上，下一个就到你了。"

"先别喝。"顾行舟挡了一下递过来的水瓶。

他语调冷静，不仔细分析连其中的安抚都听不出来："不知道哪里出血，应该要做胸片这些检查，喝水会导致出血部位看不清楚。"

严焕听到这话，表情瞬间变了。

"你干的真的是高危行业。妈呀，我把明天的活儿推了吧。"

温尔雅惨白着一张脸，摇了摇头："临时放人鸽子，你不怕被封杀？还把顾医生也叫来了。"

顾行舟穿着睡衣就出来了，是中规中矩的条纹款。

符合顾医生的"乏味"气质。

温尔雅意识到自己的脑袋里在想这些后，顿时有些语塞。她低头看看脚上的拖鞋，轻叹了口气，不用看也知道自己头发乱糟糟的，形象也没好到哪里去。

起码顾行舟出门前坚持穿了一双布鞋。

"我不会挂号这些，而且你说吐血，我还以为是狂喷出来的那种。"严焕嘟囔了一句，"而且他不想来我也逼不动呀……"

"到你了。"顾行舟没搭理两人，看到叫号的屏幕上"温尔雅"的名字一亮，立刻站了起来，虚扶了温尔雅一把，"你就别过去了，我跟着去就够了。"

这个"你"显然指的是严焕。

虽然温尔雅脑袋里第一个想到的人是严焕，但此时身边的人换成顾行舟，她也没什么意见，反而觉得更有安全感了些，兴许是他职业的缘故。

她胡乱想着，走进诊室坐到了小板凳上，里面的医生正一脸严肃地打着电话，示意温尔雅稍等。

"对，立刻、马上过来复查。"

医生显然有些无奈，挂断电话后还念叨了一句"都不把自己的身体当回事儿"，转头看着温尔雅，问："你怎么了？"

"吐了点血。"板凳上的温尔雅老老实实地答道。

"现在有什么感觉？是血丝还是大摊的血迹？什么颜色的？"

"淡粉色，比血丝多一些，现在就有些想吐，其他没有了。"温尔雅说着感觉了一下，"用力应该还能吐出来。"

"不要用力。"医生敲了几下键盘，"也别紧张，这事情可大可小，也许就是食道被划伤。你有这个意识就很好，防患于未然，但是为了确定胃部的情况，要先去拍一个片子，抽血化验。"

随着打印机运作的声音，温尔雅紧绷着的心情逐渐缓解，她看着医生递过来几张纸正想抬手，却被顾行舟先接过去。

顾行舟一言不发地带着温尔雅去拍了片子，又把人带到抽血的地方，然后折回到严焕身边。

他全程只和护士简单沟通了几句。

因为温尔雅现在病恹恹的，顾行舟看起来心情也不太好，严焕也就没再耍宝，三人一时陷入安静。温尔雅闭上眼，医院独有的味道径直往鼻子里飘，嘈杂的脚步声和对话声钻进有些昏沉的脑袋，温尔雅忽然有些庆幸——自己不是一个人过来的。

不然她现在八成要伤感一番，起码发三条朋友圈的程度。

她一边想着一边睁开了眼，看向一旁双手交叉放在腿上，盯着脚下地板砖不知道在想什么的顾行舟。

对方的嘴唇、鼻子与眉弓组成完美的起伏，温尔雅的眼神顺着那条优越的下颌线滑出。顾行舟没有逼人的帅气，甚至因为身上那股子疏离感让她下意识地没有在他面前说俏皮话的勇气，但他极其耐看，任凭她怎么挑剔都找不出一丝瑕疵。

是刚刚好的模样。

突然之间，"温润如玉"这个成语，在温尔雅心里似乎有了具象。

"顾医生，你想出道吗？"

顾行舟被温尔雅的话引得脑袋一歪，看向她。

他还没出声，严焕就叫唤起来："这话我早问过他！你知道我上一家公司吧？看到我给他拍的写真，非找我要他的联系方式，想签他。"

"你是半天没说话差点憋死了吗？"温尔雅收回欣赏的目光，怀疑地看了严焕一眼，"你拍的人像都好丑。"

严焕："请不要这样侮辱一个摄像师，你有没有想过是因为自己不上相？"

为了自证，严焕立刻将手机杵到温尔雅面前，熟练地点出一组图片。

照片上的顾行舟身穿服帖的西装，少年感和成熟气质微妙地交融在一起，完美击中温尔雅的审美。她的余光瞥了当事人一眼，对方像是把他们两个屏蔽了似的，没有任何反应，温尔雅立刻将刚刚被击中的审美修复——以实物为准。

"你熟练的程度像是给了不下八亿人看过，就这一组拿得出手的吧？"强忍着翻页的冲动，温尔雅以一副看过很多帅哥的姿态摆了摆手。

恰好报告出来，她和顾行舟一起起身，再次把严焕一个人留在了原地。

顾行舟像是完全游离于刚刚的对话外，没和温尔雅搭腔，在把结果送去给医生前，他快速扫了一眼，进门的时候低声又快速地说了一句："没什么事儿。"

温尔雅心下一定。

医生看完后，也给出了一个让人安心的答案："看起来没什么事儿，开几盒凝血酶，出去就喝两瓶，然后隔两个小时喝一次。你回家观察一下，明天没问题的话，就不用来复查了。"

温尔雅："那我需要一直躺着吗？还能正常工作、坐飞机出差吗？"

医生："最好不要剧烈运动，也别太辛苦，是公司请假需要证明吗？我可以给你开一张。"

"也不是……"

她今天才把后天进组的合同签了啊！

温尔雅还想再说点什么，医生刚刚打电话催促的那个病人恰好进门，他立刻站了起来："你有糖尿病，都吐血了还敢回家？去床上先躺着。"

温尔雅见状，立刻识趣地离开。

顾行舟把人安排坐好后自己去领了药，熟练得像是温尔雅专程请的护工。他拿着几盒药回来，突然开腔："工作能补，身体不能。"

温尔雅一愣，反应了一会儿，才明白顾行舟在说什么，答道："我是很有职业道德的，医生不也说了没什么事儿了吗……"

不知道是不是错觉，温尔雅感觉自己说完这话后，顾行舟充满嫌弃地盯着她看了好几秒。

顾行舟的确不喜欢不爱惜自己身体的人，但是他也算了解温尔雅的能言善辩，懒得去讨人嫌地给她讲道理。

顾行舟从严焕手中拿过水瓶拧开来，在温尔雅身旁蹲下，从药盒里拿出两个小瓶，熟练地打开，将冷水倒进去盖上盖子晃了几下："这个不能用热水，喝完之后也不能立刻喝水，最近别吃太热或者太冷的东西，太硬太刺激的也不行。"

他说着将晃好的两个小玻璃瓶递给温尔雅，看她喝下去后将手上的电子表摘下来补充道："我用手表定了两个小时之后的闹钟，是个提醒，用你手机把之后的闹钟也定上。"

温尔雅还在懊恼自己刚刚的回答不妥，听着顾行舟的嘱咐一个劲地点头。

一路无言地回到家，温尔雅站在门口想与两人道别，严焕却厚着脸皮进了门，直接在沙发上躺了下去："反正我去顾行舟家也是睡沙发，要不然我留下来照顾你得了。"

懒得搭理已经瘫在沙发上的严焕，温尔雅看向还在门外的顾行舟：

"顾医生，麻烦了，你要进来休息一会儿吗？还是……回去？"

顾行舟没有进去的打算，甚至十分绅士地都没有往屋内乱瞟，而是盯着温尔雅透着苍白的脸。本应该直接道别，却想到对方和严焕不靠谱的性子，他耐心地追问道："两个小时喝一次药，记得吗？"

"记得记得，这才多久，我又不是鱼。"

温尔雅说出这句俏皮话就再次后悔了，顾行舟一看就不太能懂她的幽默，瞧着他毫无反应的神情，她只能干巴巴地为自己的冷笑话补充解释起来："鱼只有七秒的记忆。"

解释完，似乎更加尴尬了。

果然，面对不熟悉的人，她的幽默完全无法发挥，简直是冷场大王。

温尔雅打着腹稿，想着再说一句什么来结束这场对话，屋内的严焕吆喝起来："她记得，但是肯定不能两个小时醒一次起来喝药。"

"但是我能不睡。"温尔雅刚刚就是这样想的，两个小时醒一次就够痛苦了，还要起来冲药喝药，她宁愿通个宵。

"你这一边通宵吐血一边喝药，应该没什么用吧？"

"休息很重要。"

顾行舟接着严焕的话开口。

温尔雅立刻老实地将撑严焕的话咽了下去，扭头瞪了严焕一眼："你不是要留下来照顾我吗？请一定记得叫醒我让我喝药，如果不能快速康复、按时进组，违约金能把我逼得违法乱纪。"

"我留下，方便吗？"站在门外的顾行舟，出乎意料地多管了眼前的这个闲事。

温尔雅是想推托一下的,严焕却抢着答应了下来,立刻从沙发上跳起将两人一个推进卧室,一个拉到沙发上。

躺在床上的温尔雅一想到客厅里坐着顾行舟,就觉得有些别扭,她不禁打算起来:自己经常失眠,还断断续续地总做梦,如今心里揣着事情,估计也睡不着,两个小时主动出去喝一次药,也就不用一直麻烦顾行舟叫醒自己。

想着想着,她就失去了意识。

事实证明,人平常睡不着,就是因为不够累。

等到大早上温尔雅才勉强恢复了些意识,迷迷糊糊地看到顾行舟敲门进来,拿着两个药瓶送到她嘴边,她下意识地张开嘴,任凭他把药倒进自己口中。

下一个两小时后,她才算彻底清醒过来,见顾行舟来送药,主动接过药瓶一饮而尽。

温尔雅去摸手机看时间,就听顾行舟说道:"现在是早上九点十八分,你的手机闹铃一直在响,我就把手机拿到客厅了。十一点十八分的时候喝下次的药。"

"那个,顾医生……"温尔雅听见自己沙哑的声音,用力清了清嗓子,"严焕呢?"

顾行舟抿了抿嘴,短暂地沉默了几秒:"你们两个睡得一样死。"

"啊?我睡眠很浅的!"

一晚上没睡的顾行舟看着温尔雅迷茫中带着一丝坚毅的脸,将"懒得多说"四个大字摆在了脸上:"我先走了。"

"顾医生，谢谢，谢谢！等我好了我再找你把脉，这次一定好好遵从！"

"别再来找我了，我对不爱惜自己身体的人不想浪费时间。"

顾行舟留下这样一句话后，走得潇洒。坐在床上的温尔雅眉毛都皱在了一起："我是还在做梦吗？"

温尔雅郁闷得连回笼觉都没睡，脑海里将顾行舟的人物小传都列了出来，开始分析他说这句话的动机。

越治她，她的身体越差，他怕砸了招牌。

说了她也不听，他觉得浪费口水。

一晚上没睡，他心情不好。

她蓬头垢面，他懒得搭理。

总结出四点的温尔雅决定：远离顾医生。

他不看到她，他的心情能好些——这是她最后的温柔。

这边，顾行舟一整天都眉头紧皱，惹得同事都忍不住发问："顾医生，是不是又遇到不听劝的患者了？"

顾行舟点了点头，下意识地想到温尔雅应该去复查了，然后给严焕发了消息提醒。

严焕：你跟她说一声呗，她就听你这个专业人士的。

顾行舟：我说话但凡她听了一个字，都不会变成现在这个样子。

严焕知道顾行舟的脾气，肯定不会嘴硬心软，偷偷摸摸给温尔雅来个贴心提示，便一个电话给她打了过去。

温尔雅正在排队，接通电话后感慨了两句："医院怎么什么时候来都要排队呢，人间疾苦可真多。"

"大编剧，你真是无时无刻都能口出金句，等我拍摄完去找你。"

"我明天就要飞走了，晚上收拾东西，你别来烦我。"温尔雅说着想起昨晚的经历，忍不住抱怨起严焕，"还说会照顾好我，结果呢？让顾医生给我送了一晚上的药，他现在再也不想看见我了，我失去了变健康的机会，你拿什么还？"

"哎，我过两天就去帮你哄哄！"

严焕打着电话，一个男人突然来到他身边："严焕，晚上有空吗？"电话被直接挂断，严焕一挑眉："现在有了。"

"好久不见了，我请客，喝点？"

男人戴着个卡其色帽子，穿了件半袖外套着一个马甲，手里还握着几张卷起的纸——这一副就差把"导演"两个字刻在脑门上的装扮让严焕感叹了一句："好啊！姜郁学长。我刚刚就想说了，你真的是越来越有导演范儿了。"

对方手臂一伸搭在严焕的肩头："别吹捧我了，晚上你叫上尔雅，别说我也去。"

"哎哟！学长，这不凑巧，尔雅生病了，在医院呢。"

"严重吗？我去看看！"

姜郁脸上的关心真真切切，但昨天严焕提了他一句温尔雅都差点翻脸，要是真的把人带到她面前，严焕断定自己会被她拉黑，连忙找补了一句："应该没什么事儿了，她要进组，等会儿就去机场了。下次，下次一定。"

姜郁脸上顿时浮现出一丝失落,伴随着那声沉沉的叹息,严焕心里也唏嘘起来。

他当初一直以为,自己能参加这两人的婚礼。

复查显示没事,温尔雅次日就飞往了剧组,还赶上了趟,收了个开机红包。

她来之前在网上搜索过自己要服务的艺人的资料,如果资料属实的话,对方年纪比自己还小一岁。等见到人,温尔雅觉得应该是真的,这个叫方语秋的小姑娘长得太可爱了,圆圆的脸配上一双灵动的杏眼,挡不住的青春气息。

"尔雅老师,我看过您写的剧,真没想到您会来。"方语秋大大咧咧地靠在沙发上,拿出手机要和温尔雅合影,"就我这咖位,但凡有点名气的都不愿意来当跟组,谢谢!"

"应该的。"

温尔雅露出一个礼貌的笑容,看着屏幕上的两张脸在心里感叹:明星的脸,真小。

拍了好久才算满意的方语秋终于聊起正事,她翻了翻手上的剧本:"其实我没什么想改的,就是跟我演情侣的那个演员带了三个编剧进组,所以公司才会也安排您过来。"

"咳!"

一旁的助理清了清嗓子,温尔雅也识趣地岔开了话题:"我们先看一下明天的戏。"

方语秋个性活泛,两人沟通起来很顺利,温尔雅对她第一印象还算不错。原本计划三个小时的会一个小时就结束了,临走前对方还非要送她一套自己代言的护肤品。

"这是我代言的第一个大牌,特别好用,你一定要用!"

"我今晚枕着这个礼盒睡,做梦都是你的代言广告。"

将人送走后,温尔雅站在床边将窗户打开,深呼吸了一口,她都能感受到空气里沿海城市特有的味道。

住在海边果然让人心情更好,精神松懈下去,连带着肉体都轻松了不少。

接下来的几天相处证明了方语秋确实是好相处的性子,温尔雅几乎没怎么工作,方语秋一下戏就带着她去逛街,并且自我调侃:不火的好处就是逛街时没有那么多人能认出来。

而且两人都是海鲜的狂热粉丝,借着方语秋的光,温尔雅觉得自己把一年的海鲜份额都在这一周吃完了。

"世界上怎么会有这么好吃的东西?"温尔雅吃完一盘大虾,窝在卡座的沙发里舒服地眯起了眼睛。

坐在她对面的方语秋看着她,又开始了最近挂在嘴边的吹捧:"雅姐我好喜欢你呀!你比我见过的搞这行的人都好!你入职我们公司吧,这样我每天都能看到你了。"

"距离才能产生美,我是属于大家的。"温尔雅伸出手向前一挥,仿佛挥洒出去了一抹圣光。

"要不然我把我哥介绍给你吧,他是搞音乐的,特别浪漫!"

"我怕分手之后他写歌骂我,就和我剧本里的每个变态反派都有我前任的影子一样。"

温尔雅的话不出意外地引起方语秋八卦的热情,连连询问什么样的男人才能获得"温尔雅前任"这个名号。

"他是一个……"

记忆里的姜郁总带着一丝自诩艺术家的傲慢,不过当初刚入大学的温尔雅一心觉得做他们这行的,就应该如此,睥睨天下。之后那些年,她也是在对姜郁的崇拜下,两人从学长与学妹到搭档,又发展为短暂的情侣。

那段比一首口水歌流传时间还要短的感情没有给她留下任何美好的回忆,甚至称得上温尔雅这辈子的阴影。

"平平无奇的男人。"说出这句话后,温尔雅就从沙发上跳了起来,"该回去敷面膜了。"

"啊?可是你怎么会找一个平平无奇的男人呢?"

方语秋紧跟着温尔雅起身,不死心地追问,换来了温尔雅的一个耸肩:"投资还有失败的时候呢,恋爱看走眼岂不是很正常。"

有些事情就不能提起,不然大脑会误以为你在调动这部分的回忆,导致晚上躺在床上的温尔雅有些失眠。她努力放空大脑,不让自己去想那些被她称之为"乱七八糟"的事情,强行逼迫自己闭上眼睛。

却在刚有睡意的时候,门被敲响。

温尔雅一个激灵从床上坐了起来,清醒又警惕地质问:"谁?"

"尔雅老师，是我，小汪。"

方语秋的助理。

温尔雅立刻起身打开了门。

见小汪那副焦急慌张的模样，温尔雅愣了愣问道："怎么了？改剧本吗？"

"不是，语秋可能过敏了，您能过去跟我一起把她送医院吗？"

温尔雅开始还有些纳闷，为什么要让自己一起，等看到方语秋后，她就明白了。

方语秋一张脸肿着，大大的杏眼都被挤成了缝儿，她情绪极不稳定，还在一个劲地哭，想必也是她让小汪叫自己来的。

"今天也没吃什么呀，怎么就过敏得这么厉害？"温尔雅看了身边眉头紧皱的小汪一眼，"叫救护车了吗？"

小汪："没有，她就是不肯去。"

小汪看起来比方语秋还着急，忍不住"哎哟"了一声，又是自责又是责备："平常就算了，现在进组了还不注意点！怪我怪我，怎么没把你盯得再严一点！这肯定要被追责的……"

方语秋被他的一顿话惹得哭得更厉害了："我这样肯定是要耽误拍摄进度了，万一被踢出剧组，公司跟我解约或者要赔偿怎么办啊？"

"别怕，我也过敏过好几次，吃了药很快就好了，早去医院一分钟就早好一分钟。"温尔雅此时也觉得棘手，可清楚抹眼泪没什么用，当务之急还是去医院为上策。

她拿起方语秋挂在门后的外套，给了小汪一个眼神。小汪心领神会，立刻上前去扶方语秋起来。

只是他的手刚碰到方语秋，方语秋就躲开了："我身上也疼，我感觉我动不了了！万一真有什么大问题怎么办，我刚刚看了，过敏也有严重情况的！"

"没事，没事！网上说的都是最夸张、最极端的情况，只能参考不能对号入座。"温尔雅也上前去拉方语秋。

比小汪好一点，她顺利扯住了方语秋的手臂。即便温尔雅自诩力气大，但耐不住方语秋不配合，扯了几下，人还在床上压根儿没挪位。

"我这样被人看到怎么办啊？万一，万一再留疤毁容……"方语秋越想越害怕，眼泪似珠串般接连滑落。

在一旁的温尔雅和小汪心里也着急，三人一时僵持。

突然，温尔雅像是想到什么，开口道："还记得我给你说过，来之前我认识了一个很厉害的中医吗？我现在就给他打电话，让他先线上帮你解决一下。"

为什么第一个想起的是顾行舟，这一瞬间温尔雅也不知道。

她脑海里给出的分析是：这种情况要找一个专业的人来，一能安抚方语秋的情绪，让她别那么紧张，说服她去医院；二能知道一些急救的办法，阻止情况更严重。

于是，她拿出手机拨通了顾行舟的语音电话，响了没多久，对方就挂断了。

温尔雅一愣，这才想起对方不愿意搭理自己。

温尔雅：顾医生，我这边有个朋友好像海鲜过敏了，您方便帮忙看一下吗？

温尔雅打上这句话发过去，那边也没回应，她顿了顿，只能佯装看到了回复，自言自语道："原来是这样！语秋，医生在忙呢，说等会儿回电。但是他特别说了，没什么事情，很常见，去医院差不多一晚上就好了。"

在温尔雅精湛演技的"连哄带骗"下，她和小汪总算将方语秋拖到了医院。

的确是海鲜过敏，不过应该没有那么快能好。

听见医生说"保守估计要三四天才行"，温尔雅的心也跟着紧了一下。

事已至此，方语秋再哭也改变不了结果，只能差小汪连夜联系了公司。温尔雅则尽心地守了方语秋一晚上，不是找搞笑视频，就是拿出压箱底的冷笑话，总算把小姑娘哄得睡了一会儿。

瞧着方语秋那张红肿的脸，温尔雅太阳穴跳动了几下，心中祈祷明天能有个平和的结果。

可惜……意料之中，第二天导演大发脾气，吓得整个剧组的人干活都比往常快了些。

方语秋的公司也一大早就派人赶了过来，对方先找导演聊了一番，才冷着脸找到肿着一张脸的方语秋，丝毫没顾及温尔雅也在场，开口就是一顿臭骂。

好不容易被温尔雅安慰好的方语秋顿时掉下眼泪。

"你跟我哭有什么用？去找导演哭啊！"

没换到怜爱,在对方的呵斥下,方语秋巴巴地去找了导演,又换来一顿呵斥。

在导演问方语秋"到底是吃了什么?为什么就不能管住自己嘴"的时候,一旁的温尔雅开了口:"导演,是我给语秋老师带的夜宵导致她过敏的。"

"你们这些写飞页的编剧哦,跟在组里就够捣乱了,你倒好,乱上加乱!"

导演碍于方语秋的公司,对方语秋说话还客气点,但对着温尔雅,用词可就激烈多了。

温尔雅耐心地听完对方的输出,充满歉意地低了头:"对不起,您说得对,我一定好好反省。"

众人又是一番道歉。晚上,方语秋的老板都赶了过来,总算换得导演的原谅,代价也显而易见——温尔雅立刻消失。

看着温尔雅,方语秋欲言又止,但最后也没能说一个字,连再见都没说。

不过,方语秋应该还是在公司老板面前帮温尔雅说了话。按照合同约定,这部剧杀青后才会支付的那笔尾款,在温尔雅踏上回程的飞机的那一刻就到账了。

一起到的还有平台那边发过来的修改意见。

温尔雅在飞机上思考了一路要如何修改这个本子,可等到下了飞机,她又收到好几条新的修改意见。

她扶着行李箱坐上地铁,一条一条地进行回复,却在下地铁的那刻收到这样的消息：我觉得现在的故事整体都不是很好，最多只能给60分，感觉像是没有认真构思。

徐导的私聊也紧接着过来了：完全按照他们的意见改的，现在说不好了？

温尔雅叹了口气，顿时没有了任何沟通的欲望，把手机摁灭没再回复。

火辣辣的阳光烤在身上，从地铁站到租住的小区，要走十五分钟，往常温尔雅觉得这段路并不远，可今天格外没力气，眼前的马路好像都扭曲了。

她推着行李箱走在不平的人行道上，行李箱却突然崩掉了一个万向轮，她用力拽了一下，箱子失控地撞在了她的膝盖上。不知道是不是膝盖痛得太厉害，还是诸多不顺的事情堆积到了一个节点，她只觉得鼻子一酸。

她强忍着没让眼泪掉下来，可每走一步她就感觉手上的坏箱子好像更沉了一点，伴随着隐约传来的知了叫，她一眨眼，眼泪夺眶而出。

心里的难受和委屈齐齐涌出来，温尔雅一边掉眼泪，一边拖着行李箱往前走，迎面碰到似乎是准备去地铁站的顾行舟。

顾行舟明显愣了一下，直接停在了原地，盯着哭到鼻涕都要冒出来的温尔雅没吱声。

温尔雅也是动作一停，想起顾行舟到现在都还没回复自己的微信，心里觉得更加委屈。她把手中的行李箱拖得用力，快步走过他的身旁，心里愤愤地想好了回家的第一件事——拉黑顾行舟,发泄一下自己的无能狂怒!

赌着一口气把行李箱提到六楼,温尔雅进门就喝了一大杯水。她抽了两张卫生纸倒在沙发上擦了擦鼻涕,也渐渐冷静下来,拉黑顾行舟的念头已然被置之脑后。

温尔雅拿出手机回复完之前逃避的工作信息,却看到顾行舟发来的新消息。

△一篇文章分享:《哭后眼睛如何不肿小妙招》。

顿时,温尔雅的神情有些复杂,旋即没忍住笑出了声。

她打开扫了一眼,刚想回复,瞧见上面自己发给对方没得到回应的消息,她一改往常看到必回的习惯,直接关机上床补觉去了。

这就是她逃避和自愈的办法,关机与世隔绝,睡一觉,醒来再吃个饱饭,然后接着面对这个随时想击垮自己的世界。

睡醒开机后,温尔雅没看到关于剧本的消息,心情才终于松懈下来。

倒是顾行舟又发了条信息过来。

顾行舟:上次正在给一位病人看诊,没有及时回复,抱歉。

出于礼貌,温尔雅回了一个"狗狗摇头晃脑"的可爱表情包,假意推诿了几句。

医院那边,顾行舟看到她发的消息,把表情包点了收藏。

同事看见他轻松的神态,调侃道:"顾医生,心情不错嘛,又被杜教授夸了?"

闻言，顾行舟摇了摇头："没有，看到一个表情包，姿态特别像一个……患者。"

殊不知，这位患者依然不听医嘱，此时为了调整心态，她连夜去酗了场酒，晚上回家的时候，她下意识看了一眼对面的小区，对送她回来的朋友感叹："电梯房真好，不用喝多了还得爬六楼了！钱真的是花哪儿哪儿好，等我彻底财富自由，一定搬过去！"

第三章
专业选手禁止参赛

转眼间秋天要到了,温尔雅甜甜的恋爱项目拖了一个季度都没能落地,比它还晚几天启动的本子都已经要进入筹备阶段了。

用温尔雅的话来说,她的心态已经从急切期待,变成了老僧入定般的淡然。

徐导刚从外地拍完片子回来,和她约晚饭时调侃起来:"要不然你找个男人谈谈恋爱,沉浸式体验一下。"

"'社畜'有资格恋爱吗?"温尔雅看着徐导手上的戒指,想到他前几天的朋友圈,"求婚成功了?看来我又要开始攒份子钱了。"

"先订,结婚估计要等到后年了,起码先买了房嘛。"徐导说着指了指温尔雅的右眼,"又麦粒肿了?"

"是，不过感觉这次不严重，应该过几天就好了。"

"我记得你之前说去看中医，看得怎么样？管用了我也去试试。"

干他们这行的，才三十岁就真的已经开始感到力不从心了。

"怎么说呢……人家让我想吃点什么就吃点什么。"温尔雅笑嘻嘻地跷起二郎腿，放下手中的筷子，"徐导，跟你说点正事。"

"合着刚刚你说的都是些废话？"

"我准备开个工作室。"没在乎徐导的调侃，温尔雅摆了摆手，正色起来，"现在这样只是单纯的项目合作，赚的不过是一些辛苦钱，但身为把控内容的核心一环，我觉得我们值得回报更多。"

徐导赞同地点了点头。

温尔雅继续说："我做自由职业的这段时间聊过不少制片人，也见过一些资方，平台就不用说了，我们俩都对接过不少。有了这些资源，我们完全可以自己做项目。"

"现在影视公司可没有前些年那么好活了。"徐导沉吟片刻，先表明了下自己的观点，又直白地询问，"你和我准备怎么变成我们？"

"我们资源整合，先主攻网络大电影和网络电视剧，做出几个项目投给平台，得到平台的认可之后，拿着项目一起找投资和主创。"为了表示自己的诚意，温尔雅从包中拿出一个文件夹，"这是我准备注册公司和申请制作许可的资料。"

"只有咱俩？"

徐导今年正好三十岁，他在这一行卖了那么多年的力气，也计划着要自立门户，但还在观望，一不小心就从年初观望到了现在。如今恰好有个一直合作，并且怎么看都是前途无量的合伙人过来递枕头，他顿时就兴奋了起来。

"还有我的一个朋友，他主要是出钱，找一些圈内支持。"温尔雅看出徐导的心思，露出一个招牌的灿笑，"你应该知道。"

温尔雅和徐导聊了快两个小时，两人初步达成共识。

两人都是讲效率的人，很快就做好打算。这周把公司商标等全部注册下来，下周就可以开始做项目走平台，争取年前跑通一个项目，没准还能赶上春节档。

温尔雅总算迈出创业这一步，回到家兴奋得有些睡不着，凌晨两点了还兴致盎然地躺在床上刷朋友圈，她划拉了好久意外看到顾行舟的一条朋友圈，是分享他们医院的文章。

标题叫"秋天，我们的变化无处不在"，温尔雅轻轻留下一个赞，完全没有想打开看的欲望，直接划拉走。

谁承想，第二天她睡到快中午起床的时候，熟悉的眩晕感直接将她又拉回了床上。

温尔雅躺了半天才勉强起来，撑着身体走到客厅，又躺到沙发上。

头晕的瞬间，她怀疑过是不是低血糖，但伸手摸了一块巧克力吃下后还是几乎不能动弹，一动就感觉天旋地转，基本可以认定是颈椎又出了问题。

温尔雅硬邦邦地平躺到下午三点多，才总算缓解了一些。她穿好衣服，保持着不低头的姿势穿上鞋子，又来到了熟悉的医院。

见到了熟悉的医生。

顾行舟戴着口罩和眼镜,但温尔雅进门第一眼就认出了他。

上次见面还是她拖着坏了的行李箱那天,已经过去几个月了。温尔雅礼貌又客气地打了声招呼:"顾医生。"

顾行舟看着憔悴的温尔雅,好像每次见面,她的情况都不怎么好。他下意识地皱了皱眉头:"怎么了?"

"早上起来就开始头晕。"瞧着他这副表情,温尔雅更是认定了对方不怎么喜欢自己,说话的声音都低了些。要不是这儿离家最近,她也不会选择来这里。

"去躺下吧。"顾行舟撸了下袖子,准备动手推拿。

温尔雅内心再怎么不满,表面也不敢多嘴,只得乖乖地去找张空床躺下。

顾行舟走过来,把手放在了她的脖子上。

温尔雅觉得这次推拿的时候格外疼,暗暗认定是顾行舟故意的,但为了在他那里原本就剩得不多的面子,她硬是憋着。

顾行舟看她如此沉默,以为自己手力不够,贴心地加大了些力道。

"疼……"

最终,温尔雅还是没守住自己的倔强,闷哼了一声,咬牙说出了自己的感受。

温尔雅好不容易地坐起身,眩晕感已经完全消失。她舒了口气想谴责一句顾行舟手法过重,就瞧见他拿出一根小针:"正好,再帮你放下血。"

"啊?"她还没涉足过这个项目,属于新体验,心里想要求换一个温柔的护士姐姐来。

"上次你眼睛长麦粒肿,我就想建议你放血,但是在家里消毒设备不全,这次正好。"顾行舟丝毫没有看出温尔雅的抗拒,上前一步揪住了她右边的耳朵。

温尔雅侧了侧脑袋也没能挣脱他的手,只能眼巴巴地仰头看着顾行舟:"我没交放血的费用。"

顾行舟说出了从第一次见面,唯一一句让温尔雅顺耳的话:"送你的。"

按道理说,温尔雅这个时候应该美滋滋地感叹一句"有人好办事",可惜她完全不想要!

还没等她再找个借口,顾行舟已经往她耳朵上扎下。他扎过三针后拿棉花搓着放血,见温尔雅狂喊,他明知故问:"比推拿还疼吗?"

"疼疼疼!"

生理的疼痛让温尔雅的眼泪瞬间就浸满了眼眶,随着顾行舟的揉搓,泪水从她表情狰狞的脸上滑落。

"好了,给耳垂也放一下血。"

"别送了,别送了,白给的东西不能一下要太多。"温尔雅满心抗拒,偏偏耳朵还在人家手里,顾行舟迅雷不及掩耳地又扎了三下。

温尔雅疼得又叫了好几声,之前因为怕疼,她连耳洞都没打。

顾行舟很满意地看了一眼她的眼睛:"感觉立刻就消肿了。"

"我也感觉不到眼睛疼了,只能感觉耳朵在疼。"温尔雅用手背擦了擦脸上半干的眼泪,看着被顾行舟扔在一旁的沾血的棉花,"顾医生，免费送这么多针，您可真大方。"

"你上次长麦粒肿肿下眼睑是胃火旺，这次肿上眼睑，是肝火旺，其实都和你上热下寒的体质有关系。总的来说，如果不能把火降下去，以后还会长的。"顾行舟听出她语气里的幽怨，直接无视，勾了勾手，"过来，我给你把把脉。"

温尔雅身体比脑子快一步地伸出了手，顾行舟将手落在她的手腕上。此情此景，让温尔雅不禁想起当初在烧烤摊上的见面。

温尔雅眼睛湿漉漉地瞧着顾行舟问道："比上次好点吗？"

"没什么变化，脉象还是很弱，身体有些虚，还有火。"

"那要不我拔个火罐？"

"你这么虚，不适合，针灸吧。"

温尔雅心中怨念：你这么爱扎人，上辈子是在宫里办事儿的吧！

顾行舟给温尔雅开了个单子："这是一周的药量。我觉得你不会自己煎药，去下面找代煎，他们会直接将药煎好寄到你家，一天两次，一次一袋，饭后。"

顾行舟看病时比他私下里话多得多。见温尔雅要起身，他又嘱咐道："顺便把明天针灸的号也挂了，徐医生的。"

温尔雅点点头，想起他送了那么多针，下意识地发出了个邀约："谢谢，顾医生，要不晚上一起吃个饭吧？"

"不用了。"顾行舟抬头看着她。

本着对方拒绝三次才是真的想拒绝，温尔雅继续邀请："小区附近开了一家潮汕餐厅。"

"地铁站旁边的那家?"

"对对对!"

"我还有一个小时才下班。"

"我等您,在门口。"

温尔雅瞧出顾行舟的态度有松动,干脆算他答应了,甩了甩手中的药单。这一动作就扯到了疼得发热的耳朵,她收敛了一些,对顾行舟摆了摆手,一溜烟地离开了。

顾行舟没来得及思考是不是不妥,就又有患者进来,他便收回了发散出去的思维。

温尔雅把顾行舟安排的事情都做完,就坐在了他诊室的门口。

她拿出手机。

从早上头晕开始,她就一直没怎么看手机,有许多信息没来得及回复。她全部回复完,身体向后靠在墙上,开始构思新项目。

女人失忆后睁开眼睛,见到的第一个人,这人自称是她的爱人。

按照他的描述,她在失忆前是他的秘书,两人已经订婚,正在准备婚礼。

女人对此深信不疑,一边谈恋爱,一边想找寻自己的记忆,却意外地收到一张自称是她未婚夫的发小递来的字条,上面写着一处地址。

女人来到那个地址——是一幢发生过火灾的公寓。她意外地发现自己的指纹能打开公寓的密码锁,还有邻居与她打招呼,一切的迹象都在表明这是她的家。在公寓里,女人翻出一个有烧过痕迹的日记本,翻开第一页。

上面写的是三年前的日期:从今天开始,我就是她。

温尔雅想东西时有写写画画的习惯,如今没纸笔,只能在脑海中缓慢搭建起一个大概的框架。她现在需要把故事的内在时间线理顺,拉出三年的一条线索。

一想就入迷,时间过得飞快,温尔雅再回过神时,顾行舟已经换好衣服站在她面前。他穿了黑色衬衣,搭配设计简单的牛仔裤、帆布鞋,青春洋溢。

眼镜已经被摘掉,顾行舟一双好看的眼睛盯着眉头紧皱的温尔雅,以为自己刚刚加班让对方多等了半个小时导致她有些不耐烦,他主动地道了声歉:"不好意思,刚刚有个患者,所以耽误了一会儿。"

"哦,是刚刚那位大爷吧。"温尔雅关闭脑中的思考,切换成日常社交的状态,"等叫号的时候我们还聊了两句呢。"

比起出门几乎零社交的顾行舟,温尔雅简直是社交牛人,跟谁都能搭上几句话。

顾行舟看着她的模样,忍不住感叹一句:"你和严焕真的很像。"都是热情主动的话痨,要不是这样,他和严焕也不可能成为朋友。

"我可比他讨人喜欢多了。"温尔雅起身,双手插兜,下巴一扬,"走吧,离得不远,我就没有叫车。"

秋天的北京，落叶铺满地面，喜欢裹着风在树影下摇摇晃晃。人们或轻或重地踩在落叶上，声音伴着晚风沉沉入耳。

在这样的时间里，面迎凉风，脚踩金黄，才对得起这个恰到好处的季节。

两人并肩走在路上，秋风扑来，温尔雅的心情都舒爽起来。顾行舟在旁边时不时看她一眼，脑子里却止不住地在想自己刚才让对方等了太久的事情，眼神带着歉意。

见他如此，温尔雅心下一叹。

她是真的没在意这事。

温尔雅想转移他的注意力，便主动给他递了个话题："肝火旺是因为熬夜吗？"

"啊……"没想到温尔雅会主动开口，顾行舟下意识地给出一个答案，"对。"

"现在的年轻人有不熬夜的吗？"温尔雅这句反问发自肺腑。瞬间，她就后悔了——眼前这个男人，看起来就作息很好很规律。

果然，对方吐出一个"我"字，她赶忙补了一句："'专业选手'禁止'参赛'。"

"你凌晨两点钟还在刷朋友圈，'业余选手'也可以吊打你吧？"

温尔雅没想过顾行舟还会讲玩笑话，绷着的语调轻松了些："早知道我就不给你点那个赞了。"

两人边聊天边往目的地走，气氛还算融洽。

到了餐厅，他们运气很好地坐上了最后一桌空位。

店里生意很好，温尔雅点餐时忽然想到顾行舟的养生理念，少吃碳水不吃烧烤。

她把菜单翻来覆去，实在挑不出不出错的，便只点了一份海鲜粥就将菜单递给顾行舟，由他选择。

看顾行舟翻阅菜单的动作，温尔雅一双眼睛亮亮的，期待他能点一份炒河粉。

想想那味道，她便忍不住咽口水。

"要来份炒河粉吗？还有虾饺？"

温尔雅一愣，双眼放光："好啊好啊！顾医生你吃辣吗？炒河粉一定要来点辣椒，而且河粉配烧烤简直绝了！"

顾行舟没说话，眼睛里带着极浅的笑意看着她，看得她心里一虚。

"我配吃吗？"

"少吃点。"

顾行舟破天荒地没管东管西，让她舒舒服服地吃了顿饭。

温尔雅看了眼对面神色柔和的人，忍不住追问他为什么。

顾行舟淡淡地说了一句："不让你吃你也会点外卖，没区别。"

温尔雅心想：这人与人之间的信任，多脆弱！

她只不过是这样干过一次，他就认定了自己是这样的人，温尔雅"难过"的同时却……没法不认同他对自己的认识。

因为她确实会如此做。

兴许是这顿愉快的晚餐拉近了两人的距离，温尔雅又活泛起来，顾行舟也没再板着脸。

因为徐医生只在周三的上午出诊半天,在小区门口分别时,顾行舟几次嘱咐温尔雅不要睡过头,不然只能等到下周。

"放心吧,有正事的时候,我每次都起得特别早。"温尔雅脸上写满了自信。

第二天,说好八点在小区门口见的某人是被顾行舟敲了十分钟的门敲醒的……并且在上厕所的时候还短暂地睡了一觉。

温尔雅到医院时好险赶上了最后一个号,而顾行舟"喜提"上班以来第一次迟到。

徐医生看了顾行舟给温尔雅开的药单,又问了问情况,神色从容地让她躺在床上,然后给她扎针。

从头到脚,被扎满细针的温尔雅一动不敢动。

针灸结束。

护士过来给温尔雅大椎放血,手法……比顾行舟昨天下手时轻多了,完全在温尔雅可以承受的范围内。

果然,那个男人根本不懂得怜香惜玉。温尔雅在心里嘀咕。

"下周的这个时候再来一次,一定要睡好。"徐医生是个慈祥的老太太,在温尔雅要走的时候,慢腾腾地嘱咐起来,"我看小顾给你开的药也都是疏肝理气的,平常遇到事情不要着急。"

温尔雅点点头,然后想起自己应该要和顾行舟道个别再走,就溜达到了他的诊室。

她探头探脑地想看看他在不在里面,肩膀却被人拍了一下。

"看完了？"

顾行舟隔着老远就看到温尔雅在他的诊室门口鬼鬼祟祟的。

她吓得差点跌倒，扯了一下顾行舟的手臂才算稳住："吓我一跳。对，徐医生让我下周再来。"

"下周我是不会再叫你了。"

"下周我肯定起得来，我昨天晚上是来了灵感，文思泉涌，不小心就睡晚了。"

"我们食堂的东西挺好吃的。"顾行舟根本不信，干脆没搭腔，抬手看了一眼时间，"一起去食堂吃饭吧。"

"不行，我还有事情要赶紧走了。"她今天约了徐导去注册公司。

顾行舟也没挽留，只是贴心地表示，有什么不舒服的话随时联系。

他看着温尔雅匆忙离去的背影，嘴角微微抬起。

周围几个同事投来"八卦"的目光，顾行舟也没有放在心上，迈步进了诊室。

另一边，和徐导忙活了半天的温尔雅饿得前胸贴后背，她后悔没有去医院食堂吃点东西，拉着徐导随便进了一家火锅店。

人在饥饿的时候就会失去理智，温尔雅拿起菜单就疯狂点单，最后的结果就是两人吃撑了，连直起腰都勉强，双双半靠在卡座上，桌上还剩下不少。

"这盘南瓜块是你点的，吃完！"温尔雅指着根本没动的南瓜块。

徐导摆了摆手，随即一指，指向还剩下一半的土豆："我打包，你把你点的吃完。"

两人互相回忆桌上的剩菜到底是谁要求下的单,然后各自认命地打包带回了家。

温尔雅到家就看到一个纸箱被放在门口,迅速回忆了一下自己最近也没有买什么东西,弯腰盯着快递单看起来,名字、电话、地址都没错。她干脆徒手在门口拆开了纸箱,在看到整整齐齐被封装在袋子里的褐色液体后,她嘴里瞬间感受到了一种苦涩——是她代煎的中药到了。

她沉默地把中药拿回家,毕竟是过了偷偷吐药、非要妈妈哄一哄、奖励点儿甜头才肯吃药的年纪,她把药用微波炉"叮"了一下,但是因为刚刚实在吃得太饱,一口也喝不下了……于是,她就抱着药袋在屋里来回走动,借此消化消化。

她从小身体就不好,没少喝中药,那个时候,妈妈还专门买了个砂锅用来给她熬药。但因为她的强烈不配合,医生抓的药没有一次是喝完的,砂锅也变成了她煮火锅的利器——她"安利"过不少人,砂锅煮出来的火锅是真的香。

尤其到了出锅前的几分钟,抓一把小酥肉放进去,借着砂锅端上桌时的余温,外面裹着的面糊微软、里面被炸出水分的肉条吸了热腾腾的火锅汤底还没反应过来变软,咬下去有些嚼头儿却不费牙,这个时候,才算最好。

温尔雅想着那滋味,虽然不饿,却勾起她想家的念头,看了眼时间,才晚上十点多,她不假思索地给妈妈拨过去一个视频。

果然，对方正坐在沙发上看电视，旁边响着她爸对电视内容的评价："现在的电视剧真难看。"

"我爸不会是在看我写的电视剧吧？"

温尔雅还记得上次给自己捧场后，父亲的评价：完全看不懂。

"你爸说了，为了不伤害你们的父女感情，再也不看了。"母亲笑盈盈的，毕竟上次她爸给出那个评价后，气得温尔雅给她妈狂买东西，一样也没给这个欣赏不了自己的老头买。

"最近在写啥呢？"温父的脸伸过来，被温母一巴掌推开。

她妈推了推老花镜，看着手机里的温尔雅眉头一皱："宝，眼睛还没好？"

"对啊！不过我没想到中医也治麦粒肿。"提到这个话题，温尔雅立刻开始大诉苦水，表示自己又扎耳朵又扎脸，还要喝巨苦的药。

听得电话那头的温母一脸同情与担心，说出了每次都要说一遍的话："早知道我就不考驾照了，现在还能在你那边照顾你。"

"不考驾照就要去上老年大学了哦。"

温尔雅母亲退休后总想找点事儿干，再赚点钱帮女儿分担压力，温尔雅看她不愿意停下来的状态，干脆帮她报了个驾校班让她有点儿事情干，不胡思乱想。她已经做好了计划，准备在她妈拿到驾照的那天开始，就给两个人一起报名老年大学。

想想那个画面，温尔雅就乐不可支："到时候你和我爸一起去上学，我看着你们写作业，不学习就是一顿教训！为了避免你们逃学，我每次一定目送你们进校门。"

"你真可恶。"

温母看着狂笑的温尔雅,有些语塞,不明白自己如此人美心善的基因怎么生出来这样一个闺女。

母女俩又聊了一个多小时,温尔雅觉得手中的药袋都凉了,又看了眼时间,催促对面两人快睡,盯着他们关掉电视上了床才挂断电话。

但温尔雅喝了这一袋药后还是没能躺下——来电话约剧本了。

虽然不坐班,但她每天的会议实在不少,还时不时要来个面谈,这也是温尔雅为什么是做自由职业却没有回老家办公的原因。

如今公司的项目和手头正在进行的本子都有不少,时不时还穿插着剧本会、对接新项目,她一忙起来就连轴转了好些天。

要不是收到顾行舟发来消息提醒,温尔雅差点忘了要去医院找徐医生与顾行舟,又到了拿第二周的中药的日子。顾行舟六个小时前给她发的消息,温尔雅还在开剧本会,抽空回了他一个"好"字。

她忙完已经凌晨一点多钟,在路边等车时低着头盘算明天的计划时,突然感觉一阵眩晕伴随着耳鸣,不由得蹲了下去,等司机打着双闪到眼前,才缓过来跟跄着上了车。

她摸了一把后颈,上面全都是虚汗,后背的衣服也已经被冷汗浸湿。她听着车窗外的风声,随着她砰砰乱响的心跳,感受到了一丝害怕。

这恐惧比当初看到自己吐血时来得猛烈,她突然间开始想,自己那些林林总总的小病是不是都在给她某个讯号。

这个想法一冒出来,温尔雅的心情就更加紧绷,心里渐渐生出几分懊恼。

人总是在快面临糟糕后果时感到后悔。

等到下车,温尔雅一路上的百度结果,让她恨不得直接掉头去医院。

她迈着沉重的步子进门,第一件事就是给顾行舟发消息。

每次遇到这样的紧急情况,她脑子里总是蹦出顾行舟的脸,她也没深想,把这种反应归结于顾行舟的职业,也兴许是这人从出现开始就给她带来一种安心的气场。

她在对话框里无比详细地描述了一番自己的症状发过去,又转发了一堆"在线问诊"的诊断结果给他,那些病症的名称一个比一个吓人。

最后,她配上一个悲痛欲绝的"哭泣猫猫头"。

温尔雅:顾医生,我觉得我不行了,救救我救救我!

一长串的消息,顾行舟第二天早上醒过来刷了三分钟才看完。

沉默良久,他打出了自己的困惑:为什么有空熬夜百度,不能早点闭眼休息?

本以为这个时候温尔雅还没醒,但对方却秒回:被吓得睡不着,担心永远闭眼。呜呜呜,我什么时候才能拥有顾哥你这样完美的作息呢?我还有希望吗?

几秒钟后,一个大大的"无"字映入温尔雅的眼帘。

顾行舟:等会儿一起去医院?

温尔雅:我约了早上的体检,因为要空腹,就先去那边。等我体检完就去找你。

顾行舟觉得温尔雅最后这句话有些歧义,分明是她应该来医院复诊,怎么就成了找自己?本来想着回复点什么,思量半天,他回了一个干巴巴的"好"字。

这边,温尔雅一圈检查完就到了中午,客气地发微信询问顾行舟,要不要给他带午饭,即便没得到回复,她也礼貌地在吃完饭去医院的路上顺便买了块巧克力蛋糕。

今天是工作日,医院的人不算多,温尔雅几乎没怎么排队就顺利来到了顾行舟的诊室。

"顾医生。"她自来熟地将蛋糕放在顾行舟面前,仿佛是来送午饭的。

顾行舟还没来得及说话,就被对方先发制人:"就是担心你说不健康,我特意加了三块钱买的升级版动物奶油。"

"你这种强行找安慰的心态很好。"顾行舟将蛋糕挪到一旁,示意温尔雅把手放上来,"在身体上面也要保持这种心态,别胡思乱想。"

知道他在说自己昨晚搜索的那些结果,温尔雅犹豫再三,开口道:"可是网上说……"

果然,顾行舟眉毛一皱,看得温尔雅一乐,她道:"这句话果然是对每个医生的致命杀器。"

顾行舟没理会她的调侃,温尔雅也不在意,目光落在顾行舟放在她手腕的手指上,骨节分明,修长漂亮。

她默默在心里感慨一句:工作中的顾行舟好像比生活中顺眼一点。

"没什么变化,我稍微调整几味药,你先去徐医生那边排队吧,我等会儿下去顺便帮你把药单递了。"

温尔雅收回眼神,看着他点了点头。

顾行舟送完药单去食堂时,吃饭的人已经不多。他随便点了些东西坐下,慢吞吞地拿出手机准备看昨晚睡前没看完的文献。意料之外地看到有人给自己发消息,他诧异地点开,是温尔雅风格十足的可爱猫猫头表情包,伴随着一句是否要给他带饭的询问。

因为顾行舟没回复,两人之间的对话在这句话上就戛然而止。直到三天后,温尔雅拿到体检报告,主动发给他。

"一点事儿都没有啊。"温尔雅把体检结果从头到尾看了几遍,健康得不能再健康,甚至自己的血糖数值都是正常的。

她内心的不安又浮现上来,纠结地开始思考:是不是自己做的检查不够全面?

顾行舟很快回了消息:西医从某种角度说,是一条警戒线。你超过了这条线,就称之为生病,在此之前,哪怕无限接近,某种程度上,人也是健康的。

顾行舟:忽略心理问题,不舒服的感觉确实存在,就需要开始注意生活方式,并且可以选择中医调理。

温尔雅正打字询问自己离警戒线大概还有多远,新的消息就弹了出来。

顾行舟:你现在就在警戒线附近徘徊。

把那句话一个一个删掉,温尔雅仰天长叹,这次真要收敛一些,不能再那么放肆了。

她顺便把消息同步给朋友们,以一副过来人的姿态附上了一段忠告：熬夜一时爽，就医泪两行；烧烤吃三顿，日后小盒装；青春不经造，不改要凉凉。

徐导：你这拙劣的打油诗，让我怀疑你之前剧本有抄的成分。

严焕：被中年油腻谢顶大叔盗号了？

看着这些回复，温尔雅"啧啧"两声，有种"世人皆醉我独醒"的孤独感。只是……这样的忠告效果也就持续了一个晚上。

第二天，她的剧本会就开到了晚上十一点。

而且，她忙完项目还要忙公司的。尽管在线上就能沟通解决大部分问题，开会也是去对方公司，但为了看起来正经专业，徐导还是选了个办公室。

温尔雅张罗着招聘、宣传的事情，即便是给自己干活，忙活一个月下来，她还是有些转不动的感觉。

窝在还算不上公司的工作室沙发上，才下午四点钟，温尔雅脸色就浮现出半夜才会有的倦容。徐导也没好到哪儿去，他腰间盘突出疼得坐立难安，昨天刚被温尔雅介绍到顾行舟在的医院按摩。

"三更文化的人要来？"徐导勉强地坐在椅子上，重重舒了口气，"他们参与的那部院线黑马，我还贡献票房了呢。"

"是，大赚一笔，你不知道他们的办公室现在有多豪华，杂物间应该都比咱们这儿贵气。"温尔雅强打起精神坐好，"他们主要搞制作这一块儿，正好想找做内容的公司合作。"

"可以啊！"徐导顿时来了精神，但想想又摆了摆手，"按照我对这群人的了解，肯定是广撒网，咱们的心态一定要稳，就当他们是来参观杂物间的。"

"创始人是我直系学长,创始人的老婆是我有那么一丢丢血缘关系的远房堂姐。"

温尔雅其实不想搞亲戚这套的,所以开公司的事情都没和家里说,还是温如安突然发消息问她在哪儿工作、愿不愿意跳槽,才聊到合作这个方面。

徐导玩笑道:"要不然让他们收购我们吧。"

"她只是我远房的亲戚,又不是我亲爹,应该不会如此损己利人。"

这个时候距离约定的时间还有一会儿,温尔雅没再跟徐导搭话,闭上眼养了会儿神。

没等睡着,人就到了,温尔雅尽力表现得像一个老板,但没几分钟她就自在地歪在了沙发上。好在没人在意,一番畅聊后,温如安看着满脸憔悴的温尔雅,不由得感慨:"当老板就是催人老。"

"这么明显吗?"知道要见人,温尔雅还特意化了个淡妆,照镜子的时候甚至觉得自己有几分照人的光彩。

"黑眼圈都到这儿了。"温如安在自己的颧骨上比画了一下。

晚上回家后,温尔雅站在镜子前突然想起温如安的话,心里一跳。她仔仔细细地给自己敷了个面膜,做了一整套的护肤流程,只是……心里却没得到多少安慰。

自从上次体检结束,她总觉得自己这儿不舒服,那儿也不舒服,身上到处是没查出来的隐疾。明天又是要去医院找顾行舟拿新一周的药的时间,她上周太忙了没去,这周不知道顾行舟会不会又摆出一副:

身体是你的,我可不多管闲事的神情。

温尔雅想着,还精致地给自己擦了唇膜、涂上睫毛增长液,最后是点着香薰睡着的。躺在床上的时候,她甚至觉得自己像是一个公主。

第二天还有"仆人"叫醒——顾行舟在门外敲得很有节奏。

他美其名曰:"担心你今天又不去,就来碰碰运气,看能不能把你叫醒一起过去。"

"叫我起床都算得上碰运气?"两人现在熟悉起来,即便顾行舟依旧不接温尔雅的梗,她也自在了许多。

"你今天不用再去找徐医生了,不是腰疼吗?我可以帮你推一下。"

"你上次推得我好痛,我都怀疑你故意的,今天能不能轻一点?"

"不能,我是推拿又不是按摩。"顾行舟依旧一本正经。

在医院给温尔雅把完脉之后,顾行舟照例叹了口气,调理了这么久,温尔雅的身体没有丝毫起色。每当这个时候,顾行舟就有种自己是个庸医的感觉,以至于这次开药方的时候,他思考了很久。

"顾医生,你怎么一脸准备劝我放弃治疗的表情?"

"你如果不改变作息,这样的调理意义不大。"顾行舟直白地说,"不如省点钱。"

"能不恶化就够了。"

"我把你的情况给徐老师说了,下次你就直接去找她开药。"说完这句话,顾行舟顿了顿,"可能我学艺不精。"

温尔雅大脑迅速运转,得出一个结论:自己在顾行舟眼里是个砸招牌的烫手山芋。

但一想到自己也是交了钱来看病的，两人不算是朋友，也称得上是熟人，他竟然为了自己的口碑要把她甩出去！

像是对方违约了似的,温尔雅第一反应是想谴责他没有契约精神。

第二反应……她淡定地点了点头，因为她转念想了一番，顾行舟可能没想那么多，真的是纯粹给自己一个更好的建议。

只是接下来温尔雅不再主动活跃气氛，氛围顿时就冷了下来。一直到她走，两人都没再多沟通一句。

顾行舟在说出那句话时就已经意识到了自己失言，他这个建议的确是出于给温尔雅找一个更专业的医生的目的，但好像怎么听都有些像是……嫌弃。

一向不擅长解释与找补的顾行舟，选择了沉默。

忽视——是他解决人际关系的首选，也能称作为逃避。

温尔雅倒是没想那么多,出了医院门就把刚刚的不愉快置之脑后，甚至在晚上和严焕见面时都没提起。

还是严焕主动问起："你找顾行舟看病看得怎么样？"

"可以说，顾医生已经放弃了。"温尔雅调侃道，"我简直是顾医生行医路上的绊脚石。"

"他这个人，典型的嘴硬心软又慢热，你俩离那么近，你平常多找找他，蹭点儿他的健康。"严焕开玩笑道。

"你说得有点道理。"

"你还是放过他吧，你每次的吹捧，他听一次难受一次，据我所知，他还为此失眠过一次。"见温尔雅真的思考起来，严焕赶忙摆了摆手，

"你公司怎么样？我就进组一趟，你就要发家了。快让我入职，成为你的打工仔吧，温总。"

温尔雅不禁莞尔："你放心，就凭我对你这么多年的了解，是绝对不会让你踏进我公司一步的，免得影响工作氛围。而且，我公司里有一个比你还迫切期待我发家的人。"

严焕听到这话，脸色登时就变了："有他在，你求我，我也不会踏进你公司一步的。"

让严焕如此讨厌的人叫许知，是温尔雅的大学同学。

两人之间的矛盾很简单：许知是一个演员，毕业后混得惨兮兮，在温尔雅的推荐下演了几部小网剧才拥有了姓名，后来他参演了一部网大、参加了几次综艺后才十分勉强地混到了十七线。许知一心希望温尔雅爆火带一带自己，全力支持温尔雅搞事业，极力反对她恋爱。

但严焕一心想让温尔雅步入爱情的陷阱，严焕是她和姜郁的头号CP（情侣）粉，严焕甚至将许知的反对归结为两人不和好的原因之一。再加上许知对姜郁的态度十分不友好，严焕这个姜郁的头号迷弟对其就更不爽了，即便没见过几次面，他也成了许知的黑粉。

温尔雅曾试图缓和过两人的关系，但都打了水漂，比如今天——许知一早就飞过来了，但一听到晚上要和严焕一起吃饭，立刻表示自己有男明星的自我修养，晚饭只喝水，还让温尔雅转告严焕："不管他喜不喜欢我，只要关注了我，就是热度。感恩，感谢。"

温尔雅只能在和严焕吃完饭后，又跑去工作室，和许知点了些夜宵边吃边聊天。

得知许知出了组,现在正是空档期,准备在这儿待几天,温尔雅一语击中他的软肋:"是因为你太'糊'了没戏约吗?"

窝在沙发上的许知直接跳了起来:"你说得太对了!所以温尔雅,你到底什么时候才能写出个神作,力保我当男主角,把我捧上顶流?"

"许知,你就长了一张配角脸,一年到头拍戏赚的钱还不够你自己花钱雇粉丝捧场接机的,趁早转行吧,还能赚个养老钱。"温尔雅笑笑。

"第一,我不叫许知,我现在叫白知秋;第二,我现在有副业。"许知说着又低头看向手机,"好歹我也是一个圈内人,有见到明星的便利,时不时我能帮人要一要签名什么的,替人追星。"

"你这名字。"温尔雅几乎不追星,对他这个副业也不感兴趣,只能再次评价起他的这个艺名,"我初中在作业本上手写小说都不起这种酸名。"

许知一副"是你不懂"的样子,转移话题道:"哎,说正事啊!你最近没恋爱吧?没有被蛊惑吃回头草吧?"说着,他凑近温尔雅闻了闻,"没有恋爱的酸臭味。我把我的全部身家都投给你了,这几天到处刷脸,你要是不务正业,我……嗨,你好。"

狠话还没说出口,徐导进门,许知立刻面带微笑,得体地挥了挥手。

温尔雅一脸旁观看戏的模样。

"哎哟,你好,你好!"徐导毕竟和许知这个大股东第一次见面,很是客气,"太帅了吧?你不应该去演戏呀,选秀肯定能出道。"

温尔雅看着这客套的吹捧,心里好笑。徐导当初知道许知是股东后,沉默了半响,说的第一句话是:"我之前的项目收过他的资料,当时就刷掉了。"

"哈哈,你导的戏我看过,尔雅跟我说的时候,我一听你的名字,立刻就决定投钱了!"

许知当时分明说的是:"这个导演的电影,我一部都没看过啊,不会是你的地下男朋友吧?表面想让我投钱,美其名曰创业,其实准备用我的钱搞办公室恋情。"

温尔雅不想听两个男人之间的吹捧,摆弄了一下墙上挂着的公司商标——

而至文化。

一个取她名字的谐音,一个取许知的谐音,徐导全名叫徐文。

而至千里。

和许知、徐导聊到半夜,温尔雅豪情壮志:"总有一天咱们要发家致富!"

不过发家致富之前,总要先做一系列的积累。人在创业的时候总会觉得时间不够用,总是觉得进度不够快。即便一切都在推进,温尔雅却发现自己焦虑的情况越发严重。她之前从不担心健康问题,现在却常常在晚上睡觉前,翻来覆去地在脑子里排列出种种病症,觉得自己身上似乎出现了许多大病的前兆,某天会突然垮掉。

瞧着温尔雅大把地掉发与萎靡的状态,许知在待了一周要走的那天,贴心地送给她一大兜保健品,与一句语重心长的嘱咐:"要不然你再去求一求那个小中医,私下多给你开小灶补一补,我怕你再这样用命赚钱,就等不到拿钱续命的那天了。"

"顾医生?可是他都不怎么爱搭理我……"

"啧,他就住在你对面小区哎!你殷勤一点、制造点儿偶遇,当个友好邻居,他能好意思不对你指点一二?"许知说着,直接跳上了保姆车将车门关上,"又不是谈恋爱,你的社交能力怎么和你的生命力一样一天不如一天?"

温尔雅拎着手中沉甸甸的袋子,瞧着远去的保姆车,那一刻,突然醍醐灌顶。

回去后,她连夜干了一件本应该发生在她赚钱之后的事情。

温尔雅搬到了顾行舟的小区。

确切地说,是搬到了顾行舟家正对面。

当温尔雅弯着腰,"哼哧哼哧"地往家里搬东西的时候,顾行舟正好下班,出电梯看到这一幕后,他脸上出现了温尔雅此前从未见过的表情:疑惑、诧异。

"顾医生,我实在爬不动楼梯,正好看到你们小区有房转租,没想到就在你家对面!"

温尔雅擦了一把脸上的汗,随意在一个箱子上坐下,喘得厉害。

"好巧。"好多天不见,之前的熟悉感消失,顾行舟说话又带上了几分生疏,"我帮你吧。"

"谢谢!"此时也顾不上客套了,温尔雅累得都快要脱水了,搬家对于她这种单身且不愿意麻烦别人的人来说,简直是酷刑。

有了顾行舟的帮忙，剩下的一些东西很快搬完。

顾行舟也出了层薄汗，看着杂乱无章的客厅，有些感叹温尔雅的东西之多，偌大的客厅被堆得几乎要无从下脚。但他很快便礼貌地将视线收回，没有过多打量与评价。

温尔雅双手叉腰，环视了一下四周堆满的箱子袋子，根本没有可以休息的地方，赶忙抛出答谢邀请："顾医生，我请您吃饭吧！"

毕竟她过来可不是什么巧合。

那天严焕说了"蹭健康"之后，温尔雅就受到启发，立刻联系了中介。本以为最多只能和顾行舟一栋楼，没想到竟然能找到他对门，这让原本还在迟疑的温尔雅立马签了合同。

即便这房子的布局和她之前住的地方没什么区别，两室一厅，还因为不是顶楼没了露台，租金也要多上七百块，怎么想怎么不划算。可温尔雅已经在心里想好今后的安排了，她对顾行舟露出一个灿烂的笑。

没看出这笑容下面带着小心机，顾行舟擦了擦汗："先来我家休息下吧。"

温尔雅第二次进顾行舟家，却还是忍不住在心里感慨了一句"好温馨"，他家里散发着药香和纸质书独有气味混合在一起的味道，这样的氛围给人的感觉分明就是一个很会生活的主人在居住。

温尔雅看了一眼身边细心洗手的男人，不由得揣测，难道冷漠只是他的保护色？

顾行舟沉默着洗完手，坐下喝水，倒水，再喝水，一直不开口。

温尔雅想着再约一次对方吃饭,她都想好地方了,熟悉的潮汕餐厅。

可对方是顾行舟,全然不按预想来,他给温尔雅添了些水后就起身:"你搬家太辛苦了,就别出去了,我看你那边也没办法做饭,就在我家吃点吧。"

"那我点……"

"外卖"两个字还没说出口,顾行舟已经转身去了厨房:"我做。"

累是真的累,但温尔雅也没脸皮厚到干坐着等饭来,毕竟她是来发挥自己强大的社交能力,展现出友好一面的,她主动几次凑近厨房想帮忙,都被赶了出来。

顾行舟是真的不需要人来帮忙,他习惯了一个人做事情,下班之后身边有人围着,他就总觉得不适应。在外面还好些,一旦有人进到自己家,那种强烈的排斥感就会被放大,客厅已经是他能接受对方活动的极限,这也是为什么严焕每次厚着脸皮来只能睡沙发的原因。

一个人生活的好处就是做什么都得心应手,炒生菜、咖喱鱼丸、和炖牛腩很快端上桌,香得温尔雅不由自主地咽了下口水,再配上北方人的标配大馒头,她已经好久没吃过这么舒心的晚饭了。

绝对不是外面的餐厅和外卖能比的。

牛腩是提前炖好的,软烂入味,再来一口生菜冲淡肉的油腻,生菜梗带着些许脆,叶子软乎下来,和浓郁多汁的牛腩肉纠缠在一起。沾满咖喱的鱼丸和牙齿抵抗时,温尔雅能感到回弹的感觉,鱼肉的鲜混合带着丝胡椒味的咖喱,胸腔都被满足填充了起来。

顾行舟晚上一般不会吃得如此丰盛,但这毕竟是温尔雅第一次在自己家吃饭，而且他还要避免她吃不饱晚上再偷偷点外卖。

每次吃到兴起，温尔雅都会一边咀嚼一边轻快地晃动上半身，幅度很小，但看起来快乐无边。顾行舟也没有开口提醒让她不要狼吞虎咽，而是不知不觉多伸了好几次筷子。

只是他连洗碗的机会都没给温尔雅，让心怀目的的某人莫名地有些发虚。

让人帮忙，还又吃又喝不干活，也太厚颜无耻了。按捺下内心的蠢蠢欲动，温尔雅寒暄了几句出门，见顾行舟的"健康之门"要关闭，温尔雅还是委婉地开口了："顾医生，您明天起来的时候能不能顺便敲下我的门？"

"好。"顾行舟没有想太多，甚至没有追问。他向来不喜欢刨根问底，和别人多说几句就代表着要增加了解，这样通常会带来一系列的连锁事件。

他往往会在脑海中为对方找一个合理的解释，比如：明天要早起。至于去干什么，他不好奇。

"谢谢顾医生！"得到同意，温尔雅露出一个招牌酒窝甜笑。

她回家简单收拾了一下，早早地上了床。可没想到，因为换环境，原本睡眠质量就差的人在床上翻来覆去，到了凌晨都还没有一点睡意。她干脆拿出手机漫无目的地玩了起来，单纯为了消磨时光，享受忙碌退去后完全属于自己的私人时光。

到凌晨四点钟才关上手机，她迷迷糊糊地好像还没睡多久，就隐约听到敲门声。

顾行舟比平常早出门三分钟，站在温尔雅家门外，他一分钟敲三下，已经想好过三个来回后直接走人的结局了。

敲第二下时，顾行舟就已经确认门不会开了，但还是等了等，第三次弯曲起手指。

"顾医生，早。"温尔雅凭借着强大的意志力，硬生生地把自己从床上拽了起来，和门外的顾行舟打招呼时，眼睛都还没完全睁开。

"嗯，我先走了。"

"等等，顾医生，你早餐吃的什么啊？"

"豆浆。"

顾行舟回答完她的问题，就迈进刚好到达的电梯里。他站在里面后知后觉地想，温尔雅到底出于什么原因突然搬过来，又没头没脑地问出刚刚那句话。

他不知道，女孩的答案很简单：获得分数的捷径就是找一个正确答案做参考。

顾行舟就是温尔雅找到的正确答案，只要按照他的作息、饮食，温尔雅相信自己得不到高分，也能混个及格。

弊端就是——因为起得太早，她一个劲地犯困，大脑转速也明显变慢，好几次都没能接上徐导的话。

"你要不先睡会儿吧？"

"不用，我在调整作息，就保持这个困的感觉，我到晚上可以直接睡觉。"温尔雅抬手擦了擦因为困倦而流下的眼泪，"我觉得你刚刚说的那个项目还是推了吧，怎么听都像是骗本子的。"

她说着还给顾行舟发了消息询问他晚上吃什么。

顾行舟盯着对话框，陷入今天的第三次沉思，第一次是早上，第二次是中午温尔雅突然发消息问他午餐是什么。

不懂女人心的顾行舟选择了场外援助。

"什么？"在剧组的严焕有些没反应过来，"有人骚扰你？"

顾行舟矫正了对方的用词："我的原话是：如果有一个人，搬到你家对面，让你出门时顺便叫她起床，还问你三餐吃的什么，是为什么？"

"这不就是骚扰吗？不过你也不是第一次了，上次不还有个患者要嫁给你吗？"严焕永远都没个正经，还调侃起来，"没准这是天降奇缘呀！"

"有什么其他的合理解释吗？"顾行舟并不认为温尔雅喜欢自己，他这个人最不缺的就是自知之明。

"不是喜欢你，就是想杀你，我要开机了，你自己选吧。"严焕直接挂了电话，留下被他这样一咋呼，想法开始跑偏的顾行舟。顾行舟开始思考起自己和温尔雅认识以来发生的所有事情。

三十秒后得到了答案，肯定是后者。只是随即，他就又否认掉，法治社会，又不是在演电影，随随便便就上演生死戏码。强制着让自己不去思考关于温尔雅的问题，他连带着她的消息都忘记回复。

没有答案可抄的温尔雅做作地点了一份轻食，在徐导的注视下吃掉里面的肉和水果之后，直接把绿色菜叶子和盒子一起丢进了垃圾桶。

"你这样真的健康？"

"生的菜叶子太难吃了。"温尔雅看向徐导面前的生煎包与酸辣粉,酥脆饱满的生煎配上酸辣可口的红薯粉,只是多看了一眼,她已经能在脑海中想象出口感。

"要不,吃一口?"徐导能明显感觉到她对着桌上的东西在咽口水。

"晚上不能吃太多。"

温尔雅看了一眼已经在垃圾桶里的饭盒,自我催眠起来:"养生的同时还能减肥,一举两得、一箭双雕、一石二鸟。"

等到晚上,饿得睡不着的温尔雅开始后悔,最终,她是幻想着吃牛排、日料、小龙虾才勉强入睡的。

第二天自然醒得格外早,起来的第一件事就是觅食,她吃完才想起询问顾行舟,为了省事干脆一起问了:顾医生,你今天三餐是什么安排?

顾行舟给她回了一个菜谱后,温尔雅看到他那边显示"正在输入中",等了会儿,半天也没收到有新的消息发过来,也就没在意了。她看了眼时间还早,就出门去了——她还要锻炼。

温尔雅背着手走了快四十分钟才到工作室,盘算着今日的运动量达标,又在自己的健康之路迈出了一大步,不由得沾沾自喜。

当晚,甲方飞机落地,她心里感叹的,成了"北极贝真好吃"。

次日再睁开眼是熟悉的中午日头,她又给顾行舟发了消息询问他中午和晚上准备吃什么,以及以后他睡觉前能不能通知自己一下。

顾行舟:……

温尔雅:最好,每次出门上班就来敲我的门,好人一生平安。

温尔雅的门很快就被敲响了。

"我今天晚班,你……"顾行舟站在门外,神情严肃,脚上没来得及换的拖鞋足以见证他出门的匆忙,"是有什么计划吗?"

"对。"

温尔雅坦然地承认,这倒是让顾行舟再次语塞。他在严焕的强烈推荐下看过温尔雅的一些作品,悬疑往往都伴随着犯罪。

就在顾行舟想着如何解决这件事的时候,温尔雅补充道:"我准备严格按照你的生活习惯要求自己!"上次在他家吃晚餐时,温尔雅就打算透露出自己的目的,但对方没追问。最近几次也没有主动开口的契机,眼下有了机会,她自然就迈向了眼下的台阶。

这倒是让想象力已经打开的顾行舟有些怀疑:"就这样?"

"你怎么有点失落?是不相信我可以?"

"明天我一定叫你早起。"

顾行舟迅速消失,隔着门还能听到温尔雅的嘱咐:"我要是不醒,你就用力多敲几下啊!"

总算松了口气的顾行舟照做了,第一天,他敲了五分钟才把人叫醒,迟到。

第二天,顾行舟迟到。

第三天,顾行舟迟到。

最终,斩获"接连迟到三天"这个殊荣的顾行舟决定把自己的闹钟送给温尔雅。

"现在还有人用闹钟呀？"闹钟是灰色的，很简单常见的设计，却让温尔雅稀罕了半天。

坐在温尔雅家刚收拾出来的沙发上，顾行舟点了点头："我设定了每天早上八点半的闹钟，你放在客厅让它响，绝对能准时起床。"

进到别人家这件事对顾行舟来说实在少有，所以他坐得笔直，很是拘谨，瞧着笑容满面的温尔雅想开口告辞。

却被对方一句话阻止了要起身的动作："谢谢顾医生，我也有一个礼物送你！"

温尔雅兴致勃勃地拿出一个纸箱，顾行舟接过去打开一看，是路由器。

"我发现早起这件事，努努力还是可以的，但是我晚上总想网上冲浪，一不小心就又晚睡了。"

温尔雅这几天虽然没尝到健康生活的甜头，但对这件事热情不减，甚至还会复盘，认定主要原因就是互联网！

"你给我的意思是……"

"您能不能把这个路由器安在您家，睡觉前直接关掉。我设置了手机在晚上十点强制断网，没有网络，我一定会睡觉的！"

看着温尔雅渴望的眼神，顾行舟虽然有些勉强，却也再次答应了下来。

于是出现了这一幕——晚上十点之后，温尔雅开始用短信和电话与人联系。这样的情况持续了半个月，那些客户知道温尔雅晚上十点之后不能上网，也都识趣了起来，不再总是凌晨一两点钟还来打扰。

不过温尔雅的早睡计划依旧没能达成，因为笔记本电脑一开，她还可以奋战到半夜，有时候睡不着还看会儿买的纸质小说、漫画。

一个月后，借着请顾行舟来家里吃饭的由头，温尔雅又塞给他一个东西。

看着手中那个按钮，顾行舟摁了一下，温尔雅家直接陷入了黑暗。

"跳闸了？"顾行舟压根儿没往别的地方想。

"不！"温尔雅打开手电筒，照亮自己充满得意的脸，"你手上这个是能控制我家总电闸的开关，我怕黑，下次你睡觉，直接摁灭！我一害怕，绝对睡觉。"

看着黑暗中的唯一光亮，顾行舟甚至忘了再次摁下手中的按钮，半天才蹦出一句："搞创作的果然想法异于常人。"

不过他还是配合照做了，结果第二天刚出门，顾行舟就看到温尔雅在门口等着，哭丧着一张脸。

昨天没电早睡之后，她今天早早醒来，本想跟亲朋好友们分享一下自己的"机智"，却发现因为断电，冰箱里的东西都化了。特别是下层，冰棍都化成了水。

"三十根冰棍啊！"温尔雅痛心疾首，"化了再冻上，原本细腻的质感出现分层，都是冰碴子，那还能吃吗？不能了啊！"

看她如此难过，顾行舟立刻表示："我把按钮还给你。"

他甚至想顺势把路由器也还回去！

每日多了这两道工序，顾行舟现在睡前压力倍增，总担心自己哪天忘记。

"算了,这里面的东西也都不健康。"温尔雅摆了摆手,忍痛割爱,"反正我也不怎么做饭,以后我就不用冰箱了。"

原本想甩掉这件差事的顾行舟看着温尔雅那张难得出现沮丧神情的脸,莫名地又揽下了个新差事:"那这些东西先放到我那边吧,以后你有需要用冰箱的时候就去我家。"

"会不会有些麻烦?"

温尔雅客套着,眼神却落在了他手上的餐包上。她很早就发现顾行舟是每天自己带便当的,心里早有惦记,得寸进尺起来:"你介意做饭的时候顺便多做一碗吗?"

这话实在有些委婉,顾行舟迟疑起来,消化着"多做一碗"是什么意思。

在他迟疑的时候,温尔雅忙补充道:"我的意思是,要用你家的冰箱,做菜的话还要去找你拿。要不然以后我买菜,你做饭……"

越说温尔雅的底气越不足,她是社交能力在线,但也不是厚颜无耻啊!

又是麻烦人家叫早,又是安排人家摁下小按钮,现在还要强行蹭饭,温尔雅不用换位思考都觉得强人所难。

"嗯。"顾行舟答应了。

温尔雅没想到,顾行舟竟然答应了。

之所以答应,顾行舟给自己的解释是:本来做饭一个人的量就很难把握,即便独居这么久,他还是会时不时超分量,多一个,好像刚好。

但他心里明白,有一丝原因是温尔雅的神情,以及低落的模样。

那样明媚的脸,和晴天的阳光一样让人想多接触一会儿,一旦对方眉眼下垂,就似是飘来的云朵挡在了太阳前。

他即便不愿意晒太阳,也不愿耀眼的东西落下阴霾。

"谢谢顾医生!"

温尔雅内心雀跃,晨起看到那糟糕的场景时生出的无奈一扫而光,对顾行舟竖起了大拇指:"医者仁心!"

"我去上班了。"

"哎,顾医生,你把接下来几天的菜谱发我!"

温尔雅的声音被隔绝在电梯外,走出小区,顾行舟看了看头顶的天空,一阵风吹过,云彩飘动,阳光渐强,刺得他微微眯起了眼睛。

又迟到了。

第四章
外面的世界充满了危险

开始跟着顾行舟混饭吃后,温尔雅的生活质量肉眼可见地提高了。

顾行舟早上有时候叫不醒她,会把打包好的早餐和午餐挂在门把上。温尔雅把饭盒带到公司,香得徐导一个劲地问能不能以后带他一份,并表示愿意出餐费。

"再多一个和我一样的人,顾医生可能会连夜搬家。"

今天顾行舟休息,温尔雅是直接来他家吃的晚饭,在餐桌上手舞足蹈地转述着自己和徐导的对话。

"你最近真的有按时睡觉吗?"顾行舟这段时间被她带得食不言的好习惯开始消失,时不时地搭几句话。

"相对来说,有。"晚上十点之后断网断电,比温尔雅上大学的时候还苛刻,她已经努力克制熬夜的冲动了,回首上个月,有好几次早睡的经历。

"不过有时候项目太紧了,还是要忙一会儿。"温尔雅为了方便,现在经常在公司加班到半夜,然后躺沙发上凑合一宿。不过她没告诉顾行舟,免得对方再次失望。

正说着,她的手机响了起来。温尔雅对顾行舟说了声不好意思,接通后放在了耳边。

"尔雅老师,咱们的项目换平台了,现在的集数要做一些调整。"随着那边的声音传来,温尔雅的眉头都皱了起来。

她其实看到群里的消息了,但想逃避一会儿,盘算着吃完这顿饭再面对的,没想到人家一个电话就打了过来。她只能老老实实地回应道:"哦,我刚刚看到消息了,还没来得及回复。"

"那现在的情况就是再增加十集,您觉得问题大吗?"

"因为咱们的设定已经是一个闭环了,现在想塞情节进去,还是要好好考虑一下从哪个方面增加能不注水。"

这样的事情是温尔雅最讨厌的——硬加情节!想要故事逻辑完整不掺水,她就要从头开始再梳理一遍。不过这样的问题很常见,所以她应对得很自如,又简单寒暄几句,承诺自己很快就去构思,便结束了对话。

"你们这行都是这样生活的吗?"等温尔雅再次拿起筷子,顾行舟询问道,"我怎么觉得你做的每个项目都要修改。"

"世界上就没有不修改的项目,如果有,一定是因为着急开机。

什么都顾不上了，恨不得让编剧一天写十集，头天晚上写完第二天直接送到剧组开机。"温尔雅就遇到过这样的情况，当时她还是联合编剧，对方写几集，自己写几集，情节断断续续的。

想想时间，好像快上映了……

顾行舟看着不知道想起什么痛苦往事，表情开始变得复杂的温尔雅，没再说话。

他一开始的确不能理解为什么温尔雅如此没有自律能力，连最简单的食住都不能保持一个良好的状态，能晚上熬夜第二天补觉，为什么不能早睡早起，时长都是一样的。

最近接触下来，他大概了解到她的工作强度后，他的认知就发生了改变：不是她不想，而是真的做不到。这行似乎格外喜欢在晚上活跃，几乎每次晚上见面，她都有工作会突然进来，收到意见后她这边就要开始修改，她晚上工作完连夜发过去，对方正好早上上班开始审阅，到晚上再次给意见……

他那天看了眼温尔雅桌面上的文件文档，得知她一年要打几百万字之后，他的疑问从"你为什么不能好好生活"转变为"你竟然还能活着"。

"顾医生。"温尔雅把脑袋里的事情想完，也没了胃口，干脆将筷子放下，"快没菜了吧？咱们明天吃什么呀？"

"明天重阳，我们医院发了些螃蟹。"顾行舟见温尔雅不准备再动筷子，起身开始收拾餐桌，"午餐吃羊肉面，我等会儿把羊肉炖上，不过面你可能要自己想办法煮一下。我明天早班，晚上有时间可以一起吃螃蟹。"

"行。"作为自由职业者,温尔雅的时间总能很好地顾及到顾行舟。而且她极好说话,性格自由散漫。这些与他相反的点,让两个人相处起来,顾行舟难得有种自在的感觉。

看着顾行舟自顾自地开始收拾,温尔雅实在过意不去,打开手机买了不少蔬菜水果——刚刚说的羊肉也不是她买的,顾行舟不让她买肉类,理由是网上送来的不好。

买蔬菜水果的开支可比点外卖的时候少得多,温尔雅不由得再次感叹:"自己做饭真的好划算哦。"

在厨房洗碗的顾行舟没听清楚温尔雅的话,伸出手将水龙头关掉,刚想问一问她说了什么,就听到她感慨一句:"啧,比起自己做饭,还是蹭吃蹭喝省钱。"

顾行舟默然。

等顾行舟洗完碗,温尔雅点的外卖也已经送到,自觉不能进厨房的温尔雅施施然告别。

她打开自己家门后回头看了一眼,顾行舟站在他家门口。她挥了挥手:"顾医生,你国庆不是没休息吗,那你什么时候调休呀?"

"可能下个月。"

"到时候我带你去玩呀?"温尔雅知道自己这样侵略式蹭生活并不讨人喜欢,顾行舟出钱又出力地被自己打扰,身为一个识趣的成年人,总要有所表示。

顾行舟正在盘算自己睡前要做的事情,被这突如其来的邀约扰乱了下思绪，等反应过来，他已经在点头了。

对面的门关上，他心里突然感到一丝期待。

顾行舟朋友极少，严焕花天酒地的生活他根本无法融入，所以休息的时候几乎就是宅在家里。

去玩啊……他从小到大都离"玩"这个字眼很远，甚至连游乐场他都没有去过，不过他也没有什么去的欲望。可温尔雅刚刚的话勾起了顾行舟一些早年的回忆，早到他只能想起一些碎片，小小的男孩坐在电视机前看动画片，身边的哥哥妹妹乱作一团，指着画面上的过山车大喊大叫。

叫了些什么呢？

自己在想什么呢？

躺在床上有些失眠的顾行舟努力回想。

成年后，他甚少失眠，生物钟总是让他准时入睡，准时睁开眼睛。因为早就接受自己是灰色的这件事，所以他刻板地遵守着自己制定的规则。他清楚地知道自己为什么会在此刻清醒，因为有抹无法忽视的彩色闯入，好像连带着灰扑扑的自己也增添了一丝光亮。

似乎有什么蠢蠢欲动。

可等到第二天太阳升起，理智便回归。

顾行舟收拾好出门，没有去敲那扇熟悉的门，只是将便当盒挂在了门把上，悄然离去。

温尔雅开门看到饭盒时，还以为是自己没听到敲门声，给顾行舟发消息问了一声，没得到回复也没在意，拎着饭盒去工作室了。

她用工作室的小汤锅煮好了面，倒入羊肉汤的那一刻，徐导凑了上来。

"我特意从家里多带了包方便面一起煮了。"温尔雅贴心地递给徐导一个盛满羊肉面的便当盒，吸了吸鼻子，"好香。"

"你那个医生邻居的副业是厨子吧？"

徐导"刺溜"一口下去，便当盒就空了快一半，面条被鲜香的羊肉汤包裹，挂着羊肉、白萝卜干。一口羊肉一口萝卜，全然不腻，唇齿留香。

把徐导的称赞夸张了一番发给顾行舟后，温尔雅还附赠一大串捧他的话，依旧没等到回复，但温尔雅也习惯了对方的冷淡，全然没放在心上。在医院的顾行舟拿着手机，盯着屏幕上一串消息。

温尔雅：我同事说他这辈子没吃过这么好吃的东西，顾医生，你真是干一行行一行啊！

温尔雅：你这种人，简直是全能人才。

温尔雅：香到隔壁小孩来求我给他一口汤！

温尔雅：你是不是又在忙？要不然我去挂个号当面夸你吧！

对于这种夸张的……吹捧，顾行舟从一开始的强烈不适，到现在的基本无视，往常还会思索着回一句无关痛痒的话，今天只是看完就把手机收了起来。

"顾医生，最近怎么天天自己带饭呀？"顾行舟是和同事一起去食堂吃的饭，对方看着顾行舟有些泡坨了的面八卦起来，"不会是女朋友给做的吧？"

顾行舟语塞片刻，摇了摇头。

"也是，你女朋友一看就不太会做饭，长那么漂亮。"

"我女朋友？漂亮？"

误以为顾行舟是在质疑他说的最后几个字，对方"哎"了一声："长成那样还不叫好看？你不知道吧，听说不少患者想追她要联系方式呢！"

身为八卦的当事人，顾行舟终于知道了最近萦绕在自己身上的绯闻是怎么回事。

温尔雅之前来医院找他，被人看到过，特别是那次送小蛋糕，更是让"吃瓜人"言之凿凿。徐医生身边的小护士偶尔会在聊天时跟人提起：顾行舟特别关心温尔雅的情况。这更是给谣言增添了几分真实性。

至于他们为什么都知道温尔雅……早前她就是医院的常客，年轻活泛，连顾行舟都对其记忆深刻。

"王哥，我们只是邻居。"

顾行舟拉着王泉义正词严地澄清后，对方竟然眼前一亮："真的啊？那我弟弟还单身呢，你能帮我介绍下吗？"

"你弟弟才十八岁吧？"

"那小姑娘多优质呀！性格好，长得好，听说工作也不错，当我弟妹我很满意呀！"

王泉全然没顾得上帮顾行舟澄清，一心在盘算自己那倒霉弟弟能不能配上温尔雅这个高质量女性。

"哥。"一个小小的招呼声打乱了顾行舟的思路,他转头,看到戴着眼镜怯生生的万曼。

万曼勉强算是顾行舟的堂妹,性子从小就软绵绵的,因为刚来医院不久,和身边的人都没熟络起来,所以没事儿就喜欢来找顾行舟。

顾行舟心思乱得很,点点头就直接起了身,盖上面前没吃完的面条,一句话没说就走了。

瞧在顾行舟的面子上,王泉对万曼打了声招呼。

万曼挂起个笑脸,顺势坐在了顾行舟刚刚的位置,直勾勾地望着王泉。王泉被她看得都有点不好意思起来:"小顾妹妹是吧?哎哟,也来挺久了,还是第一次见。王泉,泉水的泉。"

万曼想说什么,却先红了脸,将头埋了下去。顿时,两人之间的气氛奇怪了起来,王泉尴尬得不知道要说点什么,找了个托词饭都没吃完就走了。

八卦的另一位当事人——温尔雅则心情很好地早早回了家,她提前敲响了顾行舟的门,嘴里哼着歌丝毫不掩饰自己的愉悦。

顾行舟往常肯定会询问的,但今天他格外沉默。

"顾医生,你怎么了?"温尔雅坐在沙发上划拉手机,"你不会是把螃蟹全都吃了,不知道怎么面对我,所以战术性沉默吧?"

"螃蟹在锅里,马上好。"顾行舟掩饰下自己的思绪,将思考了一天的话说出来,"我最近要准备考试,可能没时间做饭了。"

"啊?那要不然换我给你做饭,你安心备考。"

温尔雅是瞬间遗憾吃不到顾行舟的手艺,却并没有表现出来。毕竟她蹭吃蹭喝,虽然买了原材料,但和顾行舟的时间成本比起来,自己的付出简直不值一提。

她第一个想到的是自己能否为顾行舟做些什么,算是答谢。

"太麻烦了,我在食堂吃就可以了。"顾行舟说着,将温尔雅给他的开关拿出来,"这个,还是还给你吧。"

温尔雅根本没有深想,以为顾行舟是要开始闭关,不想分心搞别的事情。她赶忙伸手接了过去:"行,顾医生,你要是有什么需要帮忙的就告诉我!"

"那……你还会早睡吧?"

"会呀!我可以把这个玩意儿给我其他朋友,远程操作应该也可以吧。"

温尔雅的话让顾行舟更加沉默,一直到螃蟹上桌,他都没再说一句话。温尔雅权当他心情不好,也没再聒噪,专注地剥着螃蟹壳。

看着对方认真的模样,顾行舟几次欲言又止,可是一直等到这顿饭结束,他都没说出一个字。按照往常,温尔雅要不了多久就会主动给他发消息,不管说些什么,总是突然出现。但这次,温尔雅离开之后,没有一次叨扰,而且一连十几天都没有一丁点动静。

明明就住在隔壁,却一次面都没碰到过。

顾行舟想,本来两人的作息就大为不同,不是有心,就难以见到。可见之前,对方是多主动,才能有那么多巧合。他也不由得想,两人的关系是不是——只要她停下,就和陌生人没什么区别了。

"顾医生最近怎么总吃食堂？"之前诧异顾行舟自己带饭的王泉再次发问。

顾行舟已经是第三次拿出手机来看了，听到王泉的疑问，他抬眼："怎么吃都要被问，不如简单点儿，免得再有八卦传出来。"

"你看手机的频率，更像是在恋爱了，欲盖弥彰。"王泉说着又扯到自家弟弟身上，"哎，我给你看看我弟弟的照片，你觉不觉得我弟和她有点夫妻相？"

这个"她"是谁，不言而喻。

顾行舟心里烦乱，为了不被纠缠，饭都没吃完就回了办公室。

没想到看到了坐在走廊上的温尔雅。

他脚步下意识就停了下来，保持着这个不远不近的距离看着低头回信息，显然没注意到自己的温尔雅。

正在和资方纠缠的温尔雅眉头越皱越紧，她有些不耐烦地快速划拉了一下手机。

"又不舒服？"顾行舟走近了。

温尔雅抬头和顾行舟对视，露出一个笑脸来："我没事儿，我那个同事腰肌劳损，来推拿，我就也顺便过来了。"

"哦。"顾行舟轻轻点了点头，手指向自己办公室，"那我先进去了。"

"顾医生，顺便买了块蛋糕。"温尔雅扬起手中的纸袋，"你不是说你要考试吗，我都没敢打扰你。所以刚好今天过来，就是问问你备考得怎么样？十一月还有休息吗？"

顾行舟接过纸袋，点了点头："明天就开始，休息三天。"

"那我们今晚一起'跨月'吧！正好严焕要来找我，不打扰你备考吧？"

他点了下头："已经考完了，晚上……我做饭。"

"我来我来，提前庆祝你拔得头筹。"温尔雅笑眯眯地对顾行舟挥手告别。

顾行舟回到办公室坐下，手指勾开纸袋，是块巧克力蛋糕。他刚刚其实在想，温尔雅是否是来找自己的？这个念头出来后，他只觉得心头一轻。

虽然她没有给自己发信息，但专程带了蛋糕来，和自己见面应该是在她的意料之中吧？

顾行舟思索着拿出手机，踌躇了半天，主动给温尔雅发了条消息：谢谢。

晚上的聚会不仅有严焕，徐导也被温尔雅拉了过去。

"这是我搬过来之后，你们第一次过来吧？"温尔雅坐在沙发上，面前沸腾的锅底已经开始散发香味，"为了给你们留一个好印象，我就不下厨了，火锅涮一涮，饮料喝一喝。"

见顾行舟这次没有扫兴说出晚上不宜吃太多的话，严焕都有些诧异："咱们顾医生不在饭前发表一下健康提议？"

"说了也没人听。"顾行舟手拿小猫形状的瓷碗，夹起一块涮好的羊肉，"而且现在适合吃羊肉。"

"久闻顾医生大名,我老早就想让您给我把把脉了。"徐导对顾行舟产生了很大的兴趣,毕竟他比温尔雅年纪大不少,养生需求也更加迫切。

总的来说,这顿饭吃得还算融洽。就是眼看到了十二点,顾行舟和身边精神抖擞的三人相比,他已经开始有些犯困,听人说话时都有些走神。

"温尔雅就喜欢搞这些花里胡哨的,每个月都要搞一次'跨月'。"严焕扒拉了一下桌上花瓶里插着的向日葵,"仪式感拉满。"

"那你还不是每次都厚着脸皮过来?"温尔雅伸手把严焕的"爪子"拍开,扫了一眼手机时间,突然跳了起来,"最后一分钟,倒计时!"

日历从十跳向十一,温尔雅举起手欢呼:"十一月,祝我所有的项目一稿过!"

"你项目过就是我项目过,我加一条,项目爆火!"

"我要我和我身边的人都脱单!"

严焕话音未落就被温尔雅拒绝:"你自己倒霉就够了,别带上我们。顾医生,快快快,过了十二点再喊就不灵了。"

"那我祝大家心想事成。"

顾行舟确实没有什么心愿要呐喊出来,有期待就会有失望,所以他一向懂得克制自己。倒是精神上被这三人一吆喝,清醒了些,困倦的脸上挂起一丝浅笑。

有温尔雅和严焕在,气氛永远不会冷下来,温尔雅首先反应过来:"我的愿望有顾医生的心愿加持,肯定要实现呀!"

"那我岂不是可以开始准备结婚了？"严焕紧随其后附和。

耳边热闹的声音开始的时候还能让顾行舟大脑清醒几分，但越往后，他越难抵挡自己的生物钟，好几次坐着都短暂地睡过去几秒钟。温尔雅便主动散了这场要闹到凌晨的小聚。

顾行舟有些迷迷糊糊地进了自己家门，转头看到笑盈盈望着他的温尔雅，张口叫了她的名字。

"怎么了？顾医生。"

顾行舟喉头发紧，想说些什么，可脑子偏偏迟缓到组织不好语言，而后又被赖在他家的严焕招呼了一声："顾行舟，你不是困了吗？快来睡觉啊，明天还要出门玩儿。"

"明天见。"顾行舟素来不爱"晚安"这个词，像是画上了句号。即便他之前那般逃避，即便他现在如此不清醒，他也不想跟温尔雅道别。

"明天见。"

温尔雅笑起来，眼睛眯在一起，甜得像是刚刚桌上没喝完的甜酒。

顾行舟失眠了，明明困得眼睛已经开始干涩，身上的每一块肌肉都不舒服，脑子却在躺下的瞬间清醒过来。一夜没睡的人却起了个大早，他看着躺在自家沙发上蜷缩成一团的严焕："起床。"

"不行不行，今天我没事儿，再睡会儿。"

严焕是指望顾行舟多叫自己几次的，没想到等再次睁开眼，竟然已经是下午三点。

他去找顾行舟没找到，去敲对面的门也没人开，一个电话给温尔雅打出去才得知,因为自己睡得太死,那两人已经出门去了。

"说好一起出去玩儿,什么叫一起?你们在哪儿,我现在就过去!"

严焕在那边抗议着,温尔雅直接挂断了电话。其实他们也刚出门没多久,因为温尔雅睁开眼的时候也已经是下午……她这次主要是想报答顾行舟,在他休息的时候好好照顾他一次,自然一切要由她消费,严焕不在,还能省不少钱呢。

"我本来也不想带他,他剧本杀玩得特别烂,和他一起,每次都没有游戏体验。"温尔雅和顾行舟早已经没了当初第一次独处的尴尬,自在地拿出手机给顾行舟看她做的行程表。

今天是顾行舟放假的第一天,温尔雅已经安排好:带他做个SPA,去最近特别火的日料店吃晚饭,然后直接去开一局剧本杀。

"那明天呢?"

听着这些陌生的行程,顾行舟的大脑无法想象是怎样的感受,他对娱乐项目了解很少,倒是有种听课程安排的感觉。

"明天我一定早起!咱们上午去上插花课,中午吃西餐,下午去猫咖,猫咖楼上就是一个清吧,听听音乐顺便吃晚饭。"温尔雅是一心想用这三天时间让顾行舟好好放松一下,把自己日常的轨迹都贴了出来,"咱们最后一天上午上茶艺课,中午吃法国菜,下午再上一节拳击课,然后去看首映电影!"

听完这些计划,顾行舟好久没说话,温尔雅顿时紧张起来,她只顾活动的多样性了,忘记考虑他是否喜欢。这个反应,不会是完全不感兴趣吧?

她大脑飞速转动起来,开始思考有什么方案可以做备选……去图书馆?

"你平常,都做这些吗?"顾行舟是对这些陌生的体验有些谨慎,却也萌生出些许期待。说是期待这些玩乐,更像是期待可以进一步了解甚至体验某个特别的世界。

"差不多,因为我不坐班嘛,时间还算自由,忙里偷闲。"温尔雅见顾行舟没拒绝,语气雀跃,"不过最近太忙,我也好久没玩过了,就当是蹭顾医生你的假期了。"

温尔雅没说自己完全是为了迎合他的时间,硬挪出来的空当。严焕之前告诉温尔雅,顾行舟每次放假都不会出门,也没有任何娱乐社交,所以她才会安排得如此满满当当。

万一顾行舟这次开了窍,突然爱上了休闲娱乐呢?

两人一路到了美容店,几个美女热情迎过来,让顾行舟进门就感到了不适,微微皱眉。

"都做清洁补水,我们能在一个房间吗?"温尔雅凑到顾行舟身边,低声问道,"是不是比你们医院的服务态度好多了?"

"两个不同行业进行对比没有任何意义。"

顾行舟说着,就被送上一双一次性拖鞋,对方弯腰要给他送到脚边,惹得他赶忙后撤了一步:"谢谢,不用麻烦了,我自己来。"

对于这种贴心服务,他多少有些不习惯。

温尔雅其实也不喜欢这种几近谄媚的服务模式,点头道谢后就让对方离开了。

两人一前一后来到房间,温尔雅舒服地躺下,有一搭没一搭地和美容师说话,衬托得旁边格外安静。

"秋天就是要多补水。"技师在温尔雅的脸上拍拍打打,"您男朋友好安静哦。"

"我朋友。"温尔雅赶忙将两人的关系澄清,顾医生应该是开不得这样玩笑的人。

顾行舟脑子里根本没想这些,因为他的脸有些发烫,说出了躺下后的第一句话:"我的脸有些烫,可能是过敏现象。"

"是太缺水了才会这样,甚至严重的还会有刺痛,不可能过敏的!"对方言之凿凿。

直到做完后,顾行舟的脸上出现大片的红点……

他丝毫不慌地去洗手间用清水仔细洗脸,盘算着怎么能快速恢复,要是在家里他肯定会选些小妙招,但现在他不想扫了兴,就决定先买些过敏药吃下。

从洗手间出来时,顾行舟已经把要买的药想好,黑脸的温尔雅和赔笑的店长站在前台等他。

"走吧。"医院里也总有这样的小意外发生,顾行舟根本不用换位就能思考到美容院此刻的心情,表现得十分大度。

温尔雅一言不发地跟他出了门,走到药店时忍不住开口:"顾医生,不好意思呀,我……"

"过敏很常见,我自己都不知道,你们怎么可能知道?"顾行舟说着,还拿了一袋口罩,"我刚刚看了一下,情况并不严重,很快就会好了。"

"我来我来。"温尔雅抢着结了账,并拿出一张美容院刚刚塞给她的卡,"他们赔了我一张大额美容卡,我估计你不会再想去了,所以医药费我出,我出!"

顾行舟拿出一个口罩戴在脸上,莫名地让温尔雅觉得自己是在就医。

更让她没想到的是,顾行舟竟然说了个冷笑话:"这算是,我交的娱乐费?"

"的确够了,可能还有富裕。"

温尔雅本来还担心他会不好意思觉得别扭,如今有了这张补偿卡,倒是能顺水推舟了。

"其实医院也有美容科。"两人在往日料店溜达着,顾行舟总结道,"感觉比这里专业。"

"医院要排队,时间成本太高了。而且氛围不一样,感觉就也不同。"

日料店门口已经有不少在等位的人,但因为温尔雅有预约,两人进去得很顺利。落座后,顾行舟翻着面前的菜单,突然冒出一句:"体寒的人不适合吃太多生鱼。"

"顾医生。"温尔雅看着满脸疹子的顾行舟,早不似当初只敢在心里吐槽,"人在快乐的时候不能想太多,不然身体健康了,心里难受,也不会长寿的。"

顾行舟这次顺从地点了点头:"对,我之前有些矫枉过正。"

"停！吃饭的时候不要想东想西，也不要反思！咱们就放纵三天，之后再捡起养生事，做回健康人。来壶清酒。"

"可是……"

"清酒度数低，小酌几杯不会醉的。"温尔雅打断顾行舟的话，洒脱地挥了挥手。

于是，在清酒被端上来的时候，她听到了顾行舟的一丝叹息："可是我过敏，不能喝酒。"

幸好温尔雅酒量好，一壶清酒下去全然没有任何感觉，要不然剧本杀就只能"鸽"了。她心情好了，话也密了起来，笑盈盈地瞧着吃相优雅的顾行舟调侃："顾医生，你平常休息的时候都干什么呀？读书看报？"

"对，偶尔周末登山看看风景。"

日料店有些暗的灯光下，顾行舟脸上的阴影很重，五官更加立体。无论从什么角度去看都没有死角，精致的面部弧线没什么攻击性，他不板着一张脸，温尔雅脑子里竟然蹦出了"乖巧"这个词。

被这个与顾行舟毫不相干的词逗得挑眉一笑，温尔雅不走心地称赞了一句他今日的穿搭："灰色很适合你。"

他今天穿着件灰色中袖衬衣，下身搭配灰色西装裤，腿长腰细，肤白肩宽。温尔雅早上瞧见他的时候，有被帅到三秒钟。

"嗯。"以为这句话是在说他的生活，顾行舟认同地点点头，抬眼和对面的人对视，他身体微微前倾了一些，"黑色太沉，白色太轻，灰色刚刚好。"

温尔雅低头看了下身上糖果彩虹色的小短衫："彩色呢？"

顾行舟喉结动了一下，他说不出什么连珠的妙语，脑海中想了许多成语都觉得词不达意。

好在温尔雅自顾自地接上了她自己的话："我还挺喜欢这件衣服的，夏天就要缤纷嘛，不过灰色是比白色好，耐脏。"

两个人这顿饭吃得多少有些不在一个频道，吃了许久，外面的天色渐渐暗下来，才并肩慢悠悠地走出门。

知道顾行舟不太擅长和陌生人打成一片，温尔雅对晚上玩剧本杀的小伙伴们都一一打了招呼，所以在瞧见两人并肩进了房间后，大家收敛地没有开顾行舟的玩笑，展现一副和善自然的状态，除了严焕。

他对今天早上被甩掉这件事耿耿于怀，冷眼看着两人落座，酸起来："我还以为你们俩私奔了呢。"

"啧，我们走那么早就是想把这个环节的你甩掉。"温尔雅才不吃他那套酸言酸语，"早知道你来，还不如私奔呢。"

大家纷纷附和起来，严焕很是不服气，他从来不认为自己玩得差劲，嚷嚷道："我可是资深玩家，换本换本，搞一个最难的！今天绝对把游戏体验拉满！"

严焕摩拳擦掌，直到……拿到本子的顾行舟第一轮发言，言之凿凿地开口："我是凶手。"

第一天的确算不上愉快，温尔雅给顾行舟再三保证，第二天的行程绝对愉快。

结果——早上插花,顾行舟被花刺扎破了手;下午猫咖,顾行舟被猫抓伤了腿;晚上,自然是没去成酒吧,而是连夜去医院打了狂犬疫苗。

温尔雅沉默了。

别说放松了,说她是在折磨顾行舟都没人会怀疑。

顾行舟打完针,坐在一旁等待观察,余光看向面如菜色的温尔雅,正想开口说句宽慰的话,只见她突然转过头,严肃道:"顾医生,我看你最近有些倒霉,明天还是不要出门了,在家待着吧!"

这两天确实身心俱疲的顾行舟没客套,答了个"好"。

他顺便给闻讯发消息来询问的严焕回了条消息。

严焕:体验到多彩的世界了吗?感觉怎么样?

顾行舟:不仅灼目,而且烫人。

严焕:我早告诉过你,外面充满了危险。

放下手机,他看着身边被低落情绪笼罩的温尔雅,觉得自己这两天的表现实在扫兴。出了医院,顾行舟主动开口提起明天的行程:"明天要看什么电影?"

"哦,我们公司股东第一次露脸的院线,爱情片,应该不是你喜欢的。"

像顾行舟这样的男人,应该完全不能欣赏现在爱情电影中油腻的桥段,毕竟连温尔雅这个专业的,都对许多迷惑情节百思不得其解。

一路无言,两人下了电梯分别,关门前温尔雅叫了顾行舟一声。

顾行舟回头,看到她诚恳的模样:"顾医生,刚刚去医院我才想到,最近我真的没有再生病了！麦粒肿也好久没有再长了，谢谢你啊！"

"你那个按钮……还要给我吗？"

"哎呀，不用啦，我现在已经养成作息了，晚上准时犯困。"

顾行舟看着温尔雅摇头，本以为自己会感觉轻松，却不想心里像是猛然空出了一小块。小到只有他自己才能察觉，却让他的心思越发凌乱。

晚上躺在床上，顾行舟鬼使神差地买了两张电影票，买完后看了一下简介，果然不是自己喜欢的。他打开温尔雅的对话框，迟疑了半天，最终什么消息也没发出去。

他心里惦记着这件事，睡也睡得不踏实，好不容易强迫自己睡着，竟然梦到了温尔雅。

梦里，两人坐在彩虹上，顾行舟一开口说话天空就乌云密布开始下雨，随即彩虹越来越弱，两人也摇摇欲坠。温尔雅一巴掌捂住了顾行舟的嘴巴，让他不要再说扫兴的话，顾行舟一着急就从彩虹上跌了下去，让他连带着也彻底醒了过来。

明知道是梦，顾行舟却还是怅然若失地缓了一会儿才从床上爬起来，看了一眼时间，已经是中午了。

这是他近几年第一次颠覆自己的作息，下意识去摸身边的闹铃时，才想起自己已经把它送给了温尔雅。

他撑着身体起来，客厅墙面上悬着的挂钟时针已经快转到"12"，他轻叹口气，简单收拾了一下自己后走向温尔雅家的门外。

敲了三下，里面都没回音，他拿出手机想将昨晚没发出去的信息发送,却看到温尔雅的头像在朋友圈那边挂着,显示她有新的动态,他顺手点了进去。

一张法国菜的照片,还是双人餐。

顾行舟感觉心里破开的那个小洞似乎又大了一圈,他盯着那张构图考究、充满食欲的照片看了一会儿,而后打开对话框将"我买了电影票"这几个他酝酿许久才打出来的字——删掉。

自己不过是一个友好邻居,很轻易就可以被替代的人。

果然如此。

另一边,温尔雅心里正挂念着顾行舟的事,于是跟坐在对面的徐导又提起:"我是真的想报答顾医生,但他现在肯定觉得我是在故意谋害他。你说说,这每一步都像是精准设计好的一样,我写剧本都不敢写这么多巧合情节进去!"

"我看那顾医生脾气挺好的,不会记恨你给你下药的。这家店真不错!我回头要感谢一下顾医生没来,便宜我了。"

"你还是感谢许知吧,我这是提前安抚一下你即将看大烂片的心灵。"

温尔雅说着打开了手机,给顾行舟发信息询问他感觉如何,那边礼貌地回了两个字:还好。

纵然是她这种聊天能手,面对这毫无回应空间的字眼,也只能选择沉默。

不过隔着屏幕,她也无法感知对面的人此时到底是什么情绪,就只能当作是顾行舟以往的作风置之脑后了。

温尔雅晚上要看的电影首映，主创团队也会来，所以到场的大部分都是男女主角的粉丝。只有温尔雅和徐导在里面显得格格不入，一人抱着一桶爆米花冷静咀嚼。

意料之中的俗套情节，看着满屏的人脸特写，徐导几次坐不住扭动着身体。温尔雅越看越语塞，但毕竟以后要转型做爱情片，她还是抱着学习的心态妄图能偷些师回去，看到最后她五官越凑越近，整张脸都拧在了一起。

匪夷所思的剧情和浮夸的台词让两个从业者彻底沉默了。

徐导深吸了口气，电影落幕，灯光亮起，主创团队缓缓登场，周围立刻爆发出掌声和尖叫，这口气才算吐出来。

总算是熬到电影结束的温尔雅赶忙也拍了两下手，徐导则双手抓住了自己的头发看向温尔雅，自我怀疑起来："是我年纪大了吗？怎么有些没看懂啊？"

"我主要是看脸，男主确实比许知帅。"温尔雅向来不爱评价别人的作品，便中肯地评价了一下自己的好友，"演技也比他好。"

首映礼的下一个环节是主创发言，男女主角开口前都迎来了热烈的欢呼，轮到许知时众人就显得冷静了许多。

"白知秋！"温尔雅想到许知的嘱咐，厚着脸皮挥舞起双臂，顺便把刚刚看的一肚子郁闷趁机变成违心的呐喊发泄出来，"演得真好！"

许知对温尔雅的方向微微一笑，绅士地挥手示意，惹得不少人看了过来，让即便社交能力强悍的温尔雅也倍感丢人。她硬着头皮做出一副快乐的表情，双手合在一起对许知比了一个心。

散场后，温尔雅和徐导告别，上了许知的房车。看许知垮着一张脸，温尔雅想到自己刚刚孤立无援的呼喊，忍不住笑了两声："许大明星这次没雇人来给自己捧捧场？"

"大部分都是抽奖抽来的人。"许知一拍大腿，"挽尊"道，"肯定是我的粉丝运气不好，没被抽中！"

温尔雅给了他一个白眼："哎，前两天聊天，有个导演的新戏在建组，他还挺喜欢你的，我把你推过去了，联系你了吗？"

"试了戏，还没音讯呢。最近太忙，我都忘了问你，那部爱情的本子怎么样了？"

"没什么进展，估计年前不会推进了。"温尔雅说着，拿出手机给许知发了几个文件，"这是公司最近在接洽的项目，有一部我觉得还可以，你感兴趣的话，回头约着制片线下见面聊一聊。"

毕竟是自己的大股东，工作还是要汇报一下的。

两人在车上聊了会儿，又一起去吃了顿夜宵，许知还贴心地把温尔雅送到了家门口。

"我搬过来之后你还没来过呢，要不进来坐会儿？"

"我困死了，明天早上八点的飞机。"许知说着打了个哈欠，"今天吃了这么多，回去还不能睡觉，得先锻炼四十分钟消耗一下，下次吧。"

"这就是男明星的自我修养吗？"

"毕竟是干这一行的，维持颜值是基本的职业道德。"

温尔雅笑笑，朝他摆手告别。

谁承想，这再平常不过的事情，一周后就上了热搜。

第五章
你像极了情窦初开的少年

温尔雅打开微博,"白知秋恋情"就挂在页面上,后面还挂了一个"热"。她第一反应就是:这恐怕是许知出道以来热度最高的时候了。

点开词条,温尔雅越看越语塞,深刻体验了一把"吃瓜吃到自己头上"是什么滋味。

什么"女友参加首映会,甜蜜对视""车中密谈、共赴爱巢",用词可谓……离谱中带着一丝真实,夸张中带着一份诚恳。

刷了半天新消息,温尔雅将此时此刻的心情都记录了下来,文档标题:男明星的神秘女友被曝光后的心路历程——写爱情剧本的素材又增加了。

相比之下,她周围的人就着急多了。

许知道消息后，一个电话就打了进来，痛斥："让他们拍的时候他们不拍，不让他们拍的时候他们倒是敬业起来了！我已经让人起草律师函，放心，你的生活绝对不会被打扰！"

"你还没火到能打扰我生活的地步，而且先说好，万一有人开一笔天价找我要你的黑料，或者要我胡编乱造，我是不会拒绝的。"

"分我一半，我可以再给你点儿'实锤'。"确定了她没发火，许知放心地挂断了电话。

可随即，严焕就敲响了温尔雅家门。

人还没进门，严焕对许知的谴责就冒了出来："这个许知，太不靠谱了！万一你被'人肉'怎么办？"

"目前还没人认出来是我，包括我爸妈。"温尔雅倒是有些纳闷，那么糊的图，严焕怎么看出来是自己的？

对此，严焕的回答是——男人的第六感。

温尔雅又找出那几张图，仔细放大看了又看，身为本人的她都分辨不出来这是自己。

"别看了，我是因为见过你这件衣服，而且这图上的墙啊、门啊、花花草草，我一眼就看出来是你小区了！世界上没有那么多巧合，真相只会有一个！"严焕说着继续对许知展开人身攻击，"我严重怀疑是他自己在炒作！"

"你误会了，他没钱。"许知所有的家底都被温尔雅掏出来投资"而至"了，贫穷到信用卡还款都逾期。

"你怎么总偏袒他，他还一直反对你恋爱，你们两个人不会真有什么吧？"严焕直接从沙发上跳了起来。

"……他的那些理想型，每一个都很富有，显然我还不够格。而且这件事根本没给我带来任何影响，你们的反应也太大了。"温尔雅一脸无奈。

"那他到现在还不澄清？他现在彻底成为我最讨厌的明星了！"

"他之前不是吗？"

瞧着温尔雅一副无所谓的样子，严焕丝毫没有了再和她讨论这件事的欲望："我要去找顾行舟吐槽他。"

"你反应这么过激干什么？顾医生最近很忙的。"温尔雅无奈地对严焕挥了挥手，示意他坐下，"我前天炖了排骨汤给他发消息，他好久才回我，说在加班。"

一听不能去打扰顾行舟，严焕不情不愿地坐下，抓着温尔雅又是一顿教育，总结下来就是：远离许知，否则会变得不幸。

温尔雅敷衍地应声。

她是真的没有什么特殊的感觉，一来目前她尚未受到任何影响，还能体验下之前只能脑补的情节，增加今后创作的真实性；二来温尔雅身为半个影视圈的人，对这种事情的接受程度尚可，如果真能给许知带来些热度的话，她也没意见。

瞧着情绪激动的严焕，她甚至主动调侃起那个已经有些陌生的人："我以为能让你情绪波动如此之大的男人只有姜郁。"

果然，严焕顿时熄火，张了两次嘴都没说出话来。

"今年过年你要是有空，约个饭？"在温尔雅看不到什么怒火的眼神下，严焕没头没脑地发出了个邀约，识趣地省略掉那个人名。

"不是吧？你非要大过年的给我找不痛快？"

难得，温尔雅没直接甩脸色给他。只是这态度却间接助长了严焕的胆量，他道："学长就是想和你道个歉。"其实照片里的人是温尔雅这件事并不是严焕发现的，而是姜郁突然发了消息询问，严焕才后知后觉地"福尔摩斯"起来。

"可以呀，他发声明，告诉大家那个获提名的剧是他偷来的！退圈，别做导演梦了，我立马原谅他。"

严焕知道自己再开口无异于火上浇油，闭上了嘴，但温尔雅却越想越气恼，伸出手来："手机给我，给姜郁打电话。"

"尔雅……"两人的情绪突然之间掉了个，严焕心感不妙。

"严焕，未吃他人苦，莫劝他人善，你以为我们现在是三岁小孩吗？做错了事情说句对不起就不用负责了，还是你觉得我身为受害者我有罪？"温尔雅越说脸越冷，直接走向玄关处打开了门，"他付不起代价，就别假惺惺地想得到；你付不起代价，就别再来揣着糊涂当和事佬。还有，我宁肯和许知在一起也不会吃他这口回头草，起码许知长得比他好，看着那张脸能多干一碗饭，不至于倒胃口！"

和温尔雅一起长大的严焕清楚，她脾气向来是不好的，从小学到大学，哪个年龄段都跟人有过摩擦。不过是后来逐渐明白了棱角要收起来一些的道理，见识、相处的人多样起来，她才越发内敛。

可是温尔雅对他，少有发这么大火的时候，上次似乎还是高中他想辍学混社会的时候。

严焕顿时就懊恼起自己的口无遮拦了。他被姜郁那些消息怂恿，又听温尔雅主动提了姜郁，误以为这是个机会，却直直地戳到了她的痛处。

他老老实实地走出了门，人刚踏出门槛，温尔雅就将门摔上。

震得他脑子都清醒了不少。

顾行舟听到外面这样大的动静，也打开门来，正好把站在原地发愣的严焕接了过去。

"怎么了？"顾行舟有些诧异。他和温尔雅认识时间不长，见到的更多是她好脾气的一面，不知道是什么样的矛盾让她直接把人赶出门，还将门摔得震天响。

严焕坐在沙发上，五官都快拧巴到一起了，连着叹了几声气："怪我多嘴！"

"那件事？"

顾行舟有好友是许知的粉丝，对方将那张照片分享在朋友圈并发了一串祝福的话，顾行舟看到"白知秋"三个字时想起自己没送出去的那张电影票，那部电影的主演名单里有这个名字，他鬼使神差地点开了那张配图。

他一眼就认出来"神秘女友"是温尔雅。

直觉。

他这个从不看娱乐资讯的人破天荒地搜索了一下午关于许知的消息，甚至专程下载了"微博"详细了解起"白知秋恋爱"这个词条，看到手机都有些发烫。

他记得严焕表示过对这个男明星的反感,于是先入为主地认为对方是因为这件事和温尔雅吵了起来。

"你也知道?"严焕诧异地看向顾行舟。

"嗯。"

"哎哟,其实学长人……他这些年一直在跟我忏悔当年做的事情,说想找机会给尔雅一个解释。我看尔雅这么多年对这件事也耿耿于怀,觉得解释清楚、有个结果,对她可能也是件好事。"严焕重重叹了口气。

顾行舟没问严焕口中的"当年的事情"是什么,他的第一反应就是:果然,两人的恋情是假新闻!

他顺便还给新闻中"共赴爱巢"找了个缘由:"所以,他那天过来,是来解释?"

"他来过?"不知道两人聊的主人公都不是同一人的严焕已经挂上一副了然的表情,"难怪今天生这么大的气,你、你看见了?"

顾行舟摇了摇头。

"是不是聊得不愉快呀,我打电话问问。"严焕说着拿出手机,拨通了姜郁的电话。

他等待电话接通的空隙里,顾行舟假装随意地问道:"他们,是没在一起吧。"

"他们……喂,学长,你来找过尔雅了?"

顾行舟听不到电话那边说了什么,但猜测应该是否认。严焕敷衍答应了两句,就挂断了电话,再次看向顾行舟。

两人坐在沙发上,顾行舟被看得有些不自在,也无处可躲,只能避开目光随手拿起本书开始看。一页还没翻,严焕就将书夺走:"没道理,你不应该知道的,尔雅不可能主动聊这件事!而且你一看就不是个好的倾诉对象,更不可能!"

"我在网上看到的。"

严焕立刻反应过来,见顾行舟没什么反应,补充了一句:"你是说许知那件事啊?就是那个白知秋。"

看着顾行舟点头,严焕拍了拍脑门,满是烦恼:"我猜就是搞错了!我今天脑子怎么回事?哎哟,这下许知荣升温尔雅的好友榜第一,而我,估计未来一个月都别想再和她说上一句话了。"

"那她和白知秋……"顾行舟抿了抿嘴,他从不过问人的私事,第一次追问这些,像是窥探人隐私似的别扭。

可是如果不知道确切答案,那种微妙的煎熬感让他已经开始感到折磨。

"你在乎这种八卦?"今天经历太多的严焕脑子转动得格外快,目不转睛地目睹了顾行舟耳尖上的绯红蔓延到脸颊的全过程。

"不对啊。你从来都只会表现出一副不在乎的样子,现在……你真是像极了情窦初开的少年。"

严焕一句话捅破了层薄纸似的,让顾行舟对最近自己的表现有了一个认知:情窦初开。

"我……"回忆过去的二十六年,顾行舟对这个词的印象只局限于成语词典,如今却是顺利对号入座了进去,他竟然找不到可以用来反驳严焕的话。

严焕何时见过顾行舟哑口无言？

严焕震惊地盯着顾行舟缓了好久，最终连一句调侃都没能说出来，今天的大脑实在是不能再消化更多消息了。

于是，他选择失魂落魄地"飘"出了门。

顾行舟也没比严焕好到哪里去，知道心中那块破洞出现的原因，焦灼就缠上了他，这件事俨然超出了他这些年生活的所有经验。顾行舟感觉自己似乎在火上被烤着，心里一片燎原景象。他静坐在沙发上发了好一会儿呆。

很快，新的情绪涌上来，顾行舟将自己与温尔雅微妙地做了番对比：性格，自己苦闷，对方活泛；社交，他除了严焕，几乎没有朋友，日常相处的也只有患者与同事，而温尔雅似乎被她身边所有人喜爱。也对，谁会不喜欢这样明媚友善的存在。

还有爱好、工作，甚至于前途，自己哪里能和对方匹配得上？

就连最简单的家世……他不清楚温家如何，只知道她是独生女，但想来这样性格的姑娘……顾行舟轻笑了声，自嘲又无奈，无论是怎么样的家庭，一定会比他的好。

一番思考比较下来，顾行舟的理智完全回归，他深吸了一口气吐出，从沙发上站了起来，心里下意识地告诫自己，不要肖想不属于自己的一切。

你从小就明白的道理，怎么到这个年纪突然昏了头？

从前，只要这样想，顾行舟就能将所有欢喜压制下去，平复心情让其慢慢消散。但这次，他的心口仿佛被猛烈捶打了几拳，酸涩的感觉弥漫全身,让他鼻尖都轻微颤抖了一下。

他是灰色的,温尔雅是斑斓的,这件事从一开始顾行舟就明白。

他慢吞吞地走到卧室从柜子里摸出一块巧克力,平日里几乎不碰甜食,今天却突然想尝尝这个味道。

这边,从顾行舟家出来的严焕没回家,而是在小区楼下坐着,等到天都变黑,手机再次响起。

姜郁的电话已经是第三次打了过来。

严焕依然没接,等到电话挂断,他看向刚刚与许知的对话界面。

许知:哎,你骂我行,但你别扯姜郁那个王八蛋!

许知:当初他把尔雅的本子踩得一无是处,打击得尔雅想转行,结果转身就找了个制片人拉到投资,剧本改了个人名就当作自己的东西,又当导演又挂名编剧的,获得最佳编剧奖的时候还要在台上感慨自己的创作之旅多辛苦。

许知:你和他关系好,你下次问问,他那奖杯烫不烫手。

严焕:什么?学长说剧本是他们共同创作的,两人理念不合才分开的。

许知:你的学长,仗着和尔雅在恋爱,偷偷把她手机电脑里的备份包括聊天记录全都删了,多聪明,起诉都没证据!

许知:严焕,你不会真以为尔雅是因为分手抑郁吧?你看到的你学长的所有光环,都是偷来的!

他的手机再次响起铃声,是姜郁不死心地打来的第四通电话。

"严焕！"终于接通，姜郁的声音听起来也有些着急，"你今天没头没脑地说的什么意思？还有啊，尔雅她和许知到底怎么回事呀？"

"学长，你真的觉得对不起尔雅吗？"

"是，这么多年你不也知道吗？我一直想和尔雅见面，解除嫌隙。"姜郁几乎没有犹豫就给出了答案。

"那你愿意发声明，说你当年获奖的那部剧，是你偷来的吗？"严焕心里一直是尊重姜郁的，这次却直白地用了"偷"这个字。

只是，他甚至没来得及说出温尔雅后半段要求，让其退圈，姜郁就道："这是误会！是不是尔雅这样说的？啧，要不咱们见面说吧，我这部戏正好今天杀青，明天就飞去找你。"

"学长，尔雅从来没有跟我讲过你们之间发生了什么，都是我猜的，再加上你的一部分阐述。刚刚我问了许知，我才知道为什么她这么多年不原谅你，甚至不愿意听到你的名字！"严焕喉头发紧，狠狠地低声质问，"你一直在骗我！我把你当亲哥哥，你却一直在骗我？"

骗得他一次次去挑战温尔雅的底线，骗得他真的认为是个误会只要见面就会解除，骗得他甚至在某些时刻觉得温尔雅在小题大做。

"许知一直不喜欢我，严焕，我如果不拿你当弟弟，这么多年为什么那么帮你？你……来了，马上马上！"片场有人催姜郁，他匆匆结束了话题，"我明天就去找你！"

一阵晚风吹过，吹得严焕脑子更加清醒。

姜郁的欺骗、温尔雅的愤怒、顾行舟的心意、许知的八卦……他简单的大脑有些理不清思路。手机在严焕眼前闪着光，挂在微博热搜上的词条后面还跟着一个"热"字,严焕点进去,给许知的澄清点了个赞,返回和许知的聊天页面,想了很久,打出一行话。

许知正在和公司扯皮,拒绝叫温尔雅一起炒作的提议。忽然,手机响动,他随手点开,忍不住发出声惊呼。

经纪人的脑袋立刻凑过来,询问是不是绯闻女主答应了和他合作。许知直接摁灭了手机,满脸警惕:"我走的是偶像演员路线,这件事再发酵就不是炒作是'塌房'了!"

经纪人一脸无语。

许知思考了一瞬,点开手机,把他和严焕的对话截图下来,发了出去。

最后一句,是严焕刚刚发来的道歉。

严焕:是我看错了姜郁,这么多年一直恶心尔雅,还恶意揣测你,今天还说你故意用尔雅炒作,对不起。

温尔雅等了很久,一句来自姜郁的、真正的"对不起",可是她没等到。以至于温尔雅在情感与自我的怀疑中越陷越深,差点无法自拔。

如今看着那句因为姜郁而起,严焕给许知说的对不起,心情也很复杂。

严焕从小就一根筋,脑筋不太会转弯。要说他每次来劝自己跳火坑有什么坏心眼,肯定是不至于的,但温尔雅有一点可以肯定,严焕必然在心里是将姜郁当自己人,所以才会屡次为姜郁当说客。

这次被自己呵斥一番,又从许知那儿了解到事情的背后真相,不知道要郁闷到什么时候。

见温尔雅许久不回自己消息，许知干脆一个视频弹了过来，在温尔雅接通后就开始自问自答："哎，你说这个姜郁是真知道自己错了？怎么可能呢？他这种精致的利己主义者，最有可能，应该是想从你身上再榨取一些价值。"

"今天是我给自己的休息日，你们一个接一个地过来，真的好烦人！"温尔雅没跟着许知继续讨论这个问题，"我们的'恋情'，你想好何去何从没有啊？"

"哎哟，我分析了一下现状，基本属于虽然塌房了，但是无人受伤，估计等不到明天，晚上热度就会下去。"许知实在忍不住，又说回了上一个话题，"姜郁失去了唯一的迷弟，你身边铲除了最后一个希望你们和好的内奸，我今晚肯定能睡个好觉了。不过距离今后都能睡个好觉，还差一件事。"

"我去打他、骂他、曝光他？"

许知连连点头："对，就是这件事！"

温尔雅懒得理他，靠在沙发上看了眼时间："还有事儿没有？我要去做饭了。"

"哎？你不是在那个医生家蹭吃蹭喝吗？"

"人家有名字，叫顾行舟。"温尔雅看许知也没别的事情，直接点挂断去了厨房。

一整天的心情都不怎么好，也没兴趣再去折腾，她随便从冰箱里翻出点儿东西，用微波炉加热了一下啃了几口。自从顾行舟把按钮还回来,温尔雅也没借口再去蹭他家冰箱,便陆陆续续地往自家冰箱里塞了许多半成品,已经差不多要满了。

不知道是不是因为许知的提及,她看着满冰箱的速食,还有面前啃了两口,因为加热过头有些干硬的馅饼,突然有些馋顾行舟的手艺。兴许是糟心事儿太多,她想找一个能让自己心情好些的人见一面的念头作祟。总之,几分钟后,顾行舟的门被敲开。

门外是拿着一块巧克力蛋糕的温尔雅。

女生面带微笑:"顾医生,我多买了块蛋糕。"

顾行舟意料之中地邀请温尔雅进门吃晚饭——按照温尔雅的了解,顾行舟今天不上班,不会做好一整天的便当,这个时候,正是他进厨房开始准备做饭的时间!

"顾医生,你最近在忙什么呀?"

进门后,温尔雅自在地走到沙发坐下,眼巴巴地看着顾行舟,就等他回答之后,她问出关键问题:"今晚吃啥?"

可惜,被盯着的顾行舟有些不自在,他含糊了一声就钻进厨房,完全没给温尔雅问到主题的机会。温尔雅有些惊讶地看着他离开的地方呆了一瞬,随即释然。在顾行舟身上,出现出乎意料的情况也是应该的。

想到顾行舟的手艺和每次晚餐的荤素搭配,她雾蒙蒙的心情才好了些许……她有点想念上次吃的牛肉的味道了。

顾行舟一进厨房门就看到里面放着的晚餐——刚刚撕开盖子的泡面。

他不想动弹的时候其实挺喜欢这款便捷食品的,可想到外头还坐着一个眼巴巴等着蹭饭的人,他便将泡面收了起来,转身打开了冰箱。

冰箱空荡荡的,虽然亮着暖黄色的灯,却还是扑面而来的寂寥,让弯着腰的顾行舟开始思维发散,自己什么时候连冰箱都不填满了?毕竟码好菜品、准备吃喝,是他过去很长一段时间的生活规律。

嗯……好像是温尔雅之前会买许多东西把冰箱填得满当当,自从不联系,他就也开始忘记了补给。

原来已经过了这么久,久到冰箱都已经空了。

保持着这个姿势直到腰痛,顾行舟开始意识到,自己想的可能不仅仅是冰箱。温尔雅不过来时,原本十分享受个人空间的顾行舟突然不适应起来。今天人突然到访,他竟意外地感到了安心。

冰箱门都因为太久没关开始作响提醒,顾行舟才回过神从里面拿出两颗鸡蛋。

辣椒炒蛋、番茄茄子,也是家里仅剩的食材。

"哇,你也吃番茄茄子?我还以为只有我妈会这样做呢。"看到端上来的盘子后,温尔雅顿时将牛肉置之脑后,快乐地晃动起来。

"你上次说过,我就试了两次,应该和阿姨的做法差不多。"

顾行舟说完,去到卧室拿了一袋东西出来:"还有,去猫咖那天你说你睡不好觉掉发什么的,这里面有酸枣仁膏、黑芝麻丸,还有一些我自己搭配的补气血的茶,你可以放在办公室泡。"

精致的布袋,是顾行舟早就准备好了的。

温尔雅自己都忘记曾说过这些话,她接过顾行舟递过来的袋子,感觉沉甸甸的。她喜欢事事都有回应的感觉，而顾行舟就是这种人，无论多小的细节他都能看到，然后落在实处。

比起第一次见他，仿佛时间已经过去了许久，当时的温尔雅断然不会想到，顾行舟无趣的表面下藏着这样熨帖的一面。

"谢谢顾医生，我刚刚买了点蔬菜水果，你这边冰箱有地方放吗？没有的话可以先放在我那里。"温尔雅礼尚往来地询问。

"有……"顾行舟想到空荡荡的冰箱，顿了顿，"明天我要做便当，你需要吗？"

"可以吗？"温尔雅其实隐约有察觉到顾行舟对她的疏远，但她不知道原因，而对方也没有表现出此前给过她的"就此别过"的感觉，所以她便特意给顾行舟送了个台阶。

顾行舟顺势接过了话尾："明天开始，就忙完了。"

在明白自己的心思后，顾行舟冷静地做了决定，选择过回自己此前的生活。

但在打开门看到温尔雅的瞬间，这个念头就变成：虽然过不了这种生活，但只是看一看，也觉得快乐。

如果被买醉的严焕知道，肯定会诧异顾行舟的想法竟然会转变得如此之快。

简直是打破原则。

可喝个大醉的严焕第二天酒还没完全醒，就被姜郁约了出来，起床气夹着怒气，他快要把"不爽"两个字写在了脸上。

"严焕，我赶最早一班飞机过来的。"姜郁看出严焕心情不佳，没有直奔主题,"早知道你宿醉,我也睡个懒觉了。"

"你是因为早上的机票打折才赶早的吧?"严焕揉了揉发胀的太阳穴,刺激着没彻底清醒过来的脑子,心里开始组织语言。

他只擅长活跃气氛,没有许知那么毒舌,奚落人的话需要酝酿一番才能说出口。

"哎哟,谁让咱搞影视的都是穷人呢。"姜郁根本不在乎这种无关痛痒的话,依旧是副笑嘻嘻的样子,他将手臂搭在严焕的肩头,"不过早饭还是请得起的,想吃什么?随便点。"

"姜郁。"严焕一把甩开他的手,"你穷吗?一份工作,两份酬劳,编剧费导演费加一起,不少了!"

"我今天来,不就是为了和你说清楚吗?剧本本来就是我和尔雅一起创作的,当初是尔雅自己主动放弃了署名权,事后我把所有的剧本费,包括我的那部分都转给了她,她给我退了回来!还把我拉黑了。"姜郁说着还拿出了几张聊条记录的截图给严焕看,分别是温尔雅说自己放弃署名,和退还转账。

"这么多年了,你还留着截图,是怕哪天被曝光好澄清吗?"严焕扫了一眼就没再细看,那层仰视的"前辈滤镜"崩塌后,他认清了不少东西,冷笑了两声,"你以为你是许知,在娱乐圈混呢?幸亏尔雅立场坚定没跟你和好,要不然我立刻去'自挂东南枝'。"

"就算,就算你站尔雅那边!我跟尔雅是闹崩了,那情侣分手,有几对能好聚好散的?但咱们兄弟不做了?"

"哎,姜郁。"就在姜郁准备"曲线救国"的时候,温尔雅的声音冒了出来。

许久不见，姜郁对这个声音已经陌生了，他抬眼看向身边，看到温尔雅的脸才惊觉是她。

温尔雅穿着件黑底印花的半袖衬衣配一件黑色牛仔外套，下半身是一条破洞喇叭牛仔裤，踩着一双做旧的布鞋，头上还扣着一个棒球帽。整个人看起来像极了……小地痞。

衬托得她身边今日戴上了金丝边眼镜，穿着简单灰色卫衣、牛仔外套的顾行舟更加斯文。

两人站在一起，画风奇特。

"尔雅！"姜郁余光迅速瞥过顾行舟后，选择性地将其忽视，"虽然知道你收不到，但我来之前的确给你发了消息，没想到能见面。"

"知道我收不到还发，除了感动自己还有什么用？"

"事有万一。"

"忘记我之前跟你说过什么了？"懒得和对方寒暄，温尔雅下巴一扬，眼睛微微眯起，看起来似笑非笑，"以后我在哪个城市你都躲远点，不要出现在我面前！不然我见你一次打你一次。怎么，忘了上次那一耳光的疼？"

"如果你能和我好好聊聊天，你就打吧。"姜郁摆出一副认命、无可奈何的姿态。

温尔雅向前几步，来到他面前："姜导，当年我打你，是因为你偷了我的作品，但我籍籍无名，所以用你买安心的钱换了那一耳光。但按照现在的身价去算，我可比你值钱多了！还想让我打你，得加钱。"

温尔雅如今温和的外表下,隐藏着一个龇着牙的小兽,咬人又快又狠。这话说完,姜郁的嘴角微微抽动了一下,但他很快便隐藏下那丝尴尬,脸上被深情覆盖:"我每天都会和你说对不起,即便知道你听不到。"

"那你还说?说给谁听?你自己?姜导,咱们过的是生活,不是在演偶像剧,你这种烂俗台词能不能收一收。"

"如果你真的原谅我,我能发声明!我也、我也可以退圈!"

姜郁的神情好诚恳,诚恳到严焕都有些恍惚,觉得姜郁兴许是真的余情未了,才能做出这般姿态。

站在温尔雅面前的姜郁,称得上低眉顺眼。可惜温尔雅早就过了吃他这一套的年纪,她拿出当初在大学辩论赛次次得最佳辩手和人对峙的姿态,直击要害:"发声明,喊了这么多年,你是发在自己的留言板上还上了锁吧,生怕别人看见是吗?至于退圈,那是因为你活太差,混不下去,早晚的事情,别想用这个来骗谅解。不过也好,早点退出少拍点烂片让我们整个影视圈少挨几句骂。"

"你这么恨我?"姜郁顿了顿。

他吐出的这个疑问让温尔雅忍不住嘴角上扬:"恨?一般存在于仰视或者平视的状态。你不够格。"

"你没变。"不得不说,姜郁这些年的历练让他的心态被捶打得十分不错,这般氛围下,一个深呼吸之后,他非但没萎靡或是恼火,反而露出一个怀念的笑脸,"一点儿都没变。"

"你也是。"

如果说姜郁的话里是怀念和含糊的暧昧,温尔雅这三个字绝对是贬义词。

充满火药味的对话在温尔雅潇洒的转身中结束。目睹如此精彩的对话,严焕的酒全醒了过来。他跟在温尔雅身后,还没离开姜郁的视线就忍不住感叹起来:"你吵架越来越有水平了!我要是姜郁,今天晚上肯定觉得自己没发挥好,气到睡不着。"

"攻击他的这个场景我想过一万次,刚刚差不多已经趋于完美了,但是就我对他的了解,他根本不会在乎别人说了什么。"

温尔雅现在身心舒畅,连带着和严焕昨天的不愉快也置之脑后,语气欢快地让严焕请吃早饭,还不忘给许知发消息:最后一件事儿也已经完成,今后你都能睡好了。

听着眼前的两个人叽叽喳喳,顾行舟回头望了一眼还站在原地的姜郁。

姜郁突然伸出手,依稀可以分辨出——他竖了个小拇指,不知道是看见顾行舟回头才做的动作,还是纯粹为了泄愤。

顾行舟"啧"了一声,这个人荣登他最厌恶的事物榜首。

到了早餐店门口,严焕故意慢了一步,让顾行舟跟温尔雅先进门,落座的时候顺其自然一个人坐在了他俩对面。

"你请客啊,我多点点儿东西打包。"没察觉到有什么不同的温尔雅一边说话,一边眨着有些干涩的眼睛,"你昨天到底发什么疯?非要我和顾医生早上一起过来找你。"

"我?"

于是，完全没印象的严焕在温尔雅的复述下，得到一份丢失的记忆：凌晨，就在温尔雅恋恋不舍地放下手机准备睡觉的时候，严焕一个电话打了过来。内心并没有原谅他的温尔雅选择了挂断，随即一条哀号的语音消息就发了过来。

严焕在语音里号叫着对温尔雅说对不起，并且要给温尔雅宣布一件好事，让她明天早上八点半，带着顾行舟准时来领取这件好事。

温尔雅起初把它当作是严焕的发酒疯行为，但没想到的是，严焕的电话一个接着一个地打进来，持续了一个小时，重复着同样的话："明天早上八点半，和顾行舟一起到我家门口，天大的好消息等你们来！"

为了证明自己不是污蔑，温尔雅当场放出了严焕哀号的语音。

"最好真的是件大好事，值得我早起，值得顾医生调班。"

"我！"严焕虽然不记得自己的所作所为了，但凭借着自我了解，他猜测自己是想告诉温尔雅，顾行舟对她芳心暗许。

严焕余光看向好消息本身，还在回味温尔雅刚刚的表现的顾行舟似乎也猜到了他的想法，一个眼神过去。严焕心虚地别开视线，摸了摸鼻子开始胡扯："叫你来怒斥姜郁还不算好事吗？"

温尔雅将手中的一次性筷子利索掰开，"咔嚓"一声听得严焕不自觉地扭动了下肩膀，他脱口而出："我中奖了。"

给出这个回答后，严焕迅速开始思考，万一温尔雅要他全都交出来，那说一个多大的数字才是在自己的承受范围之内？

一千？也太少了……一万？也太多了！

"双人！随心飞！"手比脑子快的严焕比出两根手指，"我决定送给你们。"

这话一出，别说温尔雅了，就连知道他原本要说什么的顾行舟也是一时语塞。

见两人都不说话，严焕胡扯起来："多好啊！马上快过年了，尔雅反正工作自由，早点飞回家。顾行舟你……你就跟着尔雅回家，让她带你四处玩一玩。"

"我们俩就住在一个小区，你也自由职业，一起飞回去不是正好吗？"温尔雅发问。

"我、我今年过年不回家了！"严焕此时才深刻明白：谎言就像是雪球，只要开了头，就会越滚越大。

"也行，顾医生有空吗？"上次带顾行舟出门玩乐失败得很彻底，温尔雅是想过找机会再弥补一下的，不过也不强求，主要还是看对方的意愿。

她总觉得顾行舟对一切娱乐项目都表现得十分冷淡。

"好。"顾行舟故作冷静地点了点头。

严焕立刻装模作样地拿出手机："几号呀？我把机票兑了。"

"最近有些忙，等到十二月我忙完一年的事情收尾吧。今年过年早，一月底就过年了，我本来打算一月份去旅游的。"

"我一月十号应该有时间。"顾行舟刚刚已经在脑海中计划好和谁换班了。

看了一眼那个时候的机票价格，严焕强忍着心痛下了单，收到扣款通知后还不得不假装愉悦:"啊!真的免费!真划算!"

一旦开始忙起来,时间就过得很快。温尔雅一头扎进公司忙着出选题、做项目案,眨眼间就到了十二月。

看到满大街都被放上了圣诞树,她才后知后觉要圣诞节了,今年马上要步入尾声。

"忙得我都没时间跨月了,跨年我一定要好好准备一下。"恢复在顾行舟家蹭饭生活的温尔雅吃着晚饭,打了个喷嚏,"要下雪了吧?这两天好冷。"

"我给你说的方法照做,预防感冒。"

这两天医院患者激增,顾行舟未雨绸缪地给温尔雅准备了一套冬日茶饮与一些适用于冬天的小妙招,成功地让温尔雅在徐导、许知等人感冒发烧流鼻涕后,依旧坚挺。

"我不是流感,鼻炎犯了。"她说着,抽出一张手帕纸在鼻尖擦了擦,"不过一般鼻炎都会和感冒一起来。哎,顾医生,你都不会生病吗?"

认识半年了,顾行舟的身体一直很好,把她衬托得病恹恹的。

"很少,二十六岁,是人体健康的鼎盛时期,这个时候总生病才反常。"

"我天天蹭你的健康气息,今年保准不会再生病了。"今年只剩下七天,温尔雅这点儿自信还是有的。

然而,次日,她便病倒在了床上。

"这么多年，我怎么还是不长记性，目标不能立，一定会倒。"温尔雅一觉睡醒，头昏脑涨、乏力鼻塞、嗓子剧痛。她打开门，看着门外来送三餐的顾行舟后退了一步，"这几天我点外卖吧，免得传染给你。"

顾行舟伸出手，穿过温尔雅拉开的距离，手背落在她的额头："应该没发烧，我先去上班，等我回来再说。"

"我这个样子也跑不了，只能老老实实在家等你回来。"温尔雅哑着嗓子，说话的时候喉咙一阵阵的疼痛，引出一串咳嗽。

送走顾行舟，她也没太在意这次的感冒，比起她那些林林总总的小毛病，实在不足挂齿。她草草吃了几口早餐，从药箱里翻出感冒药吃下去，又强打起精神继续搞创作。

一月份剧组就要开机，剧本临时要修改，催得温尔雅头更痛，一刻都不敢耽误。

晚上顾行舟回来，温尔雅比早上的状态还差，鼻尖通红，脸颊也不自然地绯红起来。顾行舟紧急帮温尔雅退热后，就要带她去医院："你这个情况有些不像感冒，今年很多人都得了肺炎，我们去医院看一下，免得更严重。"

"不行不行，我还有两集就改完了，我先改好发过去。"温尔雅感觉脑袋清醒了许多，拖着疲惫的身体去到被改为办公地的次卧。

以往，顾行舟一定会说他只是建议，自己的身体需要自己在乎，然后没有感情地离开。

这次，顾行舟坐在一旁看着温尔雅满脸疲惫却手指翻飞，一言不发。他安静地等待了三个小时,温尔雅才结束,她身体向后一靠,吊着的那股精力好像全都被抽掉了,整个人萎靡起来。

温尔雅想到要穿衣穿鞋出门,打车上车,下车走到医院……这一串动作只是在脑海中过了一遍,她便觉得身心俱疲。缩在椅子上,她一双湿漉漉的眼睛望向顾行舟:"顾医生,我头疼,还没力气,能不能直接睡觉?"

温尔雅往常总是一双灵动的、带着笑意的眼睛,看得人心情很好。如今眼睛里光泽褪去,暴露出最真实的状态,满是疲惫。

顾行舟思来想去,确实有许多方法能帮温尔雅缓解,但他向来保险,还是觉得去医院最稳妥。只是,他语调不如以往那般强硬,带上了一丝商量:"生病最忌讳拖着。"

温尔雅敏锐地察觉到顾行舟语气里有妥协的意味,便也从刚刚的试探变成了生病中脆弱又娇情的娇嗔:"我就是不想去医院。"

顾行舟抿了抿嘴,实在是状态、心情、情感不同往日,他无法说出事不关己的话,于是起身又摸了摸温尔雅的额头。确认不烫后,他很是违背自己意愿地轻点了下头,说出了附加条件:"我可以留下照顾你吗?"

如果是别人说出这样的话,未免太暧昧,温尔雅断然不会答应。

可现在说这话的人是顾行舟。

兴许是因为他总是"乏味"的正人君子模样、兴许是病到懒得思考、兴许是生病的人总想被照顾,温尔雅"嗯"了一声。

晚上,温尔雅睡得迷迷糊糊,好像睡着了,又好像一直醒着。只有在意识到顾行舟在她身边,她心里才生出些安全感,涣散的意识总算消失,昏睡了过去。

顾行舟拿着本没看完的书坐在客厅沙发上,心里总惦记着在卧室的温尔雅,没看几行就去房间摸一摸温尔雅的体温,顺便塞被角、喂一口温水。原本打算今夜看完的书刊,半天才翻了几页。

即便如此,半夜三点多钟,温尔雅的体温还是高了起来。她半梦半醒之间开始上吐下泻,从洗手间出来,直接坐在了地上,脸色煞白地捂着肚子,吐出一个"疼"字。

担心她脱水,顾行舟用盐和糖混了一碗水先让温尔雅喝下,而后迅速拿起大衣将她裹起来出门,临行前还不忘再给她穿好棉袜子和鞋子,将针织帽、口罩都给戴好。到了医院,温尔雅被口罩闷得难受,扯下来好几次,都被顾行舟又给戴好,不厌其烦地嘱咐:"免得二次感染别的病毒。"

折腾到早上,判定她得的不是肺炎,而是急性肠胃炎。

一瓶液输进去,温尔雅的命才好像回来了,终于安稳地睡过去。

在病床旁边守着温尔雅的顾行舟瞧着那张煞白的娃娃脸出神,她往常总是元气满满,什么事情都笑盈盈地应对,即便有不顺心的情况也像是提着一股傲气去面对。可到了顾行舟面前,她似乎总在生病,憔悴又娇弱。

这两种人都不是顾行舟喜欢的,一种太过张扬,像是刺眼的阳光一样让他想避开;一种充斥在他的生活中,在他眼中被统称成了"病人"。可偏偏眼前的温尔雅让他清楚地感觉到不同,细究起来,便是什么模样的她都瞧着顺眼，他第一反应是想靠得更近一些，无论是观望还是照顾，总想能为她明里暗里做些什么。

顾行舟克制着收回思绪，沉沉吐出一口气。

他没事找事做地去将温尔雅的药都取了，拎着药袋靠在走廊的墙上看着从眼前走过的形形色色的人。

各色表情，各种步伐。

等到他再回来，温尔雅已经醒了，瞧着气色好了许多。

"顾医生。"病床上的温尔雅挥起手臂，"我还以为你走了呢！今天不上班吗？"

"嗯……"顾行舟扬了扬手中的药袋子，示意自己刚刚去做了什么，"感觉怎么样？"

"我刚和护士商量好，就准备走了呢！因为手机好像没带，今天还有两个项目会，挺着急的。"

"可以。"顾行舟知道自己拒绝也没用，便顺着温尔雅的心思，叫了辆车。

出门的时候，两人碰到一个突发昏迷，被急匆匆送来医院的老人，温尔雅不由得多看了两眼。

站在医院门口等车时，温尔雅想到自己昨晚在急诊见到的那些身体状况严重的病人，忽然感慨了一句生命的脆弱。

她总是会突然蹦出一些自己的感想，不同于严焕他们每次都会和她讨论起来，顾行舟通常会保持沉默，或者敷衍地发一个鼻音"嗯"一声。

惹得温尔雅此前评价他：欣赏不了自己的文艺。

两人在电梯门外分开各回各家，顾行舟也没啰唆一句，医嘱与训斥，通通都没有。

温尔雅进门前回头看了他一眼，她依稀记得顾行舟昨晚的温柔，所以对他此刻的冷漠也并不难过，反而感受到了一丝温暖。

嗯……冷漠只是他的保护色。

温尔雅甚至后知后觉地想起，她感到不适时两人之间听起来有些暧昧的对话，和他手背放在额头上的触感。

不过还没来得及多想，她抬眼便看到镜子里脸色蜡黄，嘴唇干裂，头发乱糟糟的自己。

温尔雅想到自己昨晚上吐下泻后也只是简单洗漱了一下，她抿了抿嘴巴。

那一丝温暖瞬间就破碎了，她突然认清了现实：昨晚发生的一切，不是温柔是同情；顾行舟今天的表现，不是冷漠，而是嫌弃。

收拾了一下自己，温尔雅收到两条消息：一个是项目负责人临时有事，要推迟开会时间；另一个则是项目负责人表示要继续往上送审剧本，到时候给一个整体的修改反馈。

总而言之，她原本以为今天工作很多，突然间事情全部消失不见，可以躺平。

温尔雅的心情瞬间轻松，她没什么吃饭的胃口，正想去床上再躺一会儿，敲门声响起——顾行舟送饭来了。

他神情淡淡的，落在温尔雅身上的目光却十分温柔。只是原本没胃口的人完全没注意到，她只顾着顾行舟手里拿的饭盒，表现得一副有多少吃多少的模样。

吃下热乎的饭菜，温尔雅舒服了许多。

她看着身边的顾行舟，想着按照小说、剧本的惯例，两人经历过昨晚的事情，此时应该感情升温。可她转念又想到自己的形象与顾行舟此时的淡定状态，她不禁在心中总结：艺术，果然都高于生活。

谁会对一个总生病的麻烦邋遢精怦然心动啊？

打消自己要故作姿态的念头，温尔雅自在地在沙发上伸展开四肢："顾医生，你会不会觉得我事儿特别多？"

"还好，我更惊叹你的生命力，生病之后很快就能恢复，并且还能继续保持此前的生活状态不做改变。"顾行舟看了她一眼。

"'社畜'都是这么顽强，而且认识你之后我已经改变很多了，你是除了我妈，照顾我最多的人了。"温尔雅由衷感慨道，"我想过专门写个剧本答谢你，可惜我的剧本里……大部分角色都没好下场，最善终的是在监狱踩缝纫机，所以就打消了这个念头。"

顾行舟眉眼微抬，只是很快又落了下去："都是举手之劳。"

"可是你可以不举手呀！我其实以为你挺烦我的。"

"我只是……"顾行舟顿了顿，抿紧了唇。他是害怕，害怕一旦接触了温尔雅这个彩色世界，就无法再忍受从前已经习惯的灰色。

"我知道，严焕说了，你就是这种人嘛。"温尔雅为顾行舟找了个完美的理由，随即唏嘘起来，"真没想到我们能成为朋友。"

她的思绪又在心里转了一圈。

其实也没什么想不到的,她都如此厚脸皮了,一般人的确顶不住。想到这儿,温尔雅差点儿笑出声。

总被提问的顾行舟难得发问一次:"那你不会觉得我无趣到格格不入吗?"

无趣,是顾行舟给自己的标签:无聊、没有乐趣、乏味。

这些他都自知。

"无趣不应该是形容你的。"温尔雅将自己对顾行舟的认知娓娓道来,"有趣不是说些俏皮话,开几句无伤大雅的玩笑,那太单一了。我觉得有趣是多元的,相处的舒适度、偶尔的诙谐、内在的深度。你的冷静理智、自律,还有博学,比我身边的人都要有意思,包括我。"

"至于格格不入,我之前也这样定位自己。我这种要强、总会刺痛别人的人,对其他人而言,不是一个好的伙伴。上小学的时候只有严焕陪我玩,初中时我费劲交到的两个朋友,人家第二年成为了闺密,我被排除在外了。"温尔雅叹了口气,"到了高中……我也有过很好的朋友,只是因为一些误会也闹掰了。现在回头想一想,真的是很小很小的误会,但是我们在路上见面都不会打招呼了。"

她眸光垂下,落在跟前被打开的盖子上:"我读大学的时候才总算被人欣赏,结果我选了姜郁,没时间去开拓社交,后来……呢?其实我总被抛弃,但我也突然明白,人也不是一定要融入某些群体,得到他人的认可。

"因为每个人的人生都是一条直线,有些线相遇、并行,有些线短暂地相交后背道而驰。有些线找到归属,大家一起抱团成为线团,这些都是选择。你选择了无限延伸,我选择和大家一次次相交后离开,许知选择了一头扎进大线团之中……没有谁格格不入,只是我们选择了当一根看起来并没有那么寻常的线。"

温尔雅和顾行舟都意识到,对方似乎隐藏着许多情绪在心底,他们如今展露自己的这一面,窥到了对方隐藏着的角落,也感受到了彼此强烈的不安。

次日,谁都没再提起这场对话,两人的相处也没发生任何改变。就像是突然想宣泄些情绪,对风诉说了一番,说完之后风吹走,情绪消散。

一切如常。

跨年当天,温尔雅和严焕都是小病初愈的状态,两人达成不折腾自己的共识,选择在家开着视频看电视。

"哎,没有你们总说的那个顾医生啊?"许知受邀参加晚会,候场的时候无所事事,强行加入了视频之中。

"顾医生今天要加班。"温尔雅答道。

知情人严焕窝在床上,意有所指:"尔雅这话听起来,总觉得你跟顾行舟的关系比跟我都亲密了。"

不知情人温尔雅骂了他一句。

另一边,当事人顾行舟看了一眼时间,还有半个小时就到十二点,他迅速收拾了一下准备离开。

"顾医生!马上跨年,咱们几个加班的一起吃个饭?"

"不了。"顾行舟摇了摇头，匆匆离开。

留下同事们在身后讨论了两句："顾医生果然完全不过这样的节日。"

随着十二点逼近，视频里的人举起面前的酒杯，跟着喊倒计时。

已经下台的许知诚心许愿："新的一年，爆红！"

严焕直接站了起来呐喊："没有人再'嗑'到假CP！"

温尔雅听到敲门声，诧异地瞧了一眼，起身去开门。

顾行舟站在门外，一副气喘吁吁的样子，他身上带着寒气，望着温尔雅的眼睛，生涩地开口："刚刚好，新年快乐。"

第六章
我不想考虑除你以外的任何人

因为早就做好了计划，温尔雅和顾行舟拿着严焕"中奖"得到的"双人行、随心飞"，准时起飞，去往温尔雅的快乐老家。

上飞机前，顾行舟就已经订好酒店，看完了游玩攻略，明智地没有将希望寄托在温尔雅身上。温尔雅知道他做的准备后，也是真心地点了个赞，家乡的那些旅游景点，她自己都没去过，平常溜达频繁的也就是商场，最多在过年的时候去趟公园，所以她实在是帮不上忙。

"顾医生，我们落地时间是下午四点钟，你等会儿先去酒店，我回家一趟，大概六点来找你。"眼看飞机落地，温尔雅将自己的计划简单和顾行舟说了几句。

顾行舟的酒店距离温尔雅住的小区不远，温父开车来接两人。等车的时候,温尔雅开玩笑道:"放心,我是不会一去不回把你抛弃的。"

"你们这儿的调解节目好像挺火的,来之前我记下他们的栏目号码了。"顾行舟最近幽默细胞很在线。

"你看过?这可是我们全家的下饭节目,那就不怕等会儿见了我爸没有话题了。"温尔雅有些担心顾行舟见到自家老爸拘束,提前宽慰道,"等会儿上了车,你就当是出租车。"

她正说着,就看到自己家的车。温尔雅立刻挥手,拉着顾行舟一起坐到后座。

"爸,你先把我朋友送到酒店再回家。"

"哎,别呀!你说你有朋友要过来,你妈把菜都买好了,一起回家吃饭啊!"温父的热情,与温尔雅十分相似。

两人最终也没能拗过温父,打乱了温尔雅做的唯一的计划,车先到了小区。

三人上楼,一进门,温母就热情地和顾行舟打招呼,顺便差遣温尔雅去买瓶饮料回来。

"他不喝!"认识这么久,温尔雅只见顾行舟喝两种东西,一种是水,另一种是泡了各种养生茶的水。

"那就买瓶酒回来!"温父立刻对温尔雅挤眉弄眼。这是他这二十年来第八十七次戒酒,被"没收私房钱"之后,温父将破戒的希望都寄托在了温尔雅身上。

温尔雅不情不愿地出门,临走前对父母小声嘱咐道:"顾医生不喜欢开玩笑,也不抽烟喝酒,为了今后我还能去他家蹭口饭,你们注意点啊。"

温尔雅每次和二老聊天的时候都会分享自己的生活，所以温父温母对顾行舟的印象也是很好的，才会表现得如此热情。

等温尔雅买酒回来，她看到的就是父母一左一右坐在顾行舟身边，满脸认真。

她一时间还没反应过来，慢步走到沙发一角坐好。

"哎哟，你说得对呀！我就觉得我是更年期！"

"那个，那个小顾，你接着跟我说。"温父拉着顾行舟想继续讨论。

温尔雅旁听了几句后，瞬间了然。她沉默了一刻，选择打断这场医学论坛，催促他们快去做饭："你们俩挂号没有，顾医生一个号五十。"

"行行行，我等会儿就加上顾医生转账。"温母起身，拉了温尔雅一下，示意她来厨房帮忙。

温尔雅在心里默默表示：有些怀念顾行舟不让自己进厨房的日子。

她在厨房择菜，大片叶子往下扯着，突然被身边的母亲质问："你扔这么多，等会儿吃什么呀？"

"这叶子都蔫了！"

"我早上买的能蔫吗？比你还精神呢！"

"那你这句话说得很对，我头发是还没它的叶子茂密。"温尔雅说着又掰下片叶子，惹得温母一把将她手中的菜夺了过来。

"这个顾医生感觉是挺懂的，不过你这个例假……不太好问人家吧。咱们还是挂个女医生的号，拿点中药回来，他们代煎的没有自己家熬的好。"

温尔雅已经三个月没来例假了,她从小例假周期就很紊乱,去看过不少次中医,都是吃药的时候正常,一停药就又错乱起来。

她记得上一次把脉时顺嘴和顾行舟聊起过这件事,她回忆了一下他的话,答道:"顾医生说了,是身体太虚,亏空了。"

"你这也让人家看?"

面对母亲的疑惑,温尔雅丝毫不以为意:"医者父母心,顾医生眼中没有男女之分,都是需要他拯救的病人罢了。"

"那他跟你说怎么办了没?你这次在家待的时间久,妈给你好好补一补!"

"不能乱补,我之前总麦粒肿什么的,就是肝火、胃火太旺。然后呢……忘了,反正我把顾医生给我配的那些养生茶都带过来了,慢慢来吧。"温尔雅说着又拿起一棵菜开始掰。

温母看着她的动作,心下无奈。

于是,温尔雅直接被赶了出去。

从厨房出来,瞧见顾行舟和她爸相谈甚欢,她眉梢一挑,心想自己之前担忧顾行舟会不自在,属实是杞人忧天了。

顾行舟很擅长和长辈打交道,他从小就算得上是"别人家的孩子",简直是照着父母们喜欢的模板长的:长相白净,性格沉稳不聒噪,最重要的是学习非常不错。

他在同龄人中或许显得不合群,但在长辈面前显然是太讨喜了。

他不吹牛、不扯嗓门、言行举止有礼貌,最重要的是真的懂中医,什么"疑难杂症"都能深入浅出地解释清楚,顺便再给支个招,绝对是到了谁见了都想把和自家有点关系的女性小辈介绍给他的程度。

饭桌上,温父温母也迅速被征服,一个劲地找他搭话。顾行舟耐心又礼貌地一一回答,全然不见当初面对温尔雅时表现的"食不言"与"冷淡脸"。

温尔雅瞧着自己都要去盛第二碗饭了,而顾行舟面前的饭还没吃几口,再次主动为他解起围:"食不言寝不语!顾医生,我给你拿个耳塞戴上,别听他们说话,专心吃饭!烧茄子都凉了。"

于是……温父温母迅速吃完饭,就拉着顾行舟去沙发上坐着准备继续聊。

硬是聊了快三个小时,温尔雅哈欠都打了几个,才终于在三人喝水的空当里插进了嘴:"时候不早了,我先送顾医生去酒店吧!今天路上他和我都辛苦了!"

她特意强调了一下自己辛苦,希望唤醒家庭的温情。

可惜,自家爸妈眼里现在全是顾行舟,还非得要开车把他送走。为了避免再来三个小时,温尔雅这次抢在顾行舟点头前拒绝:"走路才十几分钟,开车还要绕路,起码半个小时起步。"

于是,在父母依依不舍的目光下,温尔雅扯着顾行舟下了楼。

刚松口气,她跟顾行舟保证接下来的旅途里不会再见到楼上那两位,就得知顾行舟答应了给温尔雅家里的各种亲戚来个会诊。

温尔雅顿时有些语塞,不好意思起来。她不太想仗着自己与顾行舟认识,就让身边的人都来麻烦他,下意识皱起眉头:"你是来旅游的还是下乡行医？我爸妈就是喜欢凑热闹，你不用不好意思，我等会儿回去就帮你拒绝了。"

"我挺喜欢和长辈聊天的。"顾行舟阻止道，"而且听阿姨说，有些长辈在买保健品，如果能见面具体解答一下疑惑，挺好的。"

"你是说我奶奶吧？对，她是买了不少保健品……"还听信那个卖假药骗子的胡话，把她爷爷原本治高血压的药都停掉，吃了三个月所谓的"神药"，直接把老头吃进医院，抢救了好几天。

还有自家大姑遛狗摔倒了，执拗地认为"伤筋动骨一百天"，就是不去医院，如今都快过年了手臂还抬不起来。

小姨更是突然过敏，各种药膏都用过了，还是没什么改善。

不能想！温尔雅越想越觉得她家没有一个健康的人，不由得感慨起来："看来我总生病，可能是基因问题。"

"人年纪大了之后，身体机能就开始退化，或多或少地会出现一些问题，或者因为当初年轻不明显的症状逐渐明显。最重要的是，老人对谣言的判断力会变弱，很多披着中医外壳的所谓保健品会乘虚而入。这个时候，就需要我们给予专业的帮助与关怀。"顾行舟明显是不认同，却没有反驳，选择回避温尔雅的问题，循循善诱地给她解释。

每当涉及他的专业，他的魅力值就被拉满。

被这样一打岔，温尔雅也忘记了刚刚聊的内容，她抬眼，看见路边摆摊的小贩，忽然陷入童年的回忆中，和顾行舟碎碎念起来。

当初她和严焕两人总走这条路上学放学，确实留下了许多搞笑的往事。

她讲着，顾行舟就笑着听着，时不时附和一句，当一个合格的听众。

"这条街的店面已经换过好几轮了，我记得这儿之前是一个漂亮姐姐开的小铺子，我特别喜欢进去待着。"温尔雅手一指，指向一个平平无奇的服装店，有些兴奋，"还有那个，隔壁原本是打印店，店主女儿以前买过一辆几千块的自行车，每天就锁在门口，那个时候还有棵树长在那儿，车就锁在树上。每次我和严焕路过，他都一定要驻足观望，后来车丢了，我一度怀疑是严焕下的手。"

温尔雅大笑完，干脆站定给严焕打了个视频过去说起这件事。严焕忍不住骂了她一句，补充起这件事的后续："而且你当时还报警举报了我，我差点被抓走好吗！"

"我当初那么正义吗？"

"正义个头啊，我那个时候才四年级，我能有撬锁的手艺吗？"

"哈哈哈哈！"

严焕开始在那边喋喋不休地吐槽起温尔雅小时候是如何作践他的天真童年，她听得笑声猖狂，腰都弯了下去。一旁的顾行舟脸上挂着笑意，也不催促，就看着她在街边大声笑。

在严焕的抱怨中，两人慢吞吞地散步到了顾行舟住的酒店，温尔雅直接挂断了严焕的视频，对顾行舟挥了挥手准备回去，顾行舟却站在酒店门口没转身进门。

"天黑了，不安全，我送你回去吧。"

"现在才八点。"

"秋天，八点已经很晚了。"顾行舟说着迈开了腿，靠近温尔雅一些,"刚刚你说严焕偷偷去上补习班的事,还没讲完,可以再和我讲一讲。"

两人原路折返,眼看到了自家楼下,温尔雅停下脚步,脑袋一歪看着顾行舟:"顾医生,我们这样送来送去,等到天亮也不能休息。"

"我记得路。"顾行舟后退两步,对温尔雅挥了挥手,"明天见。"

似乎是怕温尔雅觉得不好意思再选择送他回去,顾行舟走得很快,看着他快要消失在路口的背影,温尔雅觉得自己那个爱情剧本,好像突然有了些灵感。

温尔雅回家之后,顾行舟在月光下满是温柔的脸在她脑海中越发清晰。

她打开笔记本电脑,想再梳理一遍故事脉络,但动不动就回忆起自己和顾行舟相处的诸多细节,让她敲键盘的手屡屡停下。

她凌晨四点才上床躺下,翻来覆去,脑子里一会儿是故事情节,一会儿是顾行舟。

两者一关联,温尔雅发现,她的主角设定确实是没有任何恋爱的氛围。

男女主角之间的火花甚至比她和顾行舟之间的还弱。

想到顾行舟,温尔雅翻了个身,思绪又跑到他身上,坦白来讲,感觉以后能成为他女朋友的人应该很幸福。

心细体贴、性格温和、工作稳定、家务全包,还会做饭。

嗯!男主人设有了。

温尔雅又爬了起来,打开电脑开始改人设。

等到天亮,她才再次上床昏睡,可还没睡多久就迷迷糊糊被外面的声音吵醒。

打开门,她的第一反应便是:哇,好多人。

温尔雅站在人群外,还没恢复理智的脑袋很是发蒙,搞不清楚眼前到底是什么状况,踮起脚来才看到被团团围住的顾行舟。

正在耐心解答问题的顾行舟,一眼就看到温尔雅顶着一头乱糟糟头发的脑袋伸了出来。

他看着她的脸色,就知道她昨晚又熬了夜。

"您稍等。温尔雅,"顾行舟直接站起来,挥了挥手,"我煮了墨鱼汤,你喝一碗再睡吧。"

"哦……"

他煮了墨鱼汤。

这不是自己家吗?

温尔雅迷迷瞪瞪地洗漱后,去厨房喝了碗汤——客厅没有她的容身之地。

温尔雅没少喝这奇特的汤,每次她熬夜,顾行舟就会把这个汤当作早餐和晚餐的配汤。

一碗汤下去,她才算清醒过来,疲惫地看着同样进门盛汤的母亲:"妈?他……他哪儿来的墨鱼,还能在咱家煮汤?"

"小顾今天早上给我发消息,问你是不是又熬夜了,然后我俩就约着去菜市场。为了买这个墨鱼,跑了三个地方!他说这个汤……"

"养肝名目,熬夜之后一定要来一碗。"温尔雅挠了挠自己的脑瓜,"逛菜市场?"

"然后他说中午教我们做几道养生菜。哎,对,小顾还烤了橘子,你吃一个,说是止咳。"

"对,是管用,我上个月感冒的时候他就每天都给我烤两个。"温尔雅应付两声,端着碗走了出去。

她再次踮起脚尖,看了一眼被围住的顾行舟,听到他说:"千万不能乱吃中药,这味药材可能是活血,或者有别的功效,但是剂量很重要!少了可能不管用,多了可能就会致命。"

旁听了一会儿,温尔雅拿出手机给严焕发消息转播了一下现场出乎意料的情况,顺便给顾行舟下单买了个礼物。

本以为再耽误顾行舟一天也就差不多了,但事情显然有些失控。

因为严焕告诉了他父母,严父严母慕名而来后,又叫来了严家的男女老少。

又因为小妙招实在太妙,顾行舟又很懂得怎么和人沟通能让对方快速理解,不知道社区是怎么知道的,拉着顾行舟开展了一个……就诊活动。

这硬生生把顾行舟的旅游变成出差,还是无偿的,在一旁修改剧本的温尔雅看着都替顾行舟心累——因为要对自己的客人负责,温尔雅时刻跟着顾行舟,社区贴心地为她提供了一把椅子坐在顾行舟旁边,就连她的饭也顺便管了。

"不好意思,好像……有些超出预期。"顾行舟自己倒是不感觉多累，他本来就挺喜欢工作的，反而是觉得自己的事情耽误了温尔雅的规划，"要不然我们明天开始玩吧！"

"顾医生，来游山玩水的是你，你……不应该呀，当初你拒绝我的时候那么果断。现在这么无理的情况，你竟然不拒绝？话说，义诊难道不需要审批吗？这么随意？"温尔雅扒拉了两下面前的饭菜，凭良心话，很丰盛。据说里面的鸡翅、排骨，都是热心邻居提供的。

"我，不太擅长拒绝长辈。而且我不给药方，主要给建议，如果能发现病症，就让他们去医院进一步诊断。"

"我懂了，你尊老爱幼，就欺负中间的，好巧不巧，我就在中间那批。"温尔雅说着又替顾行舟不忿起来，"但是我一视同仁，不管谁遇到糟心事都会正义出击！今天一定要替你伸张正义！"

顾行舟忙安抚她："其实义诊也是我提的。我发现你们小区的老人年纪普遍偏大，听叔叔阿姨说，小区里不少还是独居老人。他们身体上如果有什么不适，需要尽早发现问题的。"

顾行舟一番话让温尔雅目不转睛地盯着他看了许久，半天才低下头，啃起鸡翅："医者父母心，我开始羞愧了。"

"而且你上次不是说……"顾行舟迟疑一瞬，也缓缓开口，"你和严焕跟这些邻里之间关系都挺好的，差不多都认识，这些年大家生病去世的消息很多，每次听到，你心里都会不舒服。虽然我改变不了生老病死，但我可以尽力去做一些事情。"

顾行舟所说的温尔雅已经忘记了，她努力回想了一下，似乎是当初肠胃炎之后在医院门口，她当时应该是在感慨生命的脆弱，顺嘴提到了这件事。

他还记得。

"我还以为,每次我说完你不作声,都是没听到呢。"

"我只是有些缓慢,在思考你说的那些话。"

顾行舟的话让温尔雅很想问一问,是不是四舍五入,他这样做都是为了自己?可这话问出来,不管得到什么答案,都好像会让两人的相处变质。

但一旦念头出现,就总萦绕在心,温尔雅整个下午都有些心不在焉,没等到晚上,就借口有事先走了。

看到是她一个人回来,温母念叨起顾行舟。

温尔雅有些不耐烦:"人家是休息,出来放假的!结果你们一个叫一个,跟砍价似的迅速扩散,让人家比上班还累。"

"那、那我等会儿就去跟社区说,不要让他们烦小顾了!这群人也真是的……我未来女婿,我麻烦就算了,他们倒是比我还不客气!"温母说后半句话的时候,眼神锁定了温尔雅的脸,想看她的反应。

这几天温母和温父合计来合计去,左看右看,一致怀疑自己闺女成功将顾行舟拿下,只是不好意思告诉他们罢了,便想着暗戳戳地试探一下,看看温尔雅会不会露出马脚。

本来就被下午的事整得心烦,听到这话,温尔雅更像是被踩到了尾巴,炸了毛:"什么女婿啊!我和顾行舟就只是医患关系!"

"好好好,我不管你们小年轻的事。"眼看自己闺女要进入急眼状态,温母战术性地去了厨房。

一个人冷静了一会儿后，温尔雅刚刚的火气消退，觉得不怨她妈误会，又是生病照顾，又是贴心做饭，还悉知对方的兴趣爱好小习惯。她当初和姜郁短暂在一起的时候，生活都没有如此渗透过。

可温尔雅也不是没有被人追过，那些人的心意直白地摆在明面上，哪怕委婉地遮掩，身为当事人的她也都能够洞察。可是她与顾行舟之间……再怎么回忆，温尔雅都只是觉得他把自己当朋友在相处，那些称得上"示好"的蛛丝马迹，稍微一解释，似乎也没什么暧昧的成分在。

原本就烦躁的心情变成苦闷，温尔雅干脆给许知打了个电话。

他恰巧有空："什么急事？直接一个电话打过来，不像是你的风格。"往常给人打电话，温尔雅一定是先询问对方有没有时间，是否方便，才会电话叨扰。

"我现在很烦，所以要把我的痛苦分给你一半。"

"行。"许知在电话那头好整以暇。

"你觉得顾医生……"她还没说完，就被许知打断。

"你动凡心了？温尔雅啊温尔雅，你事业还没起步就想谈恋爱，我可不同意！"还没听她展开讲述，许知的声音便陡然升高。

温尔雅的语塞，在许知看来成了默认，他继续声讨起来："从你每次聊天提起他的频率我就觉得不对劲了，有句话怎么说的来着——对一个人动心的表现，就是看和身边人聊天说起他名字的次数。"

"那么明显吗？"

"严焕已经放弃了你和姜郁，改'嗑'你和那位顾医生了，你说呢？"

"但是我，我其实不太清楚他的想法，我就连我自己的心思都有些模糊。"可能后者才是温尔雅更纠结的原因，她不能确定自己对顾行舟是喜欢，还是这些天相处下来的欣赏上升成的习惯。

"快问快答，你想每天看见他吗？"

"嗯，但我是想吃他做的饭，我才……"

"不要解释，如果有什么好事你会和他分享吗？"

"嗯……"

"你能接受他现在彻底消失吗？"

"不太能……吧。"

"他遭遇破事你会不会打抱不平。"

"会，我今天就是因为……"

"没有那么多'就是''因为'。感情其实很简单的，而且你们俩的经历简直就是言情小说了，你写成剧本绝对有人投钱。我目前还有最后一个问题，长得帅吗？"

温尔雅稍加思索，谦虚答道："不算特别帅。"

她毕竟也算半个圈内人，见过不少一眼望去晚上都要做美梦的皮囊，顾行舟的确不算顶级帅气。

电话那头的许知立刻泄了气："那算了，你这种情况只能算是，人生一次小小的缘分罢了，下一位吧。"

"不至于吧？顾医生他属于，耐看型，气质很干净，长相虽然不是第一眼帅哥吧，但是很有少年感。"

"不要再说了，你当初连姜郁都用过'帅'字形容，这个顾医生你甚至连一个帅哥的称号都不愿意给他,我……只能想象出你和一个秃头啤酒肚男在一起的画面。"

"我发照片给你!"为了给顾行舟正名,温尔雅将手机开了免提,开始翻和顾行舟的合照。基本都是那两天出去玩照的,照片里温尔雅欢快地咧嘴笑,顾行舟三百六十度都表现了两个字——冷漠。

随着照片发送,许知沉默了一会儿,反问:"你觉得我帅吗?"

"不帅。"

"难怪,你果然是审美畸形,没有化妆没有打扮没有灯光,你以为满大街都是男明星那种水平吗?他这种长相你说不算特别帅?这绝对是走在街上三步一人要联系方式的程度啊!"

"那种情况一次都没有过。"

"那是你和他在一起挡了人家的桃花运!"

这时,门被打开,顾行舟和温父一起进门,许知的声音伴随着免提冒了出来:"你问问他一个人的时候有没有!"

"问什么?"顾行舟随口一问。

"问你有没有被要联系方式。"温尔雅脱口而出。

"有啊!"回答她的是温父,"咱们小区现在只要有闺女、孙女的,都想介绍给小顾!刚刚我过去,看见一群人围着正说这件事呢。"

"回来了?这种事情小顾遇到的多了吧?"

温母从厨房出来,热情地递上了一个洗干净的苹果。顾行舟伸手接过,礼貌道了声谢后没有否认,也没正面回答:"我暂时没有这方面的考虑。"

"哎，顾医生！"电话那头安静许久的许知突然吆喝起来，温尔雅暗道不妙，赶忙去摁免提，却还是晚了一步，他具备穿透力的声音回荡在整个客厅，"那你考虑温尔雅不？"

今年刚开始，一月份才过了一半，温尔雅的年度最尴尬场景在刚刚，诞生了。

没有任何铺垫，当着自己父母的面，通过手机，一个男人帮她问另一个男人，考不考虑自己。

这世上真的没有可以消除记忆的药吗？这是温尔雅唯一的想法。

第二个念头就是，她要去给许知所有的作品打一星。

思考完这两件事，温尔雅脑海中已经有了补救措施：他们刚刚在聊房东要涨房租，许知的意思是合租。

"刚刚我们在聊……"

"嗯。"

"嗯？"

"我不想考虑除你以外的任何人。"

这是顾行舟能说出的最直白的话，也是他自从有自主意识以来，最冲动的时刻。

哪怕明白说出口之后是后悔，在这一刻，他也情愿。情愿这样赤裸裸地、直白地、不加掩饰地展露出自己的妄想。

这话宛如一个"二踢脚"在温尔雅耳边炸开，炸得她耳朵和脑子都"嗡嗡"作响，一团糨糊。

没人先打破沉默，倒是手机懂事，恰巧响起，手机自带铃声，是顾行舟的。

顾行舟看起来波澜不惊，拿着手机后退了一步："医院的电话，失陪一下。"

温家上下眼睁睁地看着顾行舟退出门外，还不忘带上门。

这一去，再也没回来——顾行舟正好收到医院的催促，借口都不用找地离开了这座城市。

在他离开后，温尔雅父母立刻围着她八卦地分析起顾行舟那句话。

温尔雅置若罔闻，把自己关在了卧室。

突然。只有这个词能形容温尔雅的感觉，不是得偿所愿的惊喜，而是意料之外的惊讶，任凭她怎么想，都无法猜到，一向温暾的顾行舟，会这样直白。

不像他，实在不像他。

就连顾行舟自己，在飞机上也开始了迟来的懊恼，当时的情景配上那句脱口而出的话，顾行舟深深地懊恼自己的唐突。

可他知道，如果自己当时不开口，等到冲动散去，兴许这个秘密，要像许多他没有说出口的话一样，被他消化，永远不能问世。

明明只想做两条平行的线，自己怎么，如此贪心。

偏偏此刻这个贪心还在，他想着在飞机上的这几个小时收不到信息，没准儿开机后就能看到她发来的消息。

什么都好，猫猫头表情、无关紧要的琐碎，哪怕官方的一句问好。

顾行舟下飞机后，踌躇再三地关闭飞行模式。没有任何消息，连垃圾短信都没有。

他一路上频繁点开那个对话框,又一次次关上。

到家打开门的瞬间,顾行舟望向对面紧闭的房门,理智终于占了上风,他极轻地叹了口气,似乎将最后一丝期待也吐走。

翌日,顾行舟看完最后一个病人,王泉的脑袋就冒了出来。

"顾医生,还不去吃饭?要给你打包回来吗?"王泉说着,脑袋一转,瞧见拿着饭盒走近的万曼,点头打了声招呼。

"王医生,哥。"

万曼手中大大的饭盒很扎眼,王泉想无视都不行,没等她开口就识趣地道别了:"你们先聊,我去食堂了。"

没了王泉在,万曼自在了一些,她迈开一步进到顾行舟的办公室,手指在饭盒上摩挲着:"哥,知道你要回来加班,我昨天做饭的时候,多做了一份!"

"不用了。"对于这种无缘无故的好意,顾行舟向来是拒绝的。

"我已经在微波炉里加热好了!直接吃就可以,里面是上次我们一起吃饭,你蛮喜欢的那几道菜。"

万曼说的上次顾行舟已经没有印象了,毕竟两人见面的次数屈指可数,又都是不怎么爱说话的人,闷闷地吃完就散场。他顿了一秒,没有什么胃口却还是站了起来,拿起饭卡:"太麻烦了,我和王泉约好了去食堂,这份你留着自己晚上吃吧。"

"那、那我也和你一起去食堂吧!"万曼紧紧地拿着手中的饭盒,"我还有些事情想问你,是舅舅舅妈的事情!"

原本心情就不怎么好的顾行舟听到那两位有事，顿时更倒胃口，硬是没有松口，再次礼貌又疏远地回绝了。

他到了食堂也没去找王泉，随手指了两个菜，端着盘子坐在椅子上开始扒拉。

正当他食不知味时，对面突然坐下个人，顾行舟以为是万曼锶而不舍地跟来了，下意识地一蹙眉，抬眼一看，是温尔雅。

她笑盈盈地瞧着顾行舟和他面前的饭盘："顾医生，上次没吃到你们食堂的饭，我一直惦记着，有推荐吗？"

顾行舟拿筷子的手下意识地紧了紧，他没作声。

"要不然还是按照你的来好了。"温尔雅也不介意他的态度，起身准备去餐口，却被顾行舟叫住。

顾行舟起身，拿出饭卡递给她："这儿只有职工和家属可以吃。"

温尔雅伸出手捏起饭卡，脸上依旧是灿烂的笑容："我现在应该算了吧？"

顾行舟的大脑迅速解析这句话，下一瞬，他脱口而出："剩下的都不好吃，我带你去外面吃！"

"有些浪费吧？"温尔雅看着他几乎没动的餐盘。

"我打包回去，晚上吃。"他松开自己的饭卡，双手端起餐盘，身体后知后觉地开始产生反应：先是心跳开始加速，紧接着是喉咙发紧，迈开的步子也轻飘飘仿佛失了力……他克制着自己的动作，不动声色地瞧了眼捏着自己饭卡的那只手，"以后想吃这里，机会多的是。"

温尔雅看着他，笑意盈盈。

只是，顾行舟晚上也没吃上那份剩饭，他坐在火锅店里，隔着锅内升腾起的雾气看着对面的严焕，嘴角上扬，难掩的愉悦。

吃得毫无形象的严焕瞥了眼对面连筷子都不动的顾行舟，很是纳闷："难得啊！顾大医生从来都是拒绝出来吃饭，没想到也会主动请我吃火锅？"

"我和你说件事情。"

"是不是想找我诉暗恋的苦？"严焕顿时来了精神，"我真是没想到啊！你竟然对尔雅动了心思？不应该啊！我感觉你挺不待见她的。"

"我只是开始的时候觉得她的生活习惯不太健康。"顾行舟找补道。

"现在不这样觉得了？她根本就没变好吗？人果然都逃不过'双标'。哎，你们这次一起旅游，难道就没有什么进展？"

"有。"顾行舟满脸愉悦。

"也不枉费我自费给你创造条件，你那张机票的钱记得转给我啊！我……"

"我们在一起了。"

严焕手中的筷子，伴随着这句话，掉在了地上。

顾行舟脸上笑意更深，他总算明白为什么人要秀恩爱，这样顶级的快乐，根本藏不住，只想昭告天下。什么财不外露、锦衣夜行、低调，他现在恨不得抓住每个人都分享一下！

顾行舟将自己没有用过的筷子递给严焕，说起那个名字时都温柔起来："尔雅临时有事情，去公司了。"

这边，在公司忙着开会的温尔雅心情肉眼可见的好。

趁着客户去洗手间，徐导抽空询问：" 回家一趟心情这么好？拆迁了？"

" 呃……我不太有经验，不知道别的小女生遇到我这种情况是怎么表现的，总之详情你可以看我朋友圈。"

徐导拿出手机，看到温尔雅那张饭卡的照片，配文：今后都能在医院食堂蹭饭啦！

" 你……住院了？"

" 没有！你还是搞影视的呢，这么明显的暗示都感觉不到？" 温尔雅发完这条官宣朋友圈就过来开会了，都没顾得上看消息。她拿出自己的手机点开评论，发现都是和徐导一样的询问，还有不少私聊过来表示关心的。

瞬间，由怀疑徐导变成了自我怀疑。

" 我觉得你太委婉了，难道是下部戏的题材？"

" 我背着你开发的新项目吗？我这是！" 温尔雅不死心地憋住了炫耀的心情，" 你快再猜！"

徐导没能猜出来，他刚要开口时客户回来了。

又谈了一会儿，这场碰面才结束，原本还要一起吃晚餐，但对方还有约只能作罢。

这倒是合温尔雅的心意，她还等着回家找顾行舟呢！

她已经迅速适应了顾行舟女友这个身份。虽然两人的相处和之前没什么两样，他甚至都没有发消息过来问自己有没有吃饭。可就是哪里都不一样，特别是在想他这件事上，可以光明正大，包括时不时说话的时候就想扯到他身上去："也不知道顾医生下班没有。"

"你走之前不是打算过年之后再回来吗？"徐导边收拾着东西，心里还在纳闷那条朋友圈，没接上温尔雅没头没尾的这句话，"难道是……算了，我宝贵的脑细胞还是不要浪费在这种事情上面了。"

"这种事情你都猜不到，你脑子里也没多少脑细胞了吧？"温尔雅说着，愤愤拿起大衣披上，"请我吃晚饭，我告诉你！"

"行行行，吃什么？我也饿了。"

"你等我先问一下顾医生。"

温尔雅拿出手机，打开顾行舟的对话框：顾医生，今晚加班吗？要一起吃饭吗？

顾行舟没回复，温尔雅瞥了下嘴，果然没有丝毫的变化。

她和徐导出了大厦时，外面仍是寒风呼啸，温尔雅忍不住将脖子缩了起来，太冷了。

"哎？那是不是顾医生？身边是谁？"徐导的话让温尔雅瞬间抬头。她一眼就看到了在昏暗灯光下穿着黑色大衣的顾行舟，顷刻，仿佛凛冽的风都温柔了起来。

顾行舟站得笔直，朦胧的光束将他笼罩得仿佛周遭有一层淡淡的光晕，温尔雅不顾身边还有徐导，飞快地跑向他。她想扑到顾行舟怀中，在他怀里用下巴蹭一蹭肩头。但想到两人才刚在一起，这样有点太不矜持，扑的动作便戛然而止，她落定在他眼前半步远的地方，笑盈盈地瞧着他。

顾行舟看着温尔雅满身欢快地、蹦蹦跳跳地来到自己面前，只觉得心都被填满，怎样形容都不够，想到她这次的欢喜是因为自己，脸都烫了起来。

两人都没开口，一旁的严焕就连珠带炮地质问起来："哎？没看见我吗？你们还有良心吗？我好歹算个月老吧，你们偷偷摸摸在一起，竟然不第一时间告诉我？"

"刚刚不是告诉你了吗？"顾行舟伸手摘下围巾围在温尔雅露在外面的脖子上，他在等待的时候就一直在想这个动作如何做才能自然。

被带着温度的围巾包裹，温尔雅好像骤然失重了，脑袋麻麻的，耳朵烫烫的。

顾行舟为她打理围巾时，手指不小心触碰到她的脸，温尔雅被凉得抖了一下，这麻酥的感觉才开始消散，她关切地问："你等多久了？"

"'们'，是'你们'等多久了！半个小时！怕你们在忙，没敢打扰。"被忽视的严焕再次抢话。

他们公司所在的大厦进门要刷卡，所以也没办法去大厅里避一避，严焕强烈要求在附近找个小店，但顾行舟偏要冷飕飕地硬等着。

"我想你出来看到的第一个人就是我。"顾行舟诚实地说出自己的想法，惹得总算知道自己要猜什么的徐导打了个寒战。

有句话怎么说来着？不经意的浪漫，最诛心。

严焕刚刚那顿火锅根本没吃几口，就咋咋呼呼地要来找温尔雅"对峙"，加上温尔雅和徐导说了要一起吃饭，四人一拍即合，在附近找了家铁锅炖。

饭桌上气氛欢快，顾行舟几次欲言又止，终于在大鹅上桌的时候开了口："晚上吃太多肉类，容易积食。"

"那来一扎山楂汁，助消化。"

温尔雅说着招手叫来服务员，严焕抽空奚落起顾行舟刚刚的行为："那你吃窝边草怎么不担心消化不良呢？"

"你从小到大也没少吃一口吧？"知道顾行舟在严焕这儿每次都讨不到便宜，温尔雅明目张胆地袒护起来，今时不同往日，她立刻接过话茬，"咱们以前一周换一次同桌，每次换同桌你就换心动对象，我当时那两个朋友，关系多好啊，因为你大打出手！还有……"

"哎哎哎，所以我这么瘦是有原因的，别说了别说了，我自罚一杯。"被揭老底的严焕说着拿起刚刚送到的山楂汁倒了一杯，一饮而尽，"我是祝福，真的。我还担心顾行舟这个死脑筋的家伙一辈子都不说呢，没想到，他现在是把所有的技能点都加在了你身上，一击必中！"

"你担心……听起来这个时间好像挺早的，你什么时候知道的？怎么知道的？"温尔雅敏锐地抓住严焕的言外之意，还看向顾行舟，"顾医生，你什么时候开始惦记我的？"

"这是可以说的吗？"严焕也看向在一旁为众人加水的顾行舟。

看着升腾着热气的水在杯中渐满，顾行舟脑袋微转，和温尔雅对视上："大概是从……"

这个突如其来的问题他还真没想过。

是从她哭着与自己擦肩？还是一次次厚着脸皮出现在自己面前？抑或是每次生病的憔悴？他回忆起和她的每一幕，都仿佛在眼前展现，清清楚楚，清楚到顾行舟都要感慨自己的记忆力如此之好了。

好像没有什么惊天动地的瞬间，可回想起来，又觉得每件事都值得记下。

说不出到底是哪一刻开始，似乎每一次见面，他的心意都有迹可循。

"反正肯定不是第一次见面的时候。"温尔雅对这种题的答案是什么并无要求，只不过是知道他喜欢自己的时间竟然还早一些，心里的欢喜更多了几分。她自己的问题便自己答，给了顾行舟台阶，"我就知道，脸皮厚的人能得到一切，要是一开始我就知难而退，今天这顿饭的女主角肯定换人。"

"不会。"顾行舟说不出自己突然变充沛的情感，只能笃定地重审，"我不随便和人出来吃饭，如果不是你，不会有别人。"

"哎，行了行了，真是没想到顾医生金句频出啊！以后常来公司玩，给温尔雅找点儿写甜剧的灵感，早点爆火让我们财富自由。"徐导和顾行舟没有那么熟，很是收敛，却还是忍不住调侃了温尔雅一句，"不过我觉得，某些人才是那只兔子，顾医生就是棵嫩草。"

"我是老牛，行了吧？"温尔雅望了眼身边嘴角上扬的顾行舟，皮肤光溜溜，看起来的确很嫩！

听着这话，顾行舟有些恍惚。

好像从自己脑袋一热说出那句话后，一切都是在做梦似的，不……好像和她相遇就是一场梦。如今热闹的氛围、周边喧嚣的人群，让他突然有一种真的融入到这个世界的感觉。不再像之前一样，总游离在外，像一棵浮萍。

一顿饭吃得热热闹闹，结束后两人决定散步回家消食，路上并肩而行，礼貌又克制。

"顾医生，你会不会很不喜欢刚刚那样？"叫一些朋友在应该休息的时间选一个热闹的地方吃饭聊天，顾行舟这样的经历应该很少。

"还好。"顾行舟的回答很中肯。

因为没了别人活跃气氛，两人就这样走了一段路，温尔雅没话找话地再次开口："明天吃什么？我可以点菜吗？"

"嗯。"

"我想喝上次的鸡汤！"

"好。"

"但是吃排骨也不错哎？"

"也可以。"

"要不然还是吃锅包肉吧，好久没吃东北菜了。"

"你刚刚吃的应该就算东北菜。"

两人走在寒夜中，虽然话题有点冷，但都觉得这个冬天，好像是个暖冬。

第二天，温尔雅一觉睡醒，打开门就看到挂在门把上的便当盒，拧开写着早餐便条的保温桶，鸡汤的香味就冒了出来。

喝着还热乎的汤，她没忍住打开午餐的饭盒，里面是排骨和锅包肉。

这种随便一句话都被人记在心里有回响的事，让温尔雅再次被击中，美滋滋地拍照发了一圈，然后发给顾行舟：顾医生，才刚在一起你就不注重我的健康了吗?要荤素搭配呀!

她知道这个时候顾行舟肯定在忙,不会回复,但她脸上的笑却怎么也止不住。

温尔雅转动了下身体,突然灵机一动去继续修改自己的言情剧本了。等到中午,她才收到姗姗来迟的回复:晚上回家做炒时蔬和鸡汤白菜。

"顾医生,又自己带饭?"找顾行舟一起去餐厅的王泉看着他的饭盒,咽了下口水,"嚯,好丰盛。这鸡汤炖了一晚上吧?"

"今天早上四点多钟去市场买的,高压锅压了一个小时。"

"那么早起来就为了买土鸡?下次你再去买给我带一只呗!"

"不是,女朋友突然想吃。"

这个消息让王泉倒吸一口凉气,却意外吸入了更多顾行舟饭盒里的香味儿,一边咽口水,一边消化刚刚那句信息量巨大的陈述:"脱单了?你,女朋友?"

"嗯。"

"哎,怎么认识的?还有啊,上次说的那个女生,你都脱单了也不用留着给自己近水楼台了,总能介绍给我弟弟了吧?"

"不好意思。"顾行舟微微一笑,"这个月,我已经先得了。"

"啊!是她,果然是她!"王泉这次几乎要跳了起来,"我就知道!"

顾行舟不动声色地喝了一口鸡汤,他很满意王泉的反应,而且突然理解了那些喜欢炫耀的人。原来自己不是真的不悲不喜,而是此前,他从未有过这样恨不得展现给全世界的瑰宝。

不知道自己喝的鸡汤费了顾行舟那么大的工夫,温尔雅正忙里偷闲地给顾行舟挑礼物——果然,喜欢一个人就会不由自主地想添置些东西给对方。

她挑来挑去都没有称心的,都说投其所好,但顾行舟好像没有兴趣喜好……也不能说没有,他经常看期刊什么的。

人一思考,时间就会溜走,没等得出结果,顾行舟就下班了。

不得不说,他适应新身份也很快,出电梯的第一件事不是回自己家,而是敲了温尔雅的家门。

温尔雅冒出脑袋,她正准备给顾行舟发消息,没想到人就到了:"你怎么知道我在家?"

"直觉。"

"顾医生,我们之间的心灵感应应该不会这么快就接通吧?"打开门靠在门框上,温尔雅脸上不自觉就浮现出一丝笑意来。

顾行舟从口袋里掏出一颗硬糖递给温尔雅:"今天就诊的一个小朋友给的,我去做饭。"

捏着那颗硬糖,温尔雅看着顾行舟开门的背影,迈出一步关上了自己家的门:"今天我能不能进厨房帮忙呀?我妈知道每次都是你做饭你洗碗,今天早上又打电话过来骂了我一通!"

可惜,温尔雅嘴上的"抱怨"还是没能让她进入顾行舟家的厨房,顾行舟丝毫没有让她做家务的打算,甚至次日还表示温尔雅吃完的饭盒也可以拿来让他洗。

"那有点太过分了。"温尔雅想表现出自己贤惠的一面,"其实我做菜也还可以,不然今晚我下厨?"

"你那么忙还有时间下厨?"顾行舟温柔地看着她,笑了笑,"你每次送来的饭盒我都是要再洗一遍的。"

"那么嫌弃我吗?"温尔雅作势捶了顾行舟一拳,心里感叹幸好他没有洁癖,不然说不准要嫌弃自己到什么地步呢。

其实顾行舟只是想为温尔雅再多做些什么,哪怕只有一点点,他迫切地想将所有能做的都给予对方。可他把心中的这种热切表现出来,结果却好像总是大打折扣,这让顾行舟犹豫再三,第一次买了本与专业无关的、非名著的书刊回来——《男女不同,如何恋爱》。

可惜他看了一半实在觉得无用,什么也没学会,便闲置了。

不过,只是和温尔雅待在一起,顾行舟便觉得满足,连带着周遭的人都能感受到他的愉悦,时不时调侃几句他恋爱后变化颇大。对此,顾行舟照单全收。

"顾医生,你干吗盯着我?"温尔雅正赖在顾行舟家不肯走,盘腿坐在沙发上看无聊的电视剧,被顾行舟看得不自在起来,"你……这才九点就要赶我?你明天不是休息吗?"

"没什么。"

顾行舟是觉得盯着温尔雅看不够,每次看都觉得有种说不出的可爱,只是这话他说不出口,便将头转过去看向电视:"明天是休息,要出去玩吗?"

"天好冷,不去。"在沙发上的温尔雅缩了缩脖子,"我们在家看电影吧，好多经典电影你都没看过，我愿意陪你二刷！"

"好。"顾行舟说着起身端起她面前的果盘，"我再去给你切半盘西瓜。"

"不吃了不吃了，西瓜吃太多了不好，而且冬天的西瓜太贵了，省着点儿吃。"

"瓜还是吃得起的。"顾行舟自动忽略"吃太多了不好"这句话，这个知识点还是他给温尔雅说的，只不过最近他豁达了许多，口腹之欲偶尔也是可以满足一下的，而且温尔雅吃到甜甜的西瓜时脸上绽放出的幸福表情实在可爱，多吃一口也无妨。

和顾行舟在一起后，温尔雅愉悦的心情频率直线上升，生活的满足感和幸福感也多了很多。她不仅能吃到切好的水果、降温时会收到提醒、出门忘带衣服还必定会有人送外套，以及太晚下班会有人接、加班也有人作陪……这一件件日常让温尔雅恍惚：甜宠电视剧好像都是真的。

顾行舟这个人，没有轰轰烈烈，可越和他相处，温尔雅就越觉得自己运气实在太好。

最重要的是——他还替自己抢到了回家的车票。

温尔雅这两周和顾行舟就这样看似没有太大改变地待着，但她为了避免春运，提前就开始抢回家的票。眼看着时间越来越近，春运都要开始了，她还没抢到，气馁得都准备买天价机票的时候，顾行舟却给抢到了。

还是下铺！

"这也看人品？下铺哎！"明天就要再次回家的温尔雅正在顾行舟家看着他包饺子，天降的车票让她有些兴奋，"要不然我高价卖出，和你在这儿过年得了！"

顾行舟不回家过年，至于原因，温尔雅觉得兴许是工作太忙，她记得严焕提起过，顾行舟好像父母都去世，是姑姑带大的，具体的便也没追问。

但总觉得，留他一个人在这儿，孤苦伶仃。

"我春节还要值班，你还是早些回去陪叔叔阿姨吧，等有空，我就去拜访。"早就习惯这种热闹的节日都是一个人度过的顾行舟没有任何情绪波动，他擦了擦手上的面粉，"你明天早上五点三十四分的火车，不想误车就快吃完去睡觉。"

温尔雅闷闷地答应了一声，虽然说平常也没和顾行舟腻歪在一起，但是要分别了心里还是有那么一丢丢的不舍。

反观顾行舟，表现得云淡风轻，好像，还有点小期待？

"顾医生，你不会是和我在一起，待烦了吧？"

"我是开心你能回家。"

顾行舟的解释让温尔雅依旧不爽，不爽得晚上多吃了五个饺子。

第二日的火车行程要十几个小时，温尔雅想了想，好在她是卧铺，躺一天倒也过得快。却不料，她早上险些睡过头，被顾行舟拖着送到火车站上车后，她爬上床铺就开始补觉。

温尔雅闷头睡到被一阵接着一阵的孩子哭泣、小孩奔跑的声音吵醒，一看时间已经中午，她给顾行舟发了好几条消息吐槽恶劣的车厢环境。

空气中弥漫着一股泡面的味道,温尔雅顿时食欲大开,果然,面只有在火车上吃着才最香。她去掏双肩包中自己塞的泡面和火腿肠,却摸出熟悉的饭盒。

打开后,看到酱牛肉和码得整整齐齐的饼丝,还有一格放着干煸的鸡翅中,温尔雅把拉链都打开,从里面又掏出一盒洗干净的水果,她才明白为什么会觉得包重了。

她起初还以为是没睡够,体力不支的缘故。

这时,手机响动,看样子也到顾行舟的吃饭时间了。

顾行舟:我给你准备了蒸汽眼罩和耳塞,在包的最外层,还有,尽量戴上口罩,安全。

温尔雅秒回:呜呜呜,在一群泡面中吃得这么丰盛,我不会挨打吧?

顾行舟:你不会打那些吵闹的小孩吧……

温尔雅:你怎么知道我准备等会儿用空饭盒敲他们的头,把他们打昏换取片刻的安静?

消息发出去,温尔雅看着手中的饭盒"扑哧"笑出来,捏起一片牛肉慢慢咀嚼起来,还不忘打开水果盒子。

心情好的时候,就连噪音都似乎变得悦耳起来。

有顾行舟的安心套餐,这次的路程感觉短暂了许多,温尔雅到家后都没有疲惫地瘫倒在沙发上,而是拿出饭盒去厨房仔细洗了几遍。

"哎,小顾给你准备的吧?"跟到厨房的温父满脸八卦。

自从确认了自家闺女和顾行舟在一起后，仗着顾行舟在小区的好感度，他腰板都直了许多！下棋不用排队、吹牛不用打稿了，比温母还关心闺女的感情动态。

"不是，我自己做的。"温尔雅淡定答道。

"不可能！"

"那你还明知故问？"

温尔雅洗好饭盒出去，温父立刻跟上："小顾上次跟我说的小妙招特别管用！他过年不来啊？"

"对，你们上次把他利用得太过分，以后他都不会再踏进这个城市、这个家门半步了。"

"都说了上次不能怨我和你爸，严焕爸妈有主要责任！"在沙发上打毛衣的温母十分严肃，"下次我女婿过来，谁都不许使唤！"

"还不是女婿呢，你能不能跟我爸学一下，叫小顾就行了。"温尔雅感觉自己爹妈都很喜欢顾行舟，故作矜持起来，"我们现在还在互相了解阶段。"

"那你把自己的本性藏好，别太早暴露把人吓跑。"温母有些担忧。

"就算你们到时候分手，我看小顾也能认我们当个干爹干妈什么的。"温父运筹帷幄。

温尔雅很是语塞。

晚上和顾行舟打电话的时候，她转述了一下自己爹妈的态度，最后总结道："他们看到进门的人是我，很失望。"

"我们医院明天团建，知道你不能来，他们也很失望。"

"哎哟！谁不想看看到底是多优秀的人才配得上顾医生呢？"温尔雅拐着弯夸了自己一句。

两人聊了一个多小时，眼看到了顾行舟的睡觉时间，温尔雅主动结束了话题要挂断电话，没想到顾行舟倒是几次又把话题挑起。

"顾医生，马上十二点了，往常这个时候你应该已经进入深度睡眠了。"温尔雅忍不住直白地催促起来，"熬夜不好，况且你还每天早起，熬夜就更不好了！我的作息你就别学了，漫漫长夜还是留给我一个人吧。"

"嗯……"顾行舟想说，比起梦里的她，自己更想醒着听她的声音，但这话太过肉麻，他至多只会自己在心里想一想，表面便故作淡然地附和了一声，结束了对话。

顾行舟躺在床上盯着已经息屏的手机，忍不住嘴角上扬。

之前总觉得自己的时间安排得合理且充沛，早睡早起锻炼身体，读书学习写文章。和她在一起后，他的作息乱了，体验生活的时间大大增加，话也成倍增多，好像过上了完全不一样的人生似的。

嗯……感觉不错，继续保持。

早上不用给温尔雅做饭，顾行舟难得和之前一样提前半个小时到了医院，收拾着桌面思考把从家里带出来的相框放在哪里合适。

"哥。"伴随着敲门声，万曼腼腆地走进来。

摆弄相框的顾行舟"嗯"了一声，甚至没留意进门的到底是谁。

"舅妈让我问你，今年要不要一起去她家过年。"

意识到进门的是万曼后，顾行舟才抬起头来，礼貌地摇了摇头：

"我过年要值班，有时间再去看望姑姑。"

"那……"万曼还想说些什么，看到顾行舟桌子上多出来的那个相框，里面是他和温尔雅的合照，硬生生把话咽了下去，"晚上团建见。"说完，像是犯了什么错似的，慌乱地逃走了。

万曼的提醒让顾行舟有些心烦，和温尔雅说的一样，他的确不擅长也不喜欢人多的聚会。这次团建是顾行舟整个科室一起，本来他是不想参加的，但碍于自己的导师也会来，才勉强答应下来。

到了下班，跟着众人到地方之后，顾行舟就找了个角落，听着大家热热闹闹的讨论声，忽地脑海里蹦出温尔雅的模样。

嗯……自己一般置身于这样的分贝下，都是和她在一起。

"哥。"迟到的万曼一眼就看到顾行舟，她没和大家打招呼就匆匆挤到了他身边，"我刚刚和舅妈打电话，所以进来晚了。"

对于万曼自述的迟到原因，顾行舟完全不感兴趣，礼貌地点了点头，拿出手机给温尔雅发消息。

一行字还没打完，他就听万曼欢喜地说出自己打电话的内容："我和舅妈说我今年跟你留在这儿一起过年！"

"不用了。"

"可是过年就是要有人陪在身边呀！"

"万曼，我不需要人陪我一起，而且过年对我来说，和国庆一样，就是我不能休息的法定节假日而已。"

顾行舟说着，手机收到一条语音，碍于在外也听不清楚，他手指一点转换成了文字。

温尔雅：你们这算是提前年夜饭吧？难怪不来我家呢，原来是嫌不够热闹呀。

万曼用余光将顾行舟手机上的字看了个大概，眼睁睁地看着他修长的手指打出：我们那天吃的饺子才算提前的年夜饭。

收回视线，万曼的情绪肉眼可见地萎靡下去，半天没再和顾行舟搭话。顾行舟也乐得清静，除了时不时看一眼手机，没发出一丁点儿的动静。

等到饭菜上齐，他也没怎么动筷子。

和温尔雅不一样，顾行舟实在没有晚上吃太多的习惯，至于同事们……医生也是人，工作之外，大部分人都不会用工作的标准约束自己。

"哥，你是不喜欢吃吗？"为了保持形象，万曼也没伸过几次筷子，眼巴巴地看着顾行舟。

"还好。"

"刚发工资，你想吃什么，等会儿出去，我请你！"万曼表现得很乖巧。

可惜顾行舟一如既往，一句话把人堵死："我这两天没什么胃口。"

然而，万曼和往常有些不同，不仅少了几分腼腆，被话噎住也不气馁，顺着他的话往下说道："那就等过了这两天。"

顾行舟标志性沉默，好在这个时候大家一起举杯，缓解了万曼无法打破的尴尬。

为了活跃气氛，有人提议玩起经典游戏"击鼓传花"，拿着一个水瓶代替,就传了起来。

水瓶恰巧停在万曼手里,她正准备递给身边的顾行舟。

听着大家的起哄声,万曼身体僵硬、脸蛋绯红,一个字也说不出口。其实她和顾行舟的性格有些相似,都不怎么爱和人深入打交道,但顾行舟是懒,觉得社交不重要。万曼则是实打实的腼腆内向,最多也就在顾行舟面前能像刚刚那样紧逼几句话,眼下的情景,实在不是她能驾驭的。

她求救似的看了一眼身边的顾行舟,顾行舟的表现完全在意料之中——熟视无睹。

好在大家也都知道万曼的性子,嚷着第一局不算,给了她一个台阶下。

她委屈巴巴地坐下,一个劲地看顾行舟,但顾行舟似乎游离在周遭的喧嚣之外。万曼看着他,一走神,水瓶就又到了手中,丢得慢了一步,又是她。

这次她眼眶都有些发红。

导师看出了万曼的窘迫,及时地出面打起圆场:"你们这些年轻人呀,食不言做不到,还要瞎折腾,快先吃饭。"

大家纷纷附和,开始埋头干饭。

再次被解围的万曼一直攥着水瓶,直到饭局结束再没打扰过顾行舟。

等到众人纷纷散场出门,滴酒未沾的万曼在路灯下叫住顾行舟,她终于忍不住红着脸明知故问:"哥,你是不是……恋爱了?"

顾行舟应声点了点头,脑海中清晰浮现出温尔雅的笑脸。

万曼眼睁睁地看着,那张一整晚都没有什么表情的脸在暖光下溢出一丝欢喜,满目柔情。

第七章
我来谢谢你相信我

大年三十,顾行舟给姑姑礼貌地发了拜年短信,并且说明了一下自己不能去拜访的缘由。

对面破天荒地打了通电话过来,生疏地寒暄着。

顾行舟没有任何情绪波动地应付了几句,直到对方终于切入主题:"小舟,听说你找女朋友了?"

"对。"

"哎哟,你快发照片给我看看!做什么的?是你同事吗?"

顾行舟对客套的寒暄还能应付,如此热情的询问反倒让他别扭起来,一一如实作答:"不是,她是做编剧的,我没有她的照片。"

顾行舟不喜欢用手机记录生活,所以每次和温尔雅出门几乎不会拿出手机,都是她一个人拍来拍去。放在医院桌子上的那张照片,也是两人在路上看到,温尔雅套娃似的扫了五个二维码关注了一大堆的公众号,免费打印得来的。

"写东西的?真厉害,你有空带回家坐坐。不方便的话,我就和你姑父一起过去,见个面。"

"不麻烦您和姑父折腾了。"哪一个都不是顾行舟想要的结果,他干脆含糊了过去。

短暂的沉默后,姑姑实在不知道该如何接话,借口要去做饭,挂断了电话。

顾行舟在沙发上躺下,神情变淡。每次都这样,一通没头没脑的联系,让许多回忆席卷而来,他疲惫地闭上了眼,这些天因为温尔雅才变得开始热气腾腾的心似乎逐渐降温。

直到温尔雅的视频电话过来,顾行舟才强撑着从沙发上坐起来,丝毫看不出刚刚的沮丧。

"顾医生,你有没有吃饺子呀!"温尔雅在电话那边夹起一个饺子塞到嘴里,满脸满足。

"嗯。"

顾行舟还担心被温尔雅识破,下一秒温父的脑袋就凑了过来,把温尔雅的脸挤出屏幕:"小顾,尔雅说你一个人在那儿过年,叔叔给你发个红包!"

"你怎么不给我呀?"温尔雅抗议的声音从一旁传出来。

温父理直气壮:"你吃我的、住我的,不给钱就算了,还想啃老?"

"行了行了，你别烦人家小顾，春晚开始了。"温母扯了温父一下，总算让温尔雅的脸又出现在摄像头前。

顾行舟原本藏着的负累情绪像是突然松了，他感觉被人关心……其实很好，之前他总觉得不舒服，兴许是因为那些关心都不是他想要的，只有眼前这个人的关心，或是说所有的情感，他都乐意照单全收。

"看春晚！顾医生，打开电视！"在一起之前，温尔雅去过顾行舟家那么多次，他家的电视从未打开过，她甚至怀疑那是个摆设。后来，她每次去都要多赖一会儿，偶尔打开电视放一放背景音，温尔雅才确定是顾行舟不喜欢看电视。

听到他那边也热闹起来，温尔雅又分享起自己这些天的所见所闻："顾医生，我刚刚碰到邻居家的大金毛了，太乖了！我拍了摸它的视频，发你了，你快看！"

回家之后的温尔雅看到什么都要给顾行舟分享一下，他也照单全收，再小的事情都听得认真。仔细欣赏了几遍那三秒钟的视频后，他问道："摸完洗手了吗？"

"洗了！"

两人的视频就这样一直开着，温尔雅时不时和顾行舟说两句话，大部分时间都在和温父温母一起吐槽节目。顾行舟坐在沙发上看着电视中喜庆的场景，感觉不到一丁点儿的热闹，干脆把眼神都放在了手机上，盯着里面五官乱飞的温尔雅目不转睛。

突然，敲门声响起，顾行舟下意识紧绷了一下。

一般来说，只有温尔雅会敲他的门。

也听到敲门声的温尔雅立刻把视线从电视上收回,满脸谨慎:"顾医生,你不会是还有一个女朋友吧?"

"可能是社区送温暖。"顾行舟说着到门前透过猫眼看了一下,将门打开。

开门的瞬间,门外的严焕抖开手中的锦旗。

锦旗上写着:社区伙伴,温家之友——温尔雅赠。

"在这个新春佳节,你亲爱的女友,也就是我的发小,温女士为你送来新春祝福!"

严焕话音未落,温尔雅就鼓起掌来,应景地唱起了"好运来"。没想到还有这种安排,顾行舟一挑眉,面对严焕的时候脸上难得浮现出一丝惊喜。

"这可是当初你来我家义诊那个时候做的,一直没机会送给你。"温尔雅鼓着掌,还不忘说一句严焕,"感谢外送小哥!没事就走吧。顾医生快关门,别让他蹭上饭!"

"我们剧组赶工,今天休息一天,明天还要再去拍摄呢。你忍心这样折腾我,顾医生还不忍心呢!"严焕估计温尔雅已经忘记了他当初说不回家的借口,其实他是准备回去的,没想到有幸进了一个大组,赶工期,真不能回去了。

严焕一边说话一边挤进门,直奔沙发倒下,发出一声舒服的呼声:"总算坐下来了,饿死我了!哎,你是还没吃还是吃完了?"

"嗯……我去煮点饺子。"看到严焕过来,原本没胃口的顾行舟也感觉有些饿,可刚刚他还和温尔雅说他吃了饺子,便只是含糊了一句走向厨房，还不忘把手机带进去。

等到饺子煮好，顾行舟的手机也没电了，知道他从来不在手机充电时候玩，温尔雅就主动挂了电话："我就不打扰你们的二人世界了，拜拜！"

随着视频挂断，严焕赶忙过来邀功："和尔雅在一起是不是很幸福？说吧，你准备怎么感谢我这个红娘？"

"你每次见面都要说一遍这个事情，你真是……"顾行舟"啧"了一声，"难得干了件好事。"

"你现在说话越来越有温尔雅的感觉了。"严焕吃了口饺子，发出声幸福的感叹，"好久没吃你做的饭了，看来还是尔雅比较幸福，有了一个私人医生和家庭厨师。"

"我也只能做这些了。"顾行舟轻飘飘的一句话，惹得严焕敏锐地察觉到他的情绪，毕竟这么多年的相处，严焕自诩比任何人都了解顾行舟。

"尔雅也什么都有，刚刚好，就缺你这些。"

"我这些东西，不是很容易就能找到替代品吗？"顾行舟其实很割裂，与温尔雅在一起，他满足，同时又担忧。

"你一直都这么悲观，总觉得所有人、所有的东西都会离开，所以一开始就选择不接触任何人和事情。"也正是因为悉知顾行舟的性子，严焕才会即便不知道两人的恋爱细节也断定，顾行舟的爱一定很多很多，才会藏不住，"而且说真的，我一直在想以后什么样的人能嫁给你，我当初以为会是那个，什么万曼？没想到，你会选择尔雅。"

"是她选择了我。"顾行舟看着严焕，满脸认真，"尔雅对我来说不是选择题，但是我知道，我本身，并不是一个最优选。"

"有时候我挺佩服你的，你真的很牛！一般能做到你这样的人都有自信，或者说自负的一面，但你对自己的认知好像永远都放在比较低的层面。这样姿态的人呢，大概率都会自卑，可是你也没有，你取了一个很微妙的中间值。"严焕看着他，正色道。

严焕和顾行舟不是同一个大学，但是学校挨得很近，经常会联谊。还没认识的时候，顾行舟的大名就如雷贯耳，是被女同学们经常提起的人，总结一下就是：名列前茅、未来之星。

顾行舟自身能力强，深得老师喜爱，还长了一张讨人喜欢的脸。

严焕向来不喜欢这样的男人，阴错阳差被顾行舟救了一命之后，才开始了解顾行舟，一番接触下来，他死皮赖脸地成为了对方的好友。

用温尔雅和顾行舟在一起后，温尔雅形容顾行舟的话来说：顾行舟像是一本生涩难懂的名著，你知道这本书很好，但书的类别没有言情、武侠或是悬疑那么吸引人，许多人会望而却步，选择更轻松的读物。没看之前总会让人认为内容枯燥，但读下去才会发现——回味无穷。

最重要的是，这本书的精彩韵味，要慢慢发掘。

"你是我见过活得最通透的人，我要是女人，绝对追你！"这是严焕常说的一句话，顾行舟每次听到这话就会把它当作废话过滤，这次也不例外。

见他不说话，严焕有些着急："你不会胡思乱想，想着想着就想分手吧？"

"我从来没有想过和尔雅分开。"这个答案让严焕松了口气,但顾行舟的下一句,让他的气又提了起来,"我只是在想,总在想,我怎么样才能给她更多。没有答案,因为我拥有的东西就极其匮乏。"

甚至连家长的喜爱都不能给她。

许多年都没有想起父母的顾行舟甚至悲哀地想,如果自己的父母还活着,也会像姑姑一样想见温尔雅,很喜欢她吧。

"大哥,两个人在一起,干吗想那么多呢?喜欢一个人,是没道理、没脑子的!"

"喜欢一个人,才会去想更多。"

顾行舟真的没想到,有一天自己会为情所困。

严焕也真的没想到,有一天,被困爱情里的顾行舟会将自己的悲观无限放大。

两人沉默着,直到面前的饺子凉透,温尔雅又打了一个视频过来,手舞足蹈地祝福两人:"新年快乐!"

不知道两人刚刚聊了个沉重话题,温尔雅正盘算着自己什么时候回去好,突然收到了一条好友申请。

卡在零点发来的申请,备注只有一条"新年快乐"。

因为工作性质的关系,她的名片常常被推荐出去,她也没办法判断对方是不是未来的客户,看起来正常的好友申请她一般都会通过。

她立刻发了一个"你好"过去,对方没回复。她点开对方的朋友圈看了一圈,三天可见,分享了两条影视相关的文章。

"怎么了?"顾行舟见温尔雅不说话,还以为是自己和严焕的情绪影响到了她。

"有个人加我,不知道是谁,也不说话。"

"不会是姜郁吧?"脱粉的严焕立马开始回踩,"这个男人,就喜欢做这些骚扰别人,感动自己的事情!"

被严焕这个猜测硌硬到,温尔雅立刻表态:"我马上把他删掉!"

她点开对方的头像,就有消息发了过来,是一张顾行舟在吃饭的照片。

照片的角度是在他身旁,看起来挨得很近,顾行舟像是根本没察觉,仔细剥着虾。

温尔雅不喜欢剥虾,但是很喜欢吃,不过她没有俗套地腻着顾行舟给自己剥,那么好看给人看病的一双手,剥虾壳太可惜了。而且顾行舟爱干净,对这些需要下手的东西,温尔雅猜测他是不喜欢的,所以在一起这么久,她没有吃过一次虾。

这张突如其来、称得上挑衅的暧昧照片让温尔雅的快乐顷刻褪去,愤怒与慌乱涌上心头,脑海里也闪过许多试探的语句。

可看到顾行舟那张脸后,信任又拔地而起。

他值得信任。

没什么现实经验的温尔雅只能凭借着看过的有艺术加工的作品,心中百转千回,到底是等待时机试探一番,还是去寻找些蛛丝马迹。

但纠结了片刻,她决定,直白地问一问。

若是藏着掖着,自己难受,事情一拖就变了质,也难免影响感情。

毕竟生活不是演电影,哪有那么多惊心动魄和狗血。

这样带着一丝安慰的想清楚后，温尔雅便手撑下巴看着屏幕，唤了对面的人一声："顾行舟。"

这声大名叫得顾行舟也觉得她似乎有话要说，往常她总是叫他顾医生，少有连名带姓的时刻。

严焕还想着顾行舟刚刚的负面情绪，以为两人要开始说什么悄悄话，识趣地起身去了厕所，盘算着等自己出来，估计也就好得差不多了，省得他费脑子想怎么安抚了。

"你最近有吃虾吗？"

"虾？"顾行舟对这没头没脑的发问思考了下，点了几下头。

"什么时候？好吃吗？"纵使决定了直白询问，温尔雅也还是开不了直截了当的口，迂回的同时，眼神也很飘忽。

"团建那次，味道一般。"

"哦……"

团建那次……温尔雅记得，顾行舟是说了的，难道这张照片是同事偷拍的？

这般优秀，有同事喜欢也不足为奇。

那要是说了，以后他们低头不见抬头见，岂不是尴尬？可不说，顾行舟不知道自己被惦记，总没防备，被占了便宜怎么办？再者说，对方变本加厉，即便没有成功，总恶心自己又怎么办？

这些念头让温尔雅张了几次嘴都无从开口。短暂的沉默后，倒是顾行舟反问道："怎么了？"

"没什么，我也爱吃虾，还没和你一起吃过。"伴随这个回答，温尔雅嘴角下弯了一下。

又是沉默。

"我要睡觉了,你和严焕也早点睡吧。"没想好如何说,温尔雅干脆选择先逃避一下。

就在她伸手要挂断视频的时候,顾行舟眉头皱起来:"尔雅!"两人就这样隔着屏幕对视起来。

"如果你有事情,这件事还让你担忧、不悦,请一定要告诉我,我会解决。"

顾行舟的话让温尔雅再也憋不住,腹稿都没打便脱口而出:"你会不会出轨?"

恰巧严焕估算着时间从厕所出来,听到这么劲爆的字眼,眼睛都瞪大了。

"我……"这样的猜测,实在让顾行舟不知道怎么作答。

"怎么可能!"严焕一个箭步跳到沙发旁,脑袋贴向摄像头,"哎,你是不是写剧本写得太代入了?没灵感了就来顾行舟这儿找感觉?"

温尔雅干脆将照片转发给了顾行舟。

他点开照片后,眉头皱在了一起,倒是严焕的反应像是被抓包,直接一声惊呼,骂了句脏话。

要不是刚刚的谈心让严焕笃定顾行舟的爱意多到他自己都难以承受,看到这张照片后绝对会给顾行舟一拳。

"我,可以解释一下吗?"和温尔雅的感觉几乎是一样的,此时,顾行舟胸膛里填满了愤怒与慌乱。愤怒这样无聊甚至可恶的行径,慌乱对方是否怀疑甚至不想听自己解释。

"不听你解释，难道听她讲故事？"温尔雅抿了抿嘴，嘴角的弧度依旧是向下。

"这是我和同事聚餐那天，我坐在角落，坐在我旁边的人叫万曼，是我姑父的外甥女，和我同一个科室。严焕也知道她。"

"对，我知道！不是，顾行舟，你现在就应该先怒骂她的行为，吐槽她的为人，这样才能解气知道吗？"严焕实在没忍住，握着拳头捶了顾行舟肩头一拳。

背后骂人这件事太为难顾行舟了，可他想到对方莫名其妙的行为导致温尔雅开年的好心情受到了影响，确实忍不住给了个评价："她这个人平常就……无聊至极。"

能让顾行舟这样的人说无聊，确实给温尔雅逗得笑出来。

严焕见状，赶忙添油加醋起来："确实，我见她的那几次，每次她都不说话，感觉和顾行舟也没有很熟的样子。"

不熟，也是顾行舟给她的评价，他对姑姑家都没有什么感情，况且这个是姑父的外甥女呢。

"那她是觉得我对不起顾行舟，故意来……"温尔雅斟酌了一下用词，"警告我？"

"也可能是来，挑衅你？"严焕说话的时候看了一眼顾行舟，他之前见万曼的时候她也是不说话，但每次眼神始终盯着顾行舟，目不转睛。

身为旁观者，严焕还是看得很清楚的。

可在温尔雅的概念里，两人是亲戚，她确实没办法往那方面去想。

"尔雅，你和严焕开视频，我去问一问她。"感受到严焕的视线，顾行舟觉得事情不能拖延，发生了，就要解决。

只是万曼像是早知道会有电话进来，手机关机，这件事只能被迫先搁置。

但三人都没了聊天的心情，特别是顾行舟，心思一乱，脑子里想着事情，他话便更少了。

虽然两人没有因为这件事产生误会，可温尔雅这个郁闷劲儿睡了一觉也还是没能消失，第二天起来她都还垮着一张脸。

昨天的事情温尔雅也没避讳父母，知道这场小闹剧的温父温母很是默契，谁都没开口，而是私下互相安排对方去问问具体情况。

一直推托到午饭时间，两人谁也没说服谁先去开口。

直到一顿饭吃了一半，温父终于忍不住，故作漫不经心地开口询问道："你和小顾怎么样了？"

话音未落，敲门声响起来，温母看到温尔雅面色不善，立刻起身去开门。

门口站着顾行舟。

"小顾？"温母很是诧异，温尔雅则直接从凳子上弹了起来。

谁？小顾？

温尔雅竖起耳朵，听到顾行舟礼貌地表示了自己的歉意："阿姨，不好意思，突然来拜访，我太唐突了。"

"快快快,先进来。"

顾行舟就这样进了门,一眼看到身穿睡衣,头发乱糟糟地扎着一个马尾,一只手还拿着筷子的温尔雅。望着如此不修边幅的温尔雅,顾行舟的温柔没有减少分毫:"我想当面,再和你解释一下。"

这样的直白,确实是顾行舟的风格。温尔雅反应过来,立刻去房间换了身衣服,才又出现在客厅,和顾行舟坐在沙发上。

瞧着对方那张脸,温尔雅实在是无理取闹不起来,大度地摆了摆手:"我相信你,不用专门过来解释!"

"那我就不是来解释的,是来谢谢你相信我。"顾行舟其实一晚上都没能睡着,连夜打车去了机场,订了最早一班的机票。

在机场坐的那一宿,他大脑极其清晰,虽然他和严焕说什么自己随时做好温尔雅离开的准备,可哪怕是意识到两人的感情会受影响、对方会离开自己的瞬间,他就不受控制地开始慌张。

他想了许多解释的话,也想了许多澄清这件事的方法。

所以没等温尔雅再开口,他就拿出手机,再次拨通了万曼的电话,是关机的提示音:"我一直在尝试联系她,但是她的电话到现在都没有开过机。"

顾行舟说着又调出了万曼的对话框,只有一句凌晨时的询问:为什么要打扰我女朋友?

"刚刚在来的路上,我还联系了我姑姑,万曼没有去她家。我告诉了姑姑见到万曼随时联系我,我会和她对质出一个结果给你。"

一番汇报下来,温尔雅那一丝小情绪已经顷刻消散。

这种被人在乎的感觉，足以抵挡世间万物。

可紧接着，她心里便涌上一抹心疼，他这般着急地过来，肯定没有休息。她迟疑了一下，伸手拉起顾行舟的手指，脑袋一歪问道："汇报得很清晰，还有什么要补充的吗？"

顾行舟反手将她的手握住，克制着将她抱在怀中摸摸脑袋安抚的念头，他不知道温尔雅是否真的原谅了自己，只能将手握得更紧："抱歉……又让你心情不好了。"

"又？你说上次！"温尔雅立刻记起那次自己心情极度糟糕，在路上哭着鼻子回家的时候碰到顾行舟，被他误以为是他的恶劣态度搞哭了自己，"不是和你说了嘛，上次的罪魁祸首是这个无情的社会。"

温尔雅看着他，忍不住调侃道："顾医生，直接飞过来这么冲动，不太像你。"

"我怕，我们心生芥蒂。"

有事情就要立刻解决，这是顾行舟这么多年来的习惯，身体症状如此，心中的事情也一样。他没有拖延与懒散的习惯。

而且没经历过这样事情的顾行舟，真的有些慌张，他不知道自己做的是否正确、是否还有能做的。

"我是有些心情不好，不过能提前这么多天见到你，倒是觉得还挺值的！谢谢你那个素未谋面的……亲戚。"

严焕说的还真没错，自己没灵感的时候就看看顾行舟，他这番操作，足以写进言情剧本里了。她本来也没有怀疑，只是被影响了心情，此时那些小郁结已经全部烟消云散，她还不忘补充道："我可没有无理取闹！其实你让我自己待一会儿，我也能好。以后再遇到这种情况，给我点儿时间我就都能自己消化啦！"

她可不愿意因为这件事，让顾行舟觉得自己是一个小肚鸡肠、斤斤计较的女人。

"不会再有了。"顾行舟边摇头边拿出一颗硬糖递给温尔雅，"上次那个小朋友又来了，甜食解郁。"

另一边，为了给两人腾出空间，强行出门散步的温父试探地问温母："估计他们已经和好了，咱们也回去吧。"

他身边的温母直接拒绝："再走两圈，再走两圈，晚饭再回去。"

人家小情侣还需要点相处时间吧。

可惜父母有意，工作无情，因为医院的排班，顾行舟这次来没能待太久，住一晚就要离开。他还住在上次的酒店，两人又上演了"送来送去"的几个来回。即便在冬季，冷风呼啸而过，他俩周遭也还是变得热乎起来，温尔雅呼出的热气凝成一团雾气，在夜晚的路灯下格外明显。

"顾医生，我今天的运动量已经达标了，等会儿我把你送到酒店，你就别再送我回来了。"

"干脆别再送我过去了。"

"那明天早上我在酒店外面等你，陪你去机场。"

"六点就要出发，你是又打算通宵？"

"我能起来。"温尔雅上前，伸出手臂环住顾行舟的腰，脸贴在他肩膀上，毫不掩饰自己的情绪，闷声道，"顾医生，我舍不得你。"

顾行舟的手落在温尔雅的头顶，顺着发丝耐心地轻抚了几下："大后天我还有一个休息日，再来找你。"

"那又要住一晚上就走，待的时间还没花在路上的多。"温尔雅断然不会如此折腾人，"你乖乖等我回去，省下来的路费，等我到了带我去吃好吃的。"

"好。"

两人就这样保持抱着的姿势，感受着对方的温度。顾行舟的下巴放在温尔雅的头顶，感受着因即将到来的短暂分别而引起的那种焦虑混合着苦涩的感觉。他自问有些……有些矫情。可他真的好想她，还没分开就已经开始想念。

特别是那场小闹剧，让他一颗心被慌乱地提起，现在他和温尔雅在街边相拥，他的心才重新安稳放下。人在怀中的安全感，让顾行舟甘愿在别的事情上多折腾自己一些。

两人站到彼此的脚都开始发凉才分别，各自躺在床上的时候又开始打起视频电话，让温尔雅自己都吐槽起来："我现在也太黏人了，这难道就是热恋吗？"

惦记着顾行舟明早六点就要出发这个事儿，温尔雅早早挂断了电话，不仅定了好几个闹钟，还让爸妈明天一定要把自己叫起来。可她越想睡越睡不着，顾行舟私下给温父温母特意嘱咐了不要叫她，于是第二天温尔雅睁眼时，顾行舟那边飞机已经落地了。

她一颗心念着顾行舟，打算过完初七就直接回去，但没想到父母比她还着急，初六就把她的行李收拾好让她赶紧消失。

于是，原本以为第二天才能见面的顾行舟，下班走出医院的大门时，就看到了在门口站着的温尔雅。

"你好，顾医生吗？"温尔雅见到顾行舟后就演了起来，"我听说你女朋友明天回来，担心以后没有机会再见面，今天特意来找你放松一下。"

对于她这种戏精表演，顾行舟从原本的不适应到现在已经习以为常，甚至还配合了一句："你不会偷拍我的照片发给她吧？"

意料之中，温尔雅立刻大笑起来，主动扑到顾行舟身上："行李箱好沉。"

"等了多久？怎么不进来？"顾行舟撑着温尔雅，将她手中的行李箱接了过来，感受到她身上的寒气，一时有些懊恼自己刚刚怎么没有下班就直接出来，而是加了会儿班。

"进去找你，万一让我挂号怎么办？"温尔雅的脑袋在顾行舟的肩膀上蹭了蹭。她是担心自己如此明目张胆去找顾行舟不合适，落人口舌。

两人经过那个小事件，感情似乎更好了，原本梗在两人之间的矜持开始逐渐隐身。

"顾医生？"就在顾行舟催促温尔雅别当软体动物，早点直立行走的时候，一声呼唤从身后传来。

那位心心念念想让温尔雅当自己弟妹的王泉突然出现，他盯着温尔雅的脸看了好几秒，嘴边的八卦呼之欲出："女朋友？"

温尔雅立刻找回了自己的骨头站得笔直，露出一个商业微笑。

"嗯。"顾行舟有些好笑身边人的反应，又联想到王泉那个年轻的弟弟，手臂自然地搭在温尔雅的肩头。

不知道自己还有这样一段没来得及发展的情缘，温尔雅在回家的路上仔细回想了一下刚刚那个同事的模样："他是不是给我看过病？"

"嗯，他记得你。"

何止记得，还在惦记。

"我这么独特，一般见过我的人都会牢牢把我记住，除了你。"

温尔雅不知道的是，顾行舟记得。也就是因为记得，在严焕说起让他帮忙给朋友调理一下身体，并且说出温尔雅名字的时候，他才会答应。

北京的冬天，温度比老家那边高一些，温尔雅走了没几步就热得把围巾摘了下来。突然，她站定，看着顾行舟道："顾医生，据说今天会下第一场雪。"

"是吗？今年好晚。"顾行舟一边说，一边接过温尔雅的围巾又给她围了上去。

两人就这样解开、系上、摘下、戴上的动作幼稚地重复了一路。进了温尔雅家门后，被拉扯一路的围巾总算是彻底自由，被丢上沙发。

顾行舟隔三天就过来替温尔雅清理房屋灰尘，昨天刚打扫过，现在正是一尘不染。

"以为你明天才来，床单被罩还没来得及换新的，我去给你换上，再用除螨仪清理一下床铺。"顾行舟有效率，说着就去了主卧。

等到一番整理再出来，他就瞧见行李箱摊开在客厅，东西散落一地，温尔雅正坐在地上整理。

"我平常收拾行李还是很整齐的。"看着遍地杂乱,温尔雅给自己找补了一句后拿起一袋腊肠,"而且平常没有这么多东西,这里面大部分都是我爸妈让我带给你的特产。"

看着那一行李箱满满都是亲情味道的特产,顾行舟只觉得被什么击中了,蹲在行李箱旁,伸出手放在温尔雅的脑袋上揉了揉。

"谢谢。"

"谢谢?"温尔雅一挑眉,"是应该谢谢我这个快递员不辞万里给你把这些东西背回来!明明可以寄快递,但是在我的感情加注下,肯定变得更好吃了。

"还有一些给我的,我准备过两天把那个控制我家电闸的遥控器再给你送过来,今年一定要早睡早起!所以冰箱也就不用了,东西都放在你那儿吧,还能省我家的电。

"对了,我妈说你上次给她的那个煮水的配方不错,问是不是什么祖传的,能不能给别人分享一下。我觉得肯定不是,你祖上也不是干这个的呀,怎么可能是祖传的。"

以为他是在谢自己父母的温尔雅念念叨叨起来,顾行舟就笑着听,偶尔附和几句。

但顾行舟其实是在谢她,谢谢她选择自己,让自己开始接受这个世界的多彩,谢谢她让自己感受到家庭的温暖。

他其实有很多心理活动,但是实在无法和温尔雅一样自如地表达出来,所以每次表现出的情感都会大打折扣。

但这不妨碍，有人会把他散发的情绪无限扩大。

比如，万曼。

躲了一个春节的万曼终于在节后被顾行舟抓到，面对顾行舟的质问，万曼红着眼眶反问起来："你对所有人都那么冷漠，平常对我那么多照顾，难道不是有好感吗？"

"多吗？"顾行舟自认为对万曼和其他同事没有两样，充其量只是在她刚进医院的时候带着熟悉了一下医院布局。而且在稍微有一丝察觉后，他更加拒其千里，平常一个字都不会多说，免得带来不必要的误会。

"你还带我见你朋友！"

"只有两次，一次是你刚过来，我和他一起去车站接你；一次是我和他在吃饭，你非要过来找我。"顾行舟的记忆力向来不错。

可这精准的回忆，让万曼更加激动，她似乎抓住了证据似的："你还记得这么清楚！"

"别再做这种毫无意义的事情，浪费大家的时间。"

如果对方是自己的患者，顾行舟可能什么都不说，直接建议她去检查一下心理状况。可自从和温尔雅在一起后，他变得比之前爱和人沟通多了，对于这样的情况，他还会多劝一句。

看着顾行舟离开，万曼眼泪掉下来，并且一哭就是一个下午。

内向的人一旦偏执起来，总是让人担心，一直到顾行舟下班，听说她还躲在换衣间里不肯出来，同事们都讨论了起来。

至于顾行舟，脑子里则想着：温尔雅说想吃排骨，等会儿去接她下班的时候顺便去超市看一看还有没有新鲜的小排。

本来就有误会在,顾行舟没有打算再做些什么,让误会加深。特别是无论他做什么,对方都会套上一层柔光,认为是专属的情况,所以什么都不做才最好。

温尔雅每次偷懒不想动弹的时候,有句话总挂在嘴边:"以不变应万变,只要我躺着一动不动,就能解决所有的事情。"

至于这件事,顾行舟在挑排骨的时候有思考过要不要给温尔雅同步一下,但看她最近公司的事情太多,总是加班不说,还天天开会,便不准备给她添堵了。

"顾医生,你挑好没有?"温尔雅推着一推车零食回来,看到顾行舟还在挑排骨,咽了下口水。

她早上起来就开始开会,一天三个线上会、一个线下会,都没吃什么东西。要不是心心念念想着顾行舟答应的糖醋排骨,她现在早就杀到火锅店怒点三盘牛肉、羊肉、小酥肉了。

"好了,这块。"

顾行舟回头,看向东西快要溢出来的推车,无奈地看了温尔雅一眼,她傻笑着装不懂对方的眼神是什么意思。

看在她工作辛苦的份上,顾行舟纵容了——自从在一起后,他越发纵容她了。

不过,他精挑细选的排骨温尔雅并没有吃上。

第二天,顾行舟上早班,出门前照例把饭盒挂在了温尔雅家的门把手上，结果等到温尔雅去拿的时候发现外面空空如也。

他们是一梯两户，还是电梯，往常根本不会有陌生人来，所以挂在这里的东西从未丢过。

温尔雅还以为是顾行舟早上起晚了没来得及做，也就没发消息问他。

等到晚上吃饭的时候还是没看到排骨，她才询问道："不是买了排骨吗？为什么不做呀？是不是挑太久，觉得它们太完美了，你舍不得吃了？"

"做了。"

"你偷吃了！"温尔雅的目光瞬间就锁定了顾行舟。

"是是是，饭盒怎么没拿过来？"以为温尔雅又在演戏，顾行舟附和一句，问起自己早上挂在她门上的饭盒。

温尔雅每次都会洗干净拿过来，给顾行舟装下次的饭菜。

"饭盒？我都没吃上排骨能有饭盒吗？"

看到温尔雅眉毛皱起来，顾行舟才意识到，她可能是真的没吃到自己起早做的糖醋排骨。

两人凑在一起一阵分析，得出结论：可能是哪个小孩调皮拿走了。

"那他吃完能不能把饭盒还给我？"温尔雅有些语塞，这个饭盒可是她为了蹭顾行舟的三餐特意买的，都用得有感情了。

"我的饭盒给你用，明天我吃食堂。"见温尔雅的眉毛还皱在一起，顾行舟安慰道，"或者你明天去公司吗？不去的话我把饭菜放在冰箱里，你直接来我家吃。"

"我觉得……不应该呀。"

写悬疑剧出身的温尔雅脑子里已经推断出许多线索，越想越害怕，打了个寒战："还是你拿饭盒走，我明天去公司点外卖吧。"

"可是明天吃炖牛肉。"

"我家其实还有一个饭盒，我现在就去找出来。"温尔雅说着站起身。

她打开顾行舟家的门，却看到那个熟悉的放饭盒的袋子挂在她家门上。顷刻，她只觉得血液似乎都凝固了。

好像有人暗中在观察她，等待她迈出一步，就扑出来将她压倒，身上可能还藏着利器。

写过不少类似情节的温尔雅没有多一分的好奇，迅速后退把门关上，她看着在收拾碗筷的顾行舟："我能在这儿睡吗？"

顾行舟的动作肉眼可见地静止了好几秒。

等温尔雅说清楚原委后，他明显松了口气："好，我换上新的四件套，今天我睡书房。"

"我和严焕一样在沙发上睡就可以！"

和温尔雅家一样，顾行舟家的次卧也改成了办公用的地方，她猜测顾行舟也变不出来一张床。

只是显然，她和严焕的待遇不太一样，顾行舟将四件套换好后，把温尔雅推到了主卧。

站在房间里，温尔雅努力让自己的眼神不乱瞟，盯着站在门外的顾行舟："要不然，你把我送过去吧。我估计就算有坏人，也不至于潜伏在我家埋伏我，室内应该是安全的。"

"早点休息，我刚刚联系了物业，现在去看下监控，看到底是谁在恶作剧。"

看出她的窘迫，顾行舟后退一步，准备将门关上，却被温尔雅抓住了门把手阻止这个动作，说："要不然还是明天再去吧！晚上有些危险！"

"那我明早再去。"

"明天早上你叫我，我们一起！"

"好。"顾行舟轻轻地将门带上，还留下一句，"我给你准备了一套新的洗漱用品，床上那件T恤是新的，可以当睡衣。"

"谢谢。"温尔雅刚刚的恐惧被一丝异样的紧张代替，隔着门回应了顾行舟。

她洗漱完扑到床上躺下，感受着身下亚麻床单的触感。

嗯……他的床意料之中的硬。

至于房间，极简，风格偏新中式，但不老气横秋，几处装饰有点睛之笔的韵味，倒是比他家客厅的点缀多一些。顾行舟的审美很好，即便不选那些花里胡哨的设计或太过艳丽的色彩，沉闷的颜色在他身上也都能搭配出不一样的感觉，让人第一眼觉得：干净清爽，并且很耐看。

温尔雅闭上眼，房间里似乎有淡淡的藏香的味道，顾行舟身上就总有这个味道。她之前问过，顾行舟表示每次睡前都会点一支香，当时还一起吃饭的严焕调侃说顾行舟这是日日焚香，"腌"入味了。

温尔雅有认床习惯，但这次却睡得极好，不知道是香的缘故，还是床原本的主人让她安心的缘故，连饭盒事件都没多想便睡着了。

倒是顾行舟，再次失眠了。

也并非是有什么杂念，只是少有睡沙发的机会，而且被"饭盒事件"困扰，他脑子里想了许多危险的新闻，想着想着干脆去次卧看书了。

等到第二天温尔雅起来，早餐已经在桌子上放好，水杯上贴着便笺：做好的时间是七点过十分，如果你半个小时以内醒过来可以直接吃，超过半个小时加热后再吃。午饭在冰箱。

看了一眼时间，才七点半，不过手机要没电了，顾行舟的充电线和她的手机插口不同，温尔雅准备去家里拿个充电器，再回来吃饭。

她顺便给顾行舟发了条消息：顾医生，你对我这么放心？也不担心我趁机把你家值钱的东西都偷走？

顾行舟应该是刚到医院，很快来了回复：我家没有值钱东西。

温尔雅：你怎么没叫我起床一起去物业？

顾行舟：怕你昨晚没睡好，我已经去过物业了，但是还需要时间排查，我下班回来之后去看。如果今天还不能解决，就报警处理，你吃完东西可以再休息一会儿，有异常不要冲动，随时告诉我或报警。

温尔雅正打开门要出去，低头想打字回他，就看到一个身影鬼鬼祟祟地站在自己家门前。

虽说顾行舟说了看到异常不要冲动，但温尔雅的嘴就是比脑子快了一步，一嗓子喊了出来："喂！你是谁？"

对方显然受到了惊吓，拿起门把手上的饭盒就跳进开着门的电梯里，脑子还没转过弯来的温尔雅根本没时间思考是否有危险，身体比脑子快一步，在电梯门关闭前直接跟了进去："你为什么偷我饭盒？"

对方戴着帽子、口罩，根本看不清楚脸，扬手将手中的饭盒挥舞着砸向温尔雅。

温尔雅脖子一缩，饭盒砸在电梯上，发出刺耳的声音。

这时，电梯门已经关上开始下行，意识到危险的温尔雅想逃也没地方可逃，只能被迫伸出手一拳砸向那个人。

一顿毫无章法的乱打，伴随着电梯开门，对方推搡了温尔雅一下匆匆逃走。

被饭盒砸了好几下脑袋的温尔雅立刻报警。

其实昨天晚上她就想报警了，但想来想去好像没有一个由头，并且顾行舟还在，她想着和他商量一下才作罢，没想到今天这人还敢来。

还用平常顾行舟装爱心便当的饭盒砸她脑袋！

警察的效率很高。两个小时后，温尔雅就在警局见到了那个偷自己饭盒的人，是一个娇小的女人，看起来……不像是吃不起饭或买不起饭盒的样子。

难道是有什么癖好？

温尔雅脑子里已经开始构思能不能做素材用在新剧本里了。

"我以为那是我男朋友给我留的饭盒，我记错门牌号了，发现错了之后我就给她送了回来。担心她误会，我早上是专门来解释的。"

对方声音很小，从进门起眼眶就红红的，时不时掉下几滴眼泪。

这倒是让温尔雅对她的话信了几分。

可脑袋上隐隐的疼痛让温尔雅理智回归,她拆分起那蹩脚的解释:"你男朋友具体住哪儿?他能给你证明吗?你什么时候发现拿错的,如果想给我道歉,为什么看到我之后会跑?而且还攻击我!"

"能……"小姑娘怯生生的,不敢看温尔雅,倒是显得她在咄咄逼人。

"所以,你想怎么解决?"警察看向温尔雅。

"我可以不追究任何责任,但是要见到她男朋友确认这件事的真实性。"

"可以吗?"警察一说话,对方就一哆嗦,不说行也不说不行,还是一个劲地哭。

最后没办法了,女生才磨磨蹭蹭打了个电话出去。

温尔雅在等待的时候脑海里想了许多,比如今天的行程都要往后推,比如第一次来警局能不能拍照记录一下,再比如,这件事要不要现在告诉顾行舟,万一他知道了,匆匆忙忙赶过来耽误工作怎么办?

大概又等了一个小时,那个女生说的"男朋友"终于出现。

温尔雅看着来人,了然了对方是谁,坐在椅子上都没站起来。

"万曼?"

万曼没吱声,顾行舟完全没看她,倒是一眼就看到了温尔雅。他直接将自己是来找万曼的事情暂时搁置,迈开步子来到温尔雅面前,满是担心:"尔雅,怎么了?"

温尔雅扬了下下巴,顾行舟才看向已经快要把头埋到大腿上的万曼,更搞不清楚情况了:"万曼,你说有人误会了你,污蔑你,让我来找你,是……说我女朋友?"

兴许是"女朋友"这三个字太刺耳,万曼总算将头抬了起来,一双眼睛红肿着,满腹委屈:"咱们是一家人,是你做的饭,我怎么能算是偷呢?"

这般模样,好似被偷走排骨还要被捶脑袋的人是她,温尔雅则是冷漠无情的坏女人。

"行吧。"知道对方的身份后,温尔雅也就不想计较了,直接站起来跟警察说结果,"您好,我这边和解了。"

就这样,三人一起从警察局走了出来,温尔雅突然觉得这情节有些可笑。

顾行舟从一开始,眼神就一直在温尔雅身上,压根儿没看万曼一眼。但温尔雅也没跟顾行舟说话,而是揉了揉有些发痛的脑袋,拿出手机开始回复工作消息。

发完消息,她才总算抬眼和顾行舟来了一个对视:"我叫了车,你今天还上班吗?"

见顾行舟点头,温尔雅扬了扬下巴,示意他身边的万曼:"再一再二,没有再三再四,你再来招惹我,我肯定跟你死磕到底。"

"哥,我……"

分明和她说话的是温尔雅,万曼却眼巴巴地看着顾行舟。顾行舟赶忙打断:"你别跟我说,你打扰影响的不是我!"

"好了,好了!"温尔雅面对这样的情节,一秒钟也不想多待。

她厌恶这种复杂的情感关系。

以为上次已经解决好的事情，时隔这么久又冒出来恶心她一番，她不想迁怒顾行舟，可是这滑稽的情节实在让她心烦。

生活又不是演戏，这样匪夷所思的事情发生，并不能给人生添彩，只会让人觉得无语。

她后退一步，没再说话，看到开过来的网约车，迈开步子走了过去。

顾行舟看着温尔雅上车，一阵被无力包裹着的愤怒涌上心头，这个愤怒，在万曼再次开口时被引爆："我只是想感受一下被你喜欢的感觉，我才会跟踪她，才会忍不住拿走你给她做的便当。"

"我不理解你为什么要这样做，唯一的解释就是你自私！你只在乎你自己的感受，完全不去想这样做会让别人感到多苦恼和痛苦。"顾行舟的心口好像被一股火烧着。

"我只是喜欢你，我喜欢你很久很久了，很久很久……"万曼说着又开始哭。

顾行舟看着她，眼神冷漠："喜欢是舍不得让对方有任何困扰，将所有自己能给予的都赠予，是小心翼翼，甚至靠近一步都要斟酌是否会让对方感受到压力！你这样纠缠、冒犯不是喜欢，只是单纯地为了满足你的意淫，不要用感情当你的遮羞布。"

"可是我就是觉得我们才般配！内敛的脾气，腼腆的性格，都不怎么能融入大家，我们才是一类人！而且舅舅舅妈在我们小的时候就告诉过我，我们以后会在一起的，我一直都把你当作我的目标！顾行舟，那样的人和我们不是一个世界的，我和你才是！"

万曼已经有些歇斯底里，自从知道了温尔雅后，她就开始疯狂收集对方的信息，拼凑出一幅让自己都不得不羡慕的画像。

羡慕紧接着就是嫉妒，嫉妒对方能如此优秀，嫉妒对方看起来那么顺风顺水，嫉妒对方轻易就能得到自己苦苦期待多年却求之不得的顾行舟的爱。

可嫉妒之后她又有些轻松，因为万曼断定，这样的女人和顾行舟是完全不匹配的。

这么多年来，万曼深知顾行舟是什么样的人，她也渐渐把自己活成了他的样子。想到对方会将顾行舟抛弃，自己可以将其拯救，万曼就开始变得期待，她自诩最了解顾行舟，更笃定在面对这样的误会时，顾行舟不会解释。

只是她想到的手段太过低幼与拙劣，事情没有按照计划推进。万曼得知温尔雅回来后，就开始跟踪她，看到那个饭盒后内心的翻涌再也无法抑制。

她也不知道自己为什么要拿走饭盒，吃完里面的每一粒米饭后又将饭盒送回去。

炫耀吗？她不知道。

刚刚看到温尔雅那样冷漠地离开，万曼又是雀跃的，觉得自己等待的机会来了。

若是被温尔雅知道她的心理动态，肯定要发表一番长篇大论来点评，她这个人物的设定不够极致，放在剧本里连女反派都算不上，最多女四号，几乎没有台词的那种。

"顾行舟，你喜欢她那个样子的？我面对你的时候难道不主动？

不欢快阳光吗？"万曼伸出手想去拉顾行舟。

她真的心存期待，觉得自己这么多年，总有可能被顾行舟看在眼里，觉得自己的纠缠能有一个结果。

顾行舟躲开她的手，冷漠的神情下裹着厌恶："就算你们一模一样，我也不会动心！我喜欢的是她，不是一类人。而且我告诉你，我和你不一样，我没有你如此卑劣。"

温尔雅到了工作室，对着徐导就是一番大诉苦水，徐导一阵安抚之后询问她现在和顾行舟是什么状态。

温尔雅思索片刻，答："应该是我单方面在生气。"

顾行舟应该是不太知道她现在有多愤怒的，温尔雅觉得。

"晚上你早点回去，一起吃顿饭，这事情不就解决了嘛。"徐导尽职地当起调解人，主要是他觉得顾行舟看起来不像是会哄人的样子，担心温尔雅这边不给对方一个台阶，可能这场单方面的情绪会蔓延至两人感情上，引发一场灾难。

温尔雅看着手机，顾行舟没发任何关心的消息来，她越想越觉得生气，脑袋也隐隐作痛，干脆找点别的事情转移注意力："开会开会。"

顾行舟这边也不好过，到了医院，不知道怎么回事，事情像风一般传开了。

这样的八卦，传来传去，总会被添油加醋。

什么"顾行舟脚踩两只船"的版本都已经被孕育出来，谣言细节到位，一时间保洁阿姨都在唖摸这件事。

顾行舟对这些讨论倒是不在乎的,他余光看到桌面上的照片,心里焦急着想快些下班,当面去和温尔雅聊一聊。

今天在警局门口,他是想直接追去温尔雅工作室的,可万曼闹着非要跟他一起,医院又打电话过来,只能作罢。

偏偏等到下班,他又被叫到了主任办公室。

"行舟。"主任本来不想多管这件事,她是了解顾行舟的,对那些谣言也嗤之以鼻。可万曼一直赖在她办公室不走,哭了两个小时都不停,她也只能将顾行舟叫了过来。

"大家都是同事,你和万曼还算兄妹,有什么事情说明白了,至于那些谣言,不必理会!"

主任觉得自己这句话说得中规中矩,偏偏踩到了万曼敏感的神经,惹得她情绪更加激动,直接站了起来开始摇头,说:"不是,我们不是兄妹!"

"正好,我也想来找您。"顾行舟对一个人表现厌恶的办法很直接,就是忽视,从进门起他就看着主任,对万曼连个余光都没给予,"万曼私自调出了我女朋友的病例,获取了上面的联系方式。"

顾行舟已经确认了这件事,在他得知万曼知道温尔雅的联系方式时,他就已经怀疑,对方是通过这种方式得到的号码。

"我那是……"万曼是想否认的,可她面子薄,在外人面前,对顾行舟的那个劲头也调动不出来,起了个头就只是梗脖子说不出下文来。

"你们先聊。"主任看了眼一脸通红的万曼,没有火上浇油,而是选择暂时离开。她会处理万曼的违规行为,但在此之前,两人的私事她还是不要再参与了。

主任一走,万曼咄咄逼人的一面又开始展现,瞪着顾行舟满是哀怨:"我是因为你,为了你。"

"你到底想得到什么?"

他的人,还是爱?顾行舟这两样都给不了,而且他认为万曼也是清楚的。所以他费解,对方来主任这里,到底是因为什么。

为了扮演一位完美的受害者吗?还是想坐实那些莫须有的流言蜚语?

问这句话的时候,顾行舟是冷静的。没有愤怒,甚至连不耐烦都没有,和他日常询问患者病情一样,不掺杂任何情感。

这份冷静让万曼也找回来一些理智,她望着顾行舟:"我只是想我们能好好聊一聊,你根本不知道,你对我来说意味着什么。"

万曼小时候经常被寄养在舅舅家,某一天突然见到多了一个模样好看的哥哥,开始的时候两人完全没机会说话,或者说每次万曼想和对方交好的时候,都只能得到一个礼貌又冷漠的回绝。

后来万曼父母离婚,刚上初中的她一个劲地哭,躲在舅舅家闹着要辍学。已经高中住校偶尔回家的顾行舟碰到了她几次后,他主动送给她一个笔记本,本子是新的,但在扉页上写着一段话:生活总是伴随着苦难,如果被苦难击倒不再反抗,那它的目标就算达到。你在反抗,说明你不愿意被这份痛苦笼罩,祝你成功,可方式是伤害自己去折磨身边的人,就只能得到更多的痛苦。

看见那好看的字,万曼顷刻安静了下来。

她知道顾行舟的经历与生活,像是孤独的小野兽找到了同伴似的被安慰到,并且养成了在笔记本上写日记的习惯。

好的、坏的,她都记录在上面,像是在向顾行舟倾诉。

等到她上了高中,本子被全部写满,万曼看到在最后一页上还写着一句话:万曼,如果没有痛苦,幸福也就显得不再珍贵。学会接受,学会发现。

看着他写的"万曼"那两个字,她只觉得有种被惦念的欢喜,万曼照着临摹了千千万万遍。

"是你鼓励了我,我才没有自暴自弃,如果不是你,我可能真的已经辍学……"

"是你自己救了你自己,和我没有多大关系,你不用非要臆想出来一个救世主,你自己才是最需要感谢的人。"顾行舟那个时候也没有完全与自己和解,看到有人似乎在经历自己煎熬过的苦,便好心帮了一把。

他写下那段话是在安慰万曼,又何尝不是说服自己。

对方要不是真的不想放弃自己,他说什么也没用。

"我去了解你的一切,你那么优秀,让我仰慕,所以我一直努力活成你的样子,就是希望有一天能和你比肩。"万曼这些年一直靠顾行舟给的那段话和对他的仰慕过活,每一步都走在他的脚印上。

如今脚印突然消失,她怎么也接受不了,只感觉到茫然与无措。

"万曼,你知道我没有那么优秀,不需要加无谓的光环给我。你现在做了错事，就要承担后果。"顾行舟冷静道。

"我承担，我可以承担！那今后，我们还能和从前一样吗？"

人总是这样，在一件事情结果未知的时候去做，没得到自己想要的结果，又渴望回到这件事没做过之前的状态。

"我们从前，就和陌生人没有区别，起码在我看来，你没有什么不同。"顾行舟只想今天一次性把事情说清楚，不要再留隐患，更不要让遗留问题波及到温尔雅。

他懒得再听她的话，这样的剧情，还不如去看温尔雅写的剧本好看。

心里惦念着去找温尔雅，顾行舟说完就要走，却在门半开的时候听到万曼不甘心的询问："那你能不能帮帮我，澄清一下……给我留点面子。"

像是没听到，顾行舟出门后，轻轻将门关上。

他不会的，因为所谓的澄清，无非是粉饰太平，可这样，温尔雅就要承受更多的这件事情带来的委屈。

顾行舟急匆匆地来到温尔雅的工作室所在的写字楼，迟疑了片刻，第一次走了进去。在电梯里，他就开始思考如何将这件事画上一个完美的句号，可到了工作室门口他却扑了空，只有徐导在。

"顾医生？"徐导看到顾行舟，没等他发问就给了答案，"尔雅走挺久了。"

顾行舟没多问，点了点头连门都没进就离开了。反倒是徐导看着他的背影"啧"了声，暗想这般内敛一个人，不知道哄起人来是什么样子。

这边,温尔雅猜测顾行舟断然不会给自己低头,就打算带着满腹牢骚去找严焕。没想到方语秋的经纪人突然发来邀约,说他们来这边参加一个线下活动,想晚上请温尔雅聚一聚。

当初的结果虽然不怎么好,但温尔雅和方语秋的相处还是不错的,她蹭了人家那么多次豪华大餐,实在没理由拒绝。

她来到餐厅包厢时,方语秋和对方的经纪人已经在等着了。没等她们两个人开始叙旧,经纪人就热情地拉着温尔雅表示感谢:"尔雅老师看了我们那部剧吗?哎哟,我们语秋的戏份是真好,才开播几集,就上三次单人热搜了!全靠尔雅老师改得好。"

温尔雅是知道这部剧开播的,不过一直没时间去看,至于热搜倒是看到了几次,但她都没点进去。她依稀记得,还有一个关于方语秋过敏还坚持拍戏的话题。

"公司那个时候一直没给您打款,立刻联系我过来给您现金,再包个大红包!"

经纪人这句话倒是让温尔雅愣了下,她清楚地记得自己是收到了这笔钱。

正想开口问,方语秋开了口:"姐,我想和尔雅老师单独聊一聊这次准备开拍的那部剧。"

"好说好说,我楼下等你们。"经纪人拿出两个厚厚的红包,应该一个是费用,一个是安抚的奖励。他们公司十分看好这部剧,连带着看好温尔雅,准备下部戏还用她做跟组编剧,自然要给颗甜枣吃。

"上次是我知道公司可能要拖欠,所以就先垫付给你了,这次的钱你也收下,应得的。"

看得出来,方语秋心情很好,只是温尔雅说什么都不肯收两份钱,两人好一阵推托,温尔雅顺带拒绝了再次去做跟组编剧的事情。毕竟当初是因为有时间,工作室也还没有成立,如今她几乎每天都在忙项目,实在没必要再去做这件事。

方语秋是真的惋惜,可她也知道温尔雅这事强求不来,只能作罢:"不知道什么时候我才能演你写的本子。"

"等我再努力几年,配得上你的咖位。"温尔雅调侃一句,倒也没表现得太绝情,"有什么我能帮忙的,你可以随时发给我。"

"我估计我公司还要再找你一次,现在正在祈祷他们能让你改变心意。"方语秋终究还是个小孩性子,说完正事就忍不住八卦起来,"我最近认识了一个话剧演员,感觉和你好合适!长得帅、性格好,虽然赚得不算太多,但是灵魂有趣!没准以后就进圈了,潜力股哦!"

方语秋说这些的时候,温尔雅就想到了顾行舟,忍不住五官都柔和起来,丝毫没有藏着掖着,大方地摆了摆手回绝道:"我恋爱了。"

"啊?"

方语秋顿时来了精神,拉着温尔雅仔仔细细盘问了一圈,而后有些惋惜:"我还以为你真的能和白知秋在一起呢。"

当初方语秋这个活儿就是许知推给温尔雅的,听说两人之前合作过几次,私交尚可。

两人插科打诨了几句,边吃边聊到好晚才散场。临走前,喝了几杯清酒的方语秋有些委屈巴巴地拉着温尔雅的手:"我当初不好意思再联系你,今后我们一定要常联系。"

自从进入娱乐圈,她之前的朋友圈疏远不少,新的朋友一个都没交到,温尔雅算是唯一一个比较亲近的人了。

这让温尔雅心里生出一丝怜惜,又哄了几句安抚好她才离开。

温尔雅到家时已经快十二点。

站在电梯里,她还在想回去后要不要主动给顾行舟发条消息,随着电梯门打开,这个纠结消散了——顾行舟就在自家门口站着。

看样子等了许久。

原本也只是小酌的温尔雅是一丁点儿都没醉的,负面情绪也快被消化干净。可看到门口不知道已经站了多久的顾行舟,刚刚还能安慰别人的情绪突然崩塌,温尔雅顿时委屈起来,站在电梯里一动不动。

眼看电梯门又要关上,顾行舟上前几步横挡在电梯门间。

"尔雅……"即便已经等了几个小时,顾行舟还是没想好自己该如何开口。

"我没事。"

温尔雅背靠着电梯,做出一副拒人的姿态,比两人第一次见面时还要生疏。

"我不应该过去找她,也不应该不管不顾你的情绪,更不应该,现在才找到你解释这些。"顾行舟这一刻,难以控制地着急起来,上前一步走进电梯。

比温尔雅高一头的顾行舟需要低着头才能将她的神情看清楚,他眼睁睁看着温尔雅掉下眼泪来,顷刻心口如火烹。他伸出手将她挂在脸颊上的眼泪擦掉，眉头紧紧皱起来，所有解释的话都堵在了胸口，一个字也说不出来。

手上残留的眼泪仿佛顺着他的皮肤浸透到五脏六腑，和他的眉宇攥在了一起似的，泛着阵阵疼。

"她今天敲我的头，好疼好疼。"温尔雅微微仰起脸来，对外的懂事得体都成了满腹的委屈，"我都没有打扰你上班，她还说你是她男朋友，把你叫过来。"

电梯门关上，顾行舟上前一步将温尔雅紧紧抱在怀中，手在她的头上轻轻摩挲，在她耳边一遍遍呢喃："对不起。"

"你又没错。"

"我不应该不解决这件事就去上班，也不应该看着你离开，我今后会努力做一个合格的男朋友。"顾行舟这一刻什么都没有想，没想到底谁对谁错，没想如何冷静分析事情的始末，他只想怀中的人不要再委屈到落泪。

两人就在电梯里这样抱了许久，也好在这个时间没有人来打扰。

等到温尔雅站到腿酸想开口说回家时，顾行舟主动将她松开，仔细盯着她的脸："我可能真的很迟钝，下次再让你受委屈，你要直接告诉我，可以吗？"

"那你会觉得我小气又矫情。"

"是我做得不够好，才会让你有这种错觉。"

不得不说，温柔起来的顾行舟，真的像是一池春水，将人包裹在其中。

温尔雅借着一分醉意,身体微微前倾,吻上了那不善言辞却总能说出无比诚恳言语的嘴唇。

极轻的一个吻,让顾行舟觉得脑袋里似乎有什么炸开,他随即便反应过来,手扣着温尔雅想离开的脑袋,给对方猛烈回应。

一吻结束,温尔雅咬了下嘴唇,轻声道:"这儿有监控。"

而后,顾行舟摁下楼层,拉着她跑出电梯。

顾行舟迫切地打开温尔雅的家门,门合上便再次将人抱在怀中。一路到沙发,温尔雅顺势坐下,顾行舟双手环在她的两侧,呼吸紧促地轻唤了一声她的名字:"温尔雅。"

他声音撩人,和往常一样一本正经,可又染上了些许情欲,勾得温尔雅耳尖一热。

"顾行舟。"

"你爱我吗?"

"你爱我吗?"

"我刚刚确定了这件事,爱。"

顾行舟没等温尔雅给一个答案,带着些冲撞地将人抱在怀中,又在她的嘴唇上落下一个漫长的吻。而后,他顺着她的脸颊来到耳旁,嘴唇轻轻摩挲着耳垂,低语:"我以为我真的对什么事情都能克制住欢喜,可现在,我醒也是你,梦也是你。"

温尔雅脸上泛起一层层的绯红。

外面下雪了,比天气预报迟了一些,雪花渐大,衬得屋内更热了,玻璃上都凝起一层薄薄的霜。两人抱在一起,看不清窗外的景象,还是顾行舟先松手起身，他伸手在玻璃上擦了两下，背对着温尔雅，声音克制："下雪了。"

温尔雅眨巴了两下眼睛看向窗户，目光却锁定在顾行舟笔直的后背上："新成就达成，和顾医生一起看雪。"

往后，他们一起看过很多次雪，大雪纷飞、小雨夹雪，甚至还有冰雹混着雪粒，但今年的第一场雪，两人始终记得清楚。

顾行舟没逗留太久，主动离开回了家，惹得温尔雅在沙发上心"怦怦"直跳。她站在顾行舟刚刚站的地方，伸出手又擦了擦玻璃，对着外面飘舞的雪花拍了张照，忍不住发了一条朋友圈：和顾医生分开的第三十秒，想他。

顷刻，这个动态炸出许多夜猫子开始八卦，温尔雅一个都没回复，脑海中开始回味刚刚的画面，难以自持地捂上了脸颊。

第二天，温尔雅睡了个懒觉，睡醒后点开手机，看到那些好奇的评论和私信还没来得及回复，就瞧见顾行舟昨天紧跟着她发了一条动态：我是和她分开的第十秒开始想念的。

配了一张她朋友圈的截图。

温尔雅还发现，他给自己的备注平平无奇，就是她的名字，可后面带了一颗心形图标。

嗯……如此隐晦的浪漫，估计已经是顾行舟想破脑袋的成果。

早上准时到医院的顾行舟也没看手机，却引来了不少同事欲言又止的询问，顺便得知了万曼辞职的事情。

其实是她知道顾行舟如何选择后，终于不再心存幻想，抢在医院追责前选择主动离去,也算自己给自己留了些体面。

"顾医生竟然会恋爱?啊,看来之前的不是绯闻!"小护士们看见顾行舟路过护士台,立刻凑在了一起,"多少人和顾医生表白过,他连暧昧对象都没发展过,我以为他会单身一辈子……"

其他人也是这样认为的,所以顾行舟的评论下面分外热闹,不少人憋不住还来私聊了几句。

他们实在想知道,到底是谁将顾行舟拿下的。

顾行舟对此三缄其口,让温尔雅在医院的存在添了一层神秘色彩。

倒是这次之后,顾行舟和温尔雅的感情好了许多,接下来的一个月,顾行舟无论什么时候下班都会先去温尔雅工作室,接她一起回家。

去得太早,他就坐在角落学习一会儿,去得太晚……他最晚也不过十二点左右下班,这个时间对于温尔雅来说,着实不算晚。

顾行舟目睹她和客户开了几次会后,对温尔雅精准评价道:"写东西真的要看天赋,后天培养的和先天的,真的差好多。"

"老天爷非要喂我这口饭,我不能让它失望嘛。"对此,温尔雅丝毫不谦虚,并告知顾行舟,"下星期我要进组了,有个项目开拍得特别急,剧本要一边拍一边修改。然后他们还准备套拍,要在组里再赶一个本子出来,一边写一边讨论修改的事情。"

"远吗?"

每次不管什么时间,顾行舟都坚持两人并肩走着回家,因为这是温尔雅一天的主要运动量。

"先去隔壁省,那边有海,拍完海边的戏再去象山。"

"那我现在就开始给你准备行李。"顾行舟温柔地看她一眼。

"把你装进行李箱吗?"温尔雅挽着顾行舟的手臂,脑袋在他手臂上蹭了蹭。

"理论上,分尸的话应该可以装下。"

温尔雅笑了笑,心想:顾医生的冷笑话水平确实在逐步提高。

两人溜达着踏进小区时,突然听到一阵鸣笛声,温尔雅还没搞清楚状况,就感觉顾行舟身体一僵,而后她看见一男一女提着大包小包走近。

眼睛有些近视的温尔雅不由得眯起眼睛,打量着对方的身形猜测:"这应该不是我爸妈吧?"虽然他们总吵着有空要来,但来之前应该会告诉自己一声,不至于一把年纪了还搞突然袭击吧?

"小舟!我和你姑父不记得你住哪儿了,在小区等好久了。"

随着对方开口,温尔雅明白了来者是谁。当着长辈的面,她下意识想松开挽着顾行舟的手,却被顾行舟反手紧紧抓住。

"姑姑,姑父,你们怎么来了?"

顾行舟的语气没有惊喜,但也听不出什么其他的情绪,可是从他抓着自己的手劲上,温尔雅能感觉到他的情绪。

"凑巧来办事儿,顺便看看你,给你送点儿东西。这就是你女朋友吧?"对方表现得热情,温尔雅只能露出一个得体的笑脸来。

她用余光打量起"姑姑"身边的男人,那人眼神左右看着,明显的不耐烦。

不管怎么样,两人都被顾行舟邀请回了家,温尔雅是想回避一下的,可察觉到顾行舟微妙的情绪,便也顺势跟进了门。

"好久没过来了,这儿还是老样子!"顾姑姑进门后有些局促,兴许是为了表真心,热情地展示带来的大包小包,"这是家里做的腊肠,还有些腊肉!野菜也都是我和你姑父上山挖的,现在可是稀罕玩意儿了。还有这核桃,我和你姑父摘下来的时候还有青皮呢,剥得手黑了好几天。"

"谢谢。"顾行舟礼貌地倒了两杯水,看着献宝似的姑姑与坐在沙发上时不时摸烟盒想抽烟却在忍耐的姑父,直奔主题,"姑姑、姑父,你们有什么事情吗?"

"我们也没什么事儿,就是来看看你,再见见你女朋友。"顾姑姑说着就打量起温尔雅。温尔雅再次露出了自己的标准商业微笑,企图这样能蒙混过去不开口尬聊。

顾姑姑还想寒暄几句,但顾姑父显然不想再继续铺垫,他直白地说出了目的:"那个……小曼不是辞职了吗?最近把自己关在家里不出门,我们来找你问问情况。"

温尔雅一挑眉,她知道万曼辞职了,但并没有多问其他,看来今天能被迫了解一下事件的后续了。

"她的事情,您直接问她比较合适。"顾行舟对姑父的态度要更冷淡一些。

自知不讨顾行舟喜欢,顾姑父看了顾姑姑一眼,顾姑姑略带为难地开口道:"她就是不说嘛,从小小曼就喜欢跟着你玩儿,然后又去了你们医院实习，我们就想你有空了去劝一劝。"

"这件事您打电话说就可以了，不必专程过来一趟。"顾行舟没有正面回答是否可以，但显然，不太乐意。

"我也想你了，早就想来了。"不知道是不是温尔雅的错觉，顾行舟的姑姑在面对他的时候，有些局促甚至卑微。

要说这关系不和的亲戚找上门托人办事，还是得顾姑父这样的才正常，眼瞅着他就是不想打感情牌只想快进到正题，顾姑父急不可耐地开口："不然你就跟着我们的车回去，看看小曼再回来。"

"我不想再看到她，也就不麻烦您开车劳累了。"

这样直白的拒绝是顾行舟一贯的风格，应该也是想到这个结果，两人齐齐闭上了嘴，氛围陷入短暂的沉默。温尔雅有想过开口活跃一下气氛，但是憋住了，这种情况还是让对方识趣之后早点儿主动离开比较好。

"我有听说你们的事情，但小曼已经失去工作了，再这样下去，人就毁了。"顾姑父和万曼是更亲近些的，这份担忧真情实感，毕竟万曼算是半个他带大的孩子，在顾行舟的衬托下，万曼又格外讨喜。

顾行舟借宿他们家的时候也是一副和现在一样的冷漠脸，不讲话，偶尔他管教几句，对方立刻会说出噎死人的回答，实在是难以让人喜欢。

"她私自调取患者档案、编造信息骚扰我女朋友、盗窃我女朋友的财物，还攻击了我女朋友，如今只是失去了工作。"顾行舟对这件事始终是怀着遗憾在的，他总认为是自己没有处理好这件事，才让温尔雅百般委屈。如今旧事重提，他自然要揉碎了好好说道一下，"真正的受害者就在你们面前，请你们不要再为犯错的人考虑了，这是后果，她应该承担。"

"没有那么严重吧！小姑娘，你说说，是不是有些太夸张了。"顾姑父知道顾行舟从来不买亲情牌的账，转而把矛头指向了温尔雅。

要是平常人肯定碍于长辈的身份就顺着说了，但已经洞悉局势的温尔雅摇了摇头："她其实应该付出更多代价的，但就是看在顾行舟的面子上我才没继续追究。至于她失去工作，是因为她违背了工作单位的规则，不是我能左右的，您应该去找他们领导。"

察觉到有人给自己撑腰，顾行舟紧绷的神经终于轻松了一些，应对起来更加游刃有余。

结果自然是不欢而散。

顾姑姑走之前回望了一眼，眼神复杂，可顾行舟关门的速度很快，完全没给温尔雅解读那个眼神的时间。

顾行舟关上门就开始收拾地上的东西，明显情绪低迷。温尔雅趴到他后背上，哼唧了两声："我得罪了我未来的姑姑、姑父，他们不会阻止你和我恋爱吧？"

"不会。"顾行舟即便心中对两人已经可以称之为厌恶，但也说不出更恶毒的话来，而是伸出手拍了拍温尔雅，似是安慰，"你不会觉得我……没教养吧？"

嗯……温尔雅听说过他小时候很长一段时间都是在姑姑家生活的，只是现在看起来似乎是不太友善。但深思一下，想必他那些年过得并不好，温尔雅不了解内情，只能含糊答道："还好。"

然后，她伸出手环住顾行舟的脖子："你肯定不会做错，亲情又不是捆绑人的手段。"

"亲情？算是吧？我父母去世后留了一笔钱，如果不是这笔钱，可能这份情亲不到哪里去。"顾行舟低垂着双眸，语气里有些讽刺。

"果然，任何故事都脱离不了钱。"温尔雅将顾行舟环得更紧了一些。

"对，故事的开头就是这笔钱，一众亲戚中姑姑和姑父拿到我的抚养权，开始的时候说替我保管。后来变成我在他们家借住，那笔钱在我读书的花销上透支完毕，他们还垫付了一些这种说辞。"顾行舟这么多年在这些事情下被压得有些透不过气，他也不想瞒着温尔雅，家庭的一些事情，她有权利知道，或者说早晚要知道，不如趁早让她看清楚自己。

"我住在他们家五年，高中后就是住校，就当作是还住在他们家吧，我付房租……"他睡在阳台上搭的一个弹簧床上，吃饭永远不敢去吃第二碗，但他按照整个家庭的伙食费、整个房子整租的价格去算，满打满算，比起他父母因为意外去世得到的赔偿，也堪堪不过十分之一。

他们甚至吝啬到，上大学之后就不舍得再拿出一分一毫，那串顾行舟父母用命换来的数字，彻底和他无关。

后来，顾行舟差点和姑姑一家对簿公堂，其他亲戚也闻风出动，私下调解的时候他看着对方连自己的牙刷钱也要算上，看着那些从未见过面的亲人大吵大闹，他出奇地冷静。

最后，顾行舟得到一半赔偿金，与这套父母生前住的房子。至于父母生前的存款，早已经不知去向，顾行舟不想再看到他们狰狞的嘴脸，也就作罢了。

除了父母，没有人真正爱过他，而他们表现出的片刻善意，也不过是想撕咬一口唯一爱他的人留下的庇护。

温尔雅的脑袋贴着顾行舟的脑袋，顾行舟背着她起了身，将她放在沙发上："我送你回去休息。"

"顾行舟，"挂在他背上的温尔雅没动，她觉得心里涩涩的，"我有好多好多爱给你，能把他们偷走的那一块填得满满当当。"

顾行舟这些年被这段往事反反复复地折磨，可在听到她这样一句安抚后，突然感到了一丝释怀："人一生是最忌讳圆满的，月亮圆了就会开始有缺口，所以我不追求圆满，你的爱也和他们不一样。但是，有你就一切都好了。"

两人保持着这个姿势，温尔雅说了许多没营养的话，往常顾行舟肯定会敷衍一下，可今天他都十分配合，虽然附和得有些笨拙。

最后，顾行舟背着温尔雅把她送回了对面，她道别时不忘索要一枚吻："明天早点下班。"

她最近腰疼，约了顾行舟明天推拿一下。

找到个医生男友后，她省了不少医药费，顾行舟的一个号五十块，温尔雅越想越觉得自己每天和顾行舟在一起都是在赚钱。

甚至，她私下收徐导和严焕的挂号钱，让顾行舟帮他们调理身体，嗯……自己爹妈也没放过，每次知道他们询问顾行舟的健康问题，她都会及时出现，或发消息，或直接一通电话索要挂号费。

对此，顾行舟没少收到关于温尔雅乱收费的投诉，偏偏温尔雅理直气壮："顾医生的下班时间代理权在我这儿，有事就在他的上班时间去医院。"

等到温尔雅正式进组那天，众人纷纷表示要趁她不在好好体验一下免费就诊的快乐。

所以和顾行舟分别前，温尔雅再三强调："不要'私自接诊'！"

"是，我一定每日按时向温总报备。"顾行舟目送温尔雅过了安检，站在原地迟迟没动。

他拿出手机，看到已经坐在飞机上等待起飞的温尔雅发来的消息，心中的不舍更甚。他之前总觉得没有任何牵挂，人会轻松，但如今却觉得，人有所挂念，才算完整。温尔雅正一点点地将顾行舟此前故意竖起的屏障溶解，让他周遭的气质都温和了许多。

甚至，顾行舟被要联系方式的频率都高了许多。

从他站在大厅回温尔雅的消息到飞机起飞，那边没有新的信息回复过来，顾行舟身边却已经出现了第三个搭讪的女士。

"嗨！我想问一下，你是下一班航班的吗？我手机没电了，能跟你一起登机吗？"

误以为对方是真的需要帮助，顾行舟没有直接离开，但看到对方举起几乎满电的手机到自己眼前后，他立刻明白了对方的目的。

"我来送我女朋友。"

完全没有再给对方开口的机会，顾行舟神情淡定地迈开脚步和女人擦肩而过。

不知道顾行舟如此受欢迎的温尔雅正在飞机上要第三杯饮料,她很喜欢喝航空公司提供的饮品,飞在高空,总感觉多了些风味。

将空姐小推车上放着的瓶瓶罐罐都喝了一遍后,她进组当天就有些拉肚子,哼哼唧唧地躺在床上给顾行舟打视频电话。

顾行舟说了几个缓解方法后,温尔雅照做了一圈,立刻觉得好了许多:"顾医生,有时候我真的怀疑你是催眠了我,不然怎么能这么管用呢?"

"如果需要催眠服务,得加钱。"面对温尔雅的吹捧,现在的顾行舟选择坦然接受,"我在你行李箱的夹层里放了一些应急的药,不过你这个情况应该暂时用不到,如果等下更严重,就吃一颗缓解。"

"嗯。"

温尔雅撑起身,拿起一瓶矿泉水拧开喝了一口,对面的顾行舟见状补充道:"少喝凉的,箱子里还有个没拆封的即热迷你饮水机。"

"我说我箱子怎么那么沉,我路上都怀疑你是真的把自己塞进去了!"去机场的路上都是顾行舟拉着箱子,等到下飞机过来酒店,温尔雅只是上下车虚提了几下,差点闪到腰。

她恢复了些力气,举着手机下床打开了行李箱,里面被码得整整齐齐,让人都不好意思整乱。

"你要去那么久,我总觉得用得到许多东西。"追求简约的顾行舟是想过便捷性的,但转念一想她不是去旅游,算是小住,还有高强度的工作,不必太追求出行便捷这点。最重要的是,温尔雅喜欢一些仪式感，所以顾行舟一早就开始准备，还总觉得没做周全。

温尔雅拿起一个折叠衣架拉开又放下，举起放在箱子中间的阻门器，有些好笑："应该用不到这个吧？剧组的人都住在一起，挺安全的。"

"更安全。"

"哎哟，幸好我住的是大床房，要是和别人一起住，这么多东西都摆不开。"

因为实在不太喜欢和人同住，进组后又需要创作，温尔雅觉得自己晨昏颠倒的作息会打扰别人的日常工作，就主动提出补差价，自己住一间大床房。她一边和顾行舟聊天，一边把行李箱里的东西都拿出来，顾行舟就看着她收拾，时不时附和一声。

温尔雅收拾到一半，群里说要拍开机仪式，视频才挂断。

顾行舟思索片刻，合上了手中的书。

片场已经拉开了横幅庆祝开机，大家熙熙攘攘的，认识的寒暄，不认识的破冰，好生热闹。温尔雅张望着眼睛找导演，目光扫了一圈，竟然看到了姜郁。并不是自己多留意，而是他太显眼，一身明艳的大红色风衣套在身上，还举着被卷起来的剧本在一旁指挥什么。

温尔雅看得心头一紧，立刻拿出组讯仔细看了看，导演并不是姜郁的名字！她便站在原地，点开群聊，一个一个点开头像看他们的备注，这才发现隐藏其中的姜郁，前缀是"执行导演"。

自从拉群后，他就没说过话，但温尔雅笃定他绝对认出了自己。

姜郁忙得热火朝天，似乎没察觉到温尔雅的视线，还是导演主动和温尔雅打了招呼的时候将她叫到身边，两人的视线才对上。

第八章
顾医生，我和昨天一样喜欢你

眼看春天压着冬天的尾巴已经到了，万物都有回暖的迹象，温尔雅依然把自己裹得严实，她向来不喜欢冬天，因为怕冷，一降温手脚就是凉冰冰的，现在这个天气也完全不在温暖的范畴。

而此时，片场的热闹景象也已经压不住她内心的烦躁了，只是和那缕视线对上，温尔雅便觉得胸闷，闷得她不由得开始用嘴巴呼吸起来，缓解心中的郁结。

姜郁则被温尔雅瞧得莫名地感受到了一阵寒风。

这部剧的导演罗导比徐导年纪还大点儿，是许知父亲的好友。之前聊项目的时候他就很是喜欢温尔雅，还想认她当个干女儿，在众人面前也丝毫不掩饰对她的喜爱，关心了好几句她的身体。

"好多了。"温尔雅眼神挪开，对罗导挤出个笑脸来。

"可别第一天就病倒，搞得我没办法和许知交代了！"

"罗导，我记得之前一起来的执行导演不是这个呀。"温尔雅也不怕姜郁听到，直接把话题引了出来。自从发现温尔雅，姜郁的眼神就时不时往这边瞟，似乎是知道绝对不会被留面子，识趣地没有往她身边凑，估计也听不到两人的对话。

"原本的执行突然有事儿，这个也是别人推荐给我的，听说活儿挺好，小伙子挺有干劲。"

听罗导这样说，温尔雅也就没再聊下去了。开机在即，她总不能因为私人恩怨就罢工或者搞二选一的戏码吧？但姜郁的出现难免影响到她的心情，拍照的时候一想到自己和对方要同框，笑得都十分勉强。

等照片拍完，大家又在各自找人抱团聊天、培养感情的时候，温尔雅收到了顾行舟发来的一条长信息。上面全部都是注意事项和建议，从建议她今晚吃什么，到如果再拉肚子的应对办法，再到明日温度比今日低，要穿长袜护住脚踝。

嗯……原来爱意真的能藏在字里行间。

温尔雅的心情瞬间就好了许多，何必为一个自己如此厌恶的人浪费情绪。

而姜郁这些年显然也是受尽社会的"毒打"，不仅比之前沧桑了许多，性格也收敛不少，不仅对谁都好声好气，也没再主动凑到温尔雅面前刷脸。

开机三天，他们也算相安无事。

直到这场戏份的最后一天，温尔雅到剧组来改戏，被姜郁抓住机会说了进组来两人的第一句话："温老师，我这里有些小问题，您看戏份能不能改一下？"

既然对方公事公办，温尔雅也就敬业地配合了一下，一个多余的字都没讲。

今天的戏结束得比较早，生活制片豪气地买了一大堆海鲜，温尔雅嘚瑟地发给顾行舟看，并未雨绸缪地在照片后补上一句：虽然吃多了不好，但谁让在剧组，不能搞特殊，没得选呢。

顾行舟正好有空，回道：今天要自己动手剥虾了。

自从上次万曼发照片的事件后，顾行舟知道了温尔雅爱吃虾，做虾的频率高了许多，每次温尔雅都能吃到剥好的虾仁。

温尔雅：没有顾医生在身边的温某自理能力还是很强的。

她带着笑意将消息发送，面前突然被放了一只剥好的大虾。温尔雅转头，才发现身边的人不知道什么时候换成了姜郁。

这件事做得极其自然，自然引来了桌上其他人的起哄，纷纷要让他也给剥只虾吃。姜郁摆了摆手："我和温老师是一个学校的，当初就是好搭档！好久没见，这几天太忙，都没空寒暄了。"

温尔雅沉默不语。

盯着眼前带着些许橙红的虾肉，她想起当初的姜郁，确实，他对她是有好过的。比如她贪吃，无论多远，无论刮风下雨，只要温尔雅馋虫起来，姜郁总是会骑着电动车带她去吃上一口美味。

有时候是螺蛳粉，有时候是肠粉、炸串、芋头煲……大学的快乐总是很简单。

也正是因为这些好,在闹到不可开交后,温尔雅才会情绪崩溃,一度把问题激化,不受控制地一遍遍从自己身上找原因。

耳边的姜郁还在喋喋不休:"对对对,我们温老师,大学的时候就已经很厉害了。"

温尔雅瞬间没了食欲,将手机熄灭,看到自己映在屏幕上的脸——嘴角向下,布满了不悦。

她和顾行舟在一起后就很少露出这样的表情了。毕竟生活愉悦,工作上的事情也都能跟他倾诉,情绪问题就少了大半,剩下的大部分时间温尔雅也都是在快乐中度过的。

"尔雅,原来你和姜郁这么熟?都没听你说起。"

看着笑呵呵的罗导,温尔雅将离席的情绪压了下去,她向来不喜欢扫众人的兴,想必姜郁也是捏住这点,才会选择这个时候小心翼翼凑上前吧。

"不怎么熟。"眼神斜了身边的姜郁一眼,温尔雅带着些自嘲,"姜学长当初混得风生水起,我没能高攀上。"

不知道谁说了句,现在温尔雅也混得风生水起,紧接着就有人补了句"风水轮流转",姜郁丝毫不介意,反而笑了两声点起头:"希望现在我能高攀上。"

引来一阵欢笑。

温尔雅放在他脸上的余光没能发现一丝介怀的端倪,暗想他确实是变了,当初这可是一个能因为有人调侃了一句他和温尔雅是"女强男弱"，当场翻脸的男人。

她又想到之前那场突如其来的碰面，好像过了这段时间，这男人又圆滑世故了几分。

啧……想必没少受挫，还是她的顾医生好，人优秀，去哪儿都算得上顺利，而且还有种少年的可爱与生涩。

温尔雅象征性地吃了几口，被盘子里的虾肉恶心得不行，心心念念的海鲜滋味全无。她忽地怀念起顾行舟的手艺，就准备找个借口先离开，回去点个外卖，然后跟顾行舟开视频。

可还没开口，身边的姜郁忽然叫了她的名字。

一声"尔雅"，听得温尔雅打消了叫外卖的念头，她估计今天自己是一口也吃不下了。

"我前几天和何老师见了面，他还问起你，说你的头发是不是还是那么显眼，还有没有在坚持写书，让你有空和他联系联系。"

何老师是温尔雅当初在学校时十分看好她的老师之一，脾气很好，学术风格很倔，和当初分外张扬、标新立异的温尔雅常在课堂上因为分歧对呛。记得大二开学那年，温尔雅心血来潮地染了一头"奶奶灰"的发色，被他嫌弃地调侃"白发魔女"，几次三番让她快去染黑。

温尔雅在学校的时候，何老师费心推过些资源给她，温尔雅逢年过节也会发短信过去问候，但最近半年太忙，常常就忘记了。

比起这些真真切切美好的往事，温尔雅宁愿姜郁恶心自己，让她能痛痛快快地反击回去。

可抛出这样的开端，温尔雅不知道该如何作答。亲切的攀谈？冷漠的回应？还是装聋作哑？她只觉得情绪卡在了喉咙上不去下不来。

所以，她干脆选择后者，装作没听到，起身走了。

回到酒店，一个人待着的时候，她脑中就被记忆给包裹，不受控制地开始想起那些年的大事小事，好的坏的，一齐扑面而来。

和同学的相处、上课的吵闹、学校后门的小吃街……甚至姜郁的好与坏。

飞速读取记忆的大脑将姜郁的好坏混杂在一起，温尔雅一会儿愤愤地在心中怒骂姜郁是浑蛋，一会儿又想，如果中肯地看待整个事情，自己也有错，他似乎没有太罪大恶极。

她越想，越觉得呼吸都有些困难，伸手在胸腺的三角区敲起来，这还是顾行舟很早之前教给她的。而后反应过来，自己只顾得陷入情绪的陷阱，都忘了给顾行舟开视频。

可突然被负面的思绪纠缠，温尔雅好像也没了说话的力气。她摸出手机给顾行舟发了条消息，说自己今晚要忙，就不打视频了，让他今天早些休息。

明天早上剧组还要赶飞机，两人也说好今天不能太晚睡觉，顾行舟倒是没多想。

结果就是顾行舟没有追问，满是情绪的温尔雅没有开口，将情绪都憋在了心里消化，憋得她一晚上都没能睡着。

第二天，她满脸憔悴地出现在去机场的大巴上，惹来姜郁一阵关怀。

"尔雅，你脸色看起来好难看啊！要红糖或者其他东西吗？"

"要你滚蛋。"没睡好还没能赖床的温尔雅此时全然不想给姜郁面子，黑着一张脸从口袋中拿出顾行舟准备的眼罩戴上，不去看眼前这个让她心烦的人。

碰了钉子的姜郁比昨晚识趣，老老实实地在后排找了个远离温尔雅的位置坐下。

温尔雅在车上还没睡着，就抵达机场要匆匆忙忙登机，飞行途中还遇到了气流好一阵颠簸，等到下了飞机又是上大巴赶去目的地。

温尔雅其实在第一个环节就开始晕车了，这个劲儿在快到目的地的时候爆发，她叫停司机便冲下车开始往外吐。

不少人都下车来，送水的送水，拿晕车药的拿晕车药，姜郁也挤进人群给温尔雅拍后背："哎哟，你肯定是看手机了！马上到了，等会儿你就别再看了。"这句从她身上找原因的话让温尔雅想反呛一句，但她实在没劲吵，也就作罢，任由姜郁继续在旁边表现了。

最后，好不容易到了地方，温尔雅与在上一个拍摄地的表现一样，蔫蔫地回到自己房间窝在了床上，晚饭都没吃。

"好一些了吗？"

这边，顾行舟刚刚下班，看到几个小时前温尔雅发来的一个哭泣表情包和那句"晕车了"的消息之后，立刻打了电话过来。

"没有，比生病还难受。"温尔雅哼唧了两声。她好久没晕车了，还以为自己这个从小就有的症状随着年纪增长已经消失了呢。

顾行舟在那边说了些能缓解的办法，并且再三嘱咐要吃点东西。把脸埋在床上的温尔雅声音闷闷的："想吃你做的饭。"

话音刚落，敲门声响了起来。

生活制片站在门外，拿着打包好的饭菜，看到温尔雅如此憔悴，关心了几句。她年纪和温尔雅差不多大，两人在过去的几天相处得也算愉快，温尔雅就应承了起来。

电话那边的顾行舟也不说话，默默听着，仿佛不存在似的。

"对了，温老师，那个，姜郁老师让我把这个转交给你。"小姑娘从口袋里拿出一个小药瓶，熟悉的晕车药包装，"吃饭的时候他专门去买的。"

"谢谢。"

温尔雅没有驳她的面子，笑着礼貌地接了过来，在门关上之后立刻丢进了垃圾桶。

谁不知道晕车药要提前吃？自己现在不舒服，要晕车药有什么用？他总做亡羊补牢这一套。而且什么时候去买不行？非要当着大家的面。温尔雅怀疑这个男人这几年是不是得了什么表演型人格障碍。

她十分不想因为姜郁影响自己的心情，但原本就不高涨的情绪还是更加差劲起来，她心不在焉地和顾行舟聊了几句，就挂断了电话。

随便吃了几口饭菜洗漱一下后，温尔雅倒是获得了一份短暂的睡眠，但是梦里都是姜郁狰狞的嘴脸。

——"你真的太差劲了！你写的这种东西和儿戏一样。"

——"这种东西没办法改，拍出来也是浪费时间，我还是自己写吧。"

——"就是因为你是我女朋友，我才和你提这些意见，你不肯改我自己改了，凭什么要署你的名？"

——"什么叫偷？你有证据吗？你真的一直都很神经质，说这种话不会是还在做梦吧?"

温尔雅忽地就清醒起来,睁开眼缓了好一会儿都没分辨出自己刚刚是睡着了做的梦,还是醒着又回忆起那段折磨自己许久的往事。

为什么有人当初那样伤害了别人,现在还能装作什么都没发生一样呢?

看了一眼时间才清晨五点多,温尔雅躺了半天,等到外面的天色蒙蒙亮实在饿得受不了了,才起床出门准备吃早饭。

不少剧组已经开工,也可能是没有收工,外面倒是已经开始热闹起来。

温尔雅找了家早餐店落座,结果抬眼就看到生活制片和姜郁,两人对视,倒是让她错失了溜走的机会。

啊!有什么比一大早就看到姜郁还让人痛苦的事情吗?

如果有,一定是导演紧接着进门,热情地把温尔雅带到了他在的桌子上。

温尔雅一路无言。再这样下去,她笃定自己杀青后能瘦一圈。

"小温恢复得很快啊,每次都是睡一觉又满血复活。"罗导说着把面前的包子推到她面前,"年轻真好。"

温尔雅拿起一个包子,解释了一句:"之前我身体也不好,和我男朋友恋爱之后,跟着他的作息和饮食才好很多。"她连余光都不想给姜郁,尽力忽视他的存在,"因为他是中医,平常还会调理一下,不舒服的时候有不少小技巧。"

"哎哟,你男朋友是医生呀?那我下次有个什么毛病可就找你了。"

罗导和生活制片都很配合地捧场，小姑娘表现得比罗导还夸张："哇！医生、律师和总裁，这几个职业可是言情小说的标配呀！温老师太幸福了。"

"中医医生呀。"姜郁意料之中的开始唱反调，彰显自己的独特，"和西医差别挺大的吧？"

"嗯，不过都是为了身体健康。"

罗导答得很中肯，也是大部分人的想法，但不知怎么，姜郁非要彰显一下自己的立场："我还是相信西医。"

"我都相信，各有各的好。"生活制片开口道，"我之前例假紊乱就是喝中药喝好的。"

"哎，我老婆也是，更年期，喝中药调理。"

"我就只在小时候看过中医，没什么用，再也没去喝过中药了。"姜郁其实就是想对温尔雅现在口中的这个男友表达一下不满，虽然没蠢到要和导演争个对错，可就是觉得心里不痛快，"而且我觉得那些小妙招，有些太……反正咱们有病还是得去医院。"

"对对对，你是应该去医院看看脑子。"温尔雅冷笑了一声，"谁也没说中医西医非要挑出来哪个好，你上赶着抬杠，不然别进组了，早点找个工地发光发热去呗。"

罗导和生活制片还以为温尔雅是因为姜郁说了她男友职业才会突然嘲讽起来，一时间有些不知道怎么开口，倒是给了姜郁作答的机会："咱们就是聊天嘛，各抒己见。"

衬托得温尔雅好像更不懂事了。

对于这种软刀子的人，温尔雅着实不擅长应对，憋了一肚子气回到酒店，看了眼时间，这个时候顾行舟应该正准备出门，她立刻一个电话就打了过去。

"气死我了！"

随着这句开场，温尔雅把姜郁早上的话活灵活现地复刻了一遍，听得顾行舟轻笑了两声："那你等下次见到他问一问，有没有用过急支糖浆、川贝枇杷露、牛黄解毒片这些。"

"应该都用过吧？"

"这些都是中成药，算中药的一种，让他下次记得避开。"

"哼，这种非要争个好坏的人，可真是无聊！"

"太常见了。"顾行舟没想到温尔雅因为这件事恼怒，温声道，"不过也正常，毕竟有不少骗子打着中药的幌子招摇撞骗。"

"那就算是去了医院，也有没治好的，怎么到了中医这儿，没治好就成了……"

温尔雅想说"骗子"，但觉得这个字眼有些伤害顾行舟，话到嘴边一个转弯改了口："没用了呢？而且本来就是中西结合，哪个好用用哪个，还搞起了二选一。"

"中医和西医的逻辑不太一样，中医比较倾向全面调理。还记得你上次体检没有问题，却总觉得不舒服吗？其实逻辑就是解决还没到病症的问题，不让小问题发展为大问题，伤风不解变成痨。"顾行舟听过太多这种言论了，甚至有些患者当着他的面就会开始攻击，对此他已经十分理智淡然。

被他的态度影响，温尔雅烦躁的情绪渐渐平复，只是还是忍不住嘟囔了一句："我还不是因为你才会生气！"

"可是我不想让你因为任何人生气，我也更想你因为我快乐。"

顾行舟已经到医院，说这句话的时候有同事路过，对方微微侧目，看到他眉眼带笑，与平常判若两人。

自从这天开始，姜郁似乎找到了一个增加自己在温尔雅面前存在感的捷径，开始时不时就嘲讽几句中医，似乎这样就是将她那个从未谋面的男友踩在了脚下。

温尔雅在顾行舟一次次平和心态的影响下，才能保持着快到杀青都没有爆发。

不过两人通话的时长一天比一天长，顾行舟也明显能感觉到温尔雅在剧组的情绪开始持续性波动，似乎总是低落的那面占了上风。

"三天后我们就能见面了。"顾行舟此时正坐在书房，看着挂在墙上的锦旗，"我去机场接你，可以吗？"

"你不上班吗？其实我是想直接去你那里挂个号，包下你一个小时的上班时间，一边给我推拿，一边和我恋爱。"

温尔雅躺在床上，已经十点，她还在等导演拍完今天的戏份对剧本。

她最近精神状态的确不佳，原本被顾行舟矫正了一些的生物钟再次回归自由无序的状态，到深夜经常还在工作，就导致半夜会迎来一大袋的烧烤当夜宵，再加上还有一个出现频繁的姜郁……

混乱的作息、高强度的工作、不健康的饮食与讨厌的前任。这些东西混合在一起，让温尔雅能清楚地感觉到自己越发严重的焦虑与消极。

她感觉到不适，想立刻逃走，可惜，成年人要有始有终是这个社会的基本规则。

似乎只有见到顾行舟，才能缓和她现在越发沉重的煎熬。

"送你一次针灸。"

"你这么大方，医院知道吗？"

就在两人说话时，许知一通电话打进来，温尔雅接通后就听到一声难以置信的质问："你和姜郁在一起？"

"你这句话很有歧义，我们在一个组。"

"世界那么大，偏偏遇到他，这是什么破活啊？"

"大股东，是你介绍的。"因为了解许知会发表一些激进言论，温尔雅便一直没告诉他这件事，"我连严焕都没说，你是怎么知道的？"

"我间歇性会用小号去姜郁的社交平台看一下，知道他过得不好是我少数不花钱就能得到快乐的方式。总之，我现在用股东的名义让你立刻跑路！"

这个消息的确能将许知狠狠恶心一把，但也不至于这么过激。温尔雅多问了一句，说是姜郁在平台上的文字太过让人不适。

温尔雅特意去看了一下，这些……感觉像是故意给她看的字眼。

△没想到会有重逢这天，如果知道我可能会逃避。逃避什么？反感的眼神抑或是冷漠的语调。

△我从来没想过"此时"是如此美妙的词汇，它包含过往，抒写

未来。最重要的是，此刻，你在我视线之中。

△今日，视线聚焦点。

配图是剧组拍摄的画面，温尔雅精准捕捉到画面中自己和导演的背影。

刚刚汲取完顾行舟冷静因子的温尔雅对着电话那边沉吟道："这是他的私人领域，想发什么是他的自由。而且也没点名道姓是我，我觉得没必要对号入座。"

"以我多年的经验来说，如果真的不想被人看到就不会发在这种地方！我一直看不起他这种'又当又立'的表现和浮夸的风格，而且你能不对号入座吗？"

"能……吗？"

"不能！你看看他回复人家的评论！"

有人问姜郁是不是见到了某位女演员，姜郁的回答是：*我见到了我人生曾经的女主演。*

温尔雅回应许知的，是短暂的沉默。

许知追问道："你是被气死了吗？"

"我只是在想他的心理动机到底是什么。人物做一件事肯定是有原因的，不能突然就做吧？"温尔雅很不解，也可能是气过头之后的无语。

他这样做能得到什么？

"一、写一些乱七八糟的东西希望博得你的好感；二、立下深情人设，万一以后你真的手撕他好借题发挥；三、无病呻吟。"

许知对姜郁的了解程度可谓到位。

而且不得不说,温尔雅早几年的确挺吃感人语录与小作文这套的。

许知再三重申了让温尔雅快快离开之后,突然情绪缓和了一些,迟疑地问:"你没有受他影响吧?"

"还好。"

当然有。她今天从顾行舟那里得到的元气似乎都因为这些乱七八糟的话消失了。等到晚上开剧本会的时候,她表现得有些萎靡,又被导演询问是不是又不舒服。

她搪塞了几句昨晚没睡好,又是带着满身疲惫回到房间,不知道是不是真的身心俱疲,进门后真的开始头痛起来。她想喝口热水睡下,结果看到迷你饮水机上的矿泉水已经见底,于是给酒店前台打了通电话让对方送两瓶水上来。

可她伴随着敲门声打开门,外面站着的却是姜郁。

"尔雅,这里没有别人,我们能好好谈一谈吗?"

姜郁满脸真诚,让温尔雅头更痛起来:"你觉得是因为平常有人,我才不和你好好说话吗?我没有你的表演型人格进而一定要有观众。"

"我只是想求得你的原谅。"

"你能不要再来骚扰我了吗!"这句话让温尔雅瞪大眼睛,咬牙切齿起来,语调也伴随着歇斯底里的征兆,"原谅?伤害那方付出足够多的代价,才有资格获得原谅!你要我说多少遍,多少遍你才能明白,才能永远消失!"

这样的温尔雅让姜郁有了一丝熟悉的感觉,当初他们搭档的时候她无数次精神紧绷,可温尔雅这样动物式的表达,自我保护的愤怒姿态没能换到安宁,相反,让姜郁终于在这漫长的拉锯之中占了上风。

他眉头皱起,肩膀耸立,双手摊在面前,逐渐与温尔雅脑海中的噩梦重叠。

"但是的确我们在一起的时候孵化的作品是最好的,是你沉浸在自我之中,一直不肯承认我的角色。我也想被认可,所以我们才会分开,这件事如果你要把全部的过错都归结到我头上……"

"我不是在说这件事!"终于,温尔雅发出了怒吼。

声音很大,穿透了房间,落入不少人的耳朵。

"你什么时候才能不再偷换概念?你偷了我的东西,获得了所有荣耀与红利,我却连文档都没留下!你是个小偷,是个贼!"

"那是我们联合创作的东西,我后来联系了你,但是你那个时候在医院,许知不让我见你!"

"你不要再给自己做美化了,你联系我只是因为你根本写不出来任何优秀的东西,因为你这个人没有任何天赋,所以想踩在我的肩膀上继续摘冠!你为了把我踩在脚下,你不惜折磨我的精神、践踏我的尊严。"

"我们是合作关系,为什么到了你嘴里就成了我单方面的利用?我现在才是被践踏尊严的那个,我做这一切,只是想取得你的……"

"又要说'原谅'那个字眼吗?好啊,我现在原谅你了,然后呢?然后就失去了起诉你的资格?还附带谴责你的资格也被剥夺?最好还能再次所谓的合作,让你继续发光发热?"门"哐"的一声被温尔雅摔上,她在门内怒吼,"我就是要你担惊受怕我随时会拿回属于我的东西,还要让你每时每刻都有被掀开肮脏过往被人唾弃的警觉!更要让你明白你只是一只不断想吸血的寄生虫,你只凭借我的心血才拥有过短暂的耀眼!"

温尔雅气得胸口开始发痛,头痛蔓延到整个脑袋,把自己摔在了床上也没得到缓解。

她在愤怒中再次陷入了一个熟悉且微妙的情绪困境中,耳边开始响起往昔那些导致自己情绪问题严重到不得不住院的致命评判。

——"她其实没有很优秀啊,很一般,脾气还差。"

——"你没有控制自己脾气的能力还这么自大,难怪没什么朋友。"

——"我不想听你抱怨,这些事情发生在你身上很正常,你也太负能量了。"

——"你写的这个东西我觉得哪里都不好,我没办法修改或者是提意见,因为整体都特别差。"

——"小奖项没必要这么高兴吧?一堆垃圾片子里挑一个可以回收的垃圾。"

太多了,太多了。

多到即便忘记了许多,也依然能清楚地回忆起一幕幕出来折磨自己。

温尔雅一整晚似乎都没睡着,但好像也没醒着,连酒店的人什么时候送水过来都不知道,她打开房间门才看到门口放着两瓶矿泉水。

虽然昨晚没有人打开门来凑热闹,但温尔雅笃定不少人将她的那些话听得清清楚楚。为了避免沐浴八卦的眼神中，她选择不去外面一起吃饭，和生活制片说了一声自己点了外卖。

可惜，她还是没能逃避——下午许知来了剧组。

温尔雅过去的时候，看到许知正在和罗导聊天。许知在看到温尔雅肿得快成一条缝的眼睛后，原本就不好看的脸色垮得更加难看。

"你过来干什么？"

"我就在隔壁拍戏，昨天就想过来了，但是戏份太多。没办法，哥要红了。"许知这部戏难得活到了三集之后，他还是很重视的，没敢直接翘班。

今天其实戏份也不少，但是昨天半夜三更收到了温尔雅发来的信息，硬是抽出吃饭的时间窜了过来。

"你小子别嘚瑟了，我们准备开机了，你和尔雅聊吧。"罗导也大概听人八卦了几句昨晚的事情，料到许知过来是干什么，安慰地看了温尔雅一眼，"又没睡好吧？要不然你先回去吧，本子也差不多了，到时候杀青了我去你们公司坐坐。"

"对对对，要不然你去我剧组探我的班。"许知说着突然站了起来，脸上绽放出一个笑脸，"学长？你也在呀！"

温尔雅不用猜也知道这句话是对姜郁说的。

姜郁其实是不想过来的，但导演叫他。

他和许知的交锋，大多时候他都是输家，这次他很警惕，决定从一开始就不和他发生冲突。所以面对热情的笑脸，姜郁也只是点了点头，没有过多的回应。

"学长是'执行'呀？咱们学校的未来之星，毕业就拿到大奖，我以为现在最起码也要春节档看到你的大作了呢！没想到，混成执行导演了？"

这话其实一般的导演会不爱听，毕竟大导演的执行也很厉害，但罗导选择性忽视。

向来心高气傲，并且对许知也算得上积怨已深的姜郁不太能接受如此直白的嘲讽，姜郁反呛了一句："许知老师，能这样叫吗？还是叫你的艺名呀？没改名吧！这名字找人算了吗？我认识一个大师，挺准的，没准改了能稍微火一些呢。"

"不用，不用，谁知道学长那些路子正不正的？我可走不了歪门邪道。"

"对，所以还是要多磨炼演技。"

真正的对手，能提高自身的实力，说的就是姜郁。遇到许知这个"阴阳怪气大师"，他的水平也水涨船高起来。

大家不好意思围上来，纷纷竖起了耳朵，想将对话听得更清楚来补充一下昨晚的八卦。

身为八卦中心，温尔雅开口阻止了许知："许知，走吧。"

她还是有些理智在的，不想成为别人口中的谈资。

可被暗讽演技不好的许知实在咽不下这口气，身体虽然走向温尔雅，但眼神还锁定在姜郁的脸上："嗯，是不用和他套近乎了，毕竟过往经历充斥着'烂片'两个字，未来能有什么奇迹发生成为名导呢？还不如哄一哄我们准未来超一线编剧有前途。"

来到温尔雅身边的许知将手臂搭在她肩膀上,让她转动身子后,弯下腰一指:"够不够哄好你?"

是顾行舟。

顾行舟没拿行李箱,穿着简单的黑色大衣,站在人群中像是来串戏的群演。

瞬间,一直理智占上风的温尔雅鼻子一酸委屈起来。明明很解气了,明明已经熬过长夜了,可只是看见他,她就软弱起来。

阳光下的温尔雅满脸憔悴,出来得匆忙都没有好好打扮,头发有几根岔着,衣服也有些皱,水肿的脸上一双红肿的眼睛再次湿润。

顾行舟一步步走近,满是怜惜地弯下腰和她平视:"我先来占用一些你的工作时间恋爱,可以吗?"

而后,他伸出手,把她的发丝抚顺,衣角扯平,温柔地与她十指相扣。

画面美好到许知忍不住看向姜郁,担心遗漏他羡慕到嫉妒的扭曲神情。似乎是猜到许知的念头,姜郁和他对视时控制着自己不动声色,但眼神中难掩那一丝诧异。

"笑死我了,他那个表情,不会是真的以为自己还有机会第二次高攀上我们尔雅这座高峰吧?"

坐在保姆车上,许知嘲笑完姜郁后打开车门离开,下车前还不忘看顾行舟一眼:"我先去拍摄,这儿现在归你们了。顾医生,答应我,如果温尔雅想把车开走卖掉,阻止她。"

只是，许知这个临走前的笑话并没有让车内的氛围缓和，他们仿佛坐在一起的两个陌生人一样，兴致低迷。

"许知给我发消息，我也觉得你该回家了，所以来接你。"顾行舟不太擅长安慰人，回想着许知交代给他的必须说的话，"或者，我们玩一圈再回去。"

"顾医生的职业什么时候这么自由了？"温尔雅明知他只是客套话，却故意问了一句。

回应她的先是一个极短暂又轻缓的叹息，随后才是顾行舟的声音："如果需要的话，可以。"他最近其实在考虑辞职，有一家关于健康的公司在新媒体方面需要一个坐班的顾问与编辑。

如果是之前，顾行舟断然会第一时间回绝，毕竟他这个职业，变动很难，而且要付出比别的职业更多的精力与青春。但这个机会，工作轻松、酬劳可观，而且似乎带着一些活力，能让他变得更贴近温尔雅的生活。

"顾行舟。"温尔雅不知道顾行舟这句话背后藏着什么，她现在也没脑子去思考，满心都是如何挣扎出眼下的困境。她将手臂放在大腿上托住下巴，下意识紧紧咬住自己的大拇指，感受着手指传来的痛觉，"我最近可能需要一些……个人空间。"

顾行舟沉默。

她在推开自己。

顾行舟清楚地察觉到了不同，起码他没有在温尔雅身上感觉到过这种状态，因为往往他才是逃避的那个。但他还是克制地点了点头：

"你应该有，不过前提是我们先回家，或者，去医院？"

"我去过，我去过很多次。"温尔雅说话的时候将手指远离嘴唇，而后她的手伸向车门，"但是没有办法，我没办法摆脱它。它是我的一部分，是我自己在折磨我自己，你不用担心，我总是经历这样的时刻。"

车门被打开，温尔雅从车上跳下去，站在车下回头看向顾行舟。

她有很多话想说，比如不必觉得她和正常人有什么不同，她很需要一个强制的拥抱，或是一些安慰的话。

但温尔雅什么都没说，只是这样离开，她还不忘把门关上，留顾行舟一个人在车内。

顾行舟拿出手机看许知发来的话，温尔雅在昨晚快到凌晨的时候，向许知求救：它再次追上了我。

"你是不是很奇怪，为什么我和温尔雅能关系这么好，为什么我又那么仇恨姜郁？"早上的电话里，许知告知了顾行舟一些往事。

当年，姜郁一次次的打击与高强度生活的重压，让温尔雅情绪崩溃得越发频繁，终于在被姜郁伤害且两人彻底分开后，她被确认了中度抑郁。

那个时候，许知陪伴在温尔雅身边，看着她经常不受控制地大哭，和别人突然爆发争吵。温尔雅不得已停止所有在做的事情，一趟趟去隔壁超一线城市的大医院就诊。

"每次去医院，我们下火车之后要横跨半个市区，有时候她半路就会后悔，说太麻烦了，不要去了。有时候会在半夜，我们一起聊天的时候,她一遍遍地和我道歉,或者感谢。"

许知死死抓住温尔雅的手让她不要彻底崩溃,但情绪反复折磨着温尔雅,她因为药物会时不时地感觉到时间停滞,周围的一切都变慢,同时伴随而来的还有严重的失眠,每天十二点她准时迎来一场没有理由的痛哭。

温尔雅先是从宿舍搬离到校外的出租屋,被迫暂停所有创作,紧接着是一周两次的心理咨询,一个月一次的心理医生就诊,为了让自己感到快乐到处去旅游。

温尔雅用最科学的方法自救,结果还是一次次崩溃,身边的朋友有的因此远离,有的远在他乡每天投来关切的消息。

可是他们没有一个知道要如何跟她这样一个脆弱又敏感的人相处。温尔雅的一个多年好友甚至专程在她生日的时候飞了过来,待了两天一夜,两人走在街边,她的情绪状态才恢复如常。

两人一天吃五顿饭,却还是没能将温尔雅生活的这座城市的好吃的吃个遍。好笑的是好友永远记不住那些地方小吃的名字,一次次说错,惹得温尔雅站在街边大笑。

"你是个鱼吗?只有七秒的记忆?"

好友也和温尔雅一起笑着,拿着手中的钵仔糕:"我第一次坐飞机,还下了飞机自己来找你,什么鱼能做到?美人鱼。这钵钵糕真好吃,我想再去买一个!"

"是钵仔糕!"温尔雅抬头看着万里无云的天空,吐出一口压在心底的气,"你说生活为什么总是这么艰难?生活的意义在哪里?"

好友咬了一口钵仔糕嚼了几下:"生活可能没有什么意义,但是我为了让你好受一些,买一套你最喜欢的护肤品送给你,这件事不比思考生活有意思吗?"

临走前,好友告诉温尔雅,自己给她订了一个蛋糕,就在那天站的街边拐角的蛋糕店——小小城市里最好的蛋糕店,让她记得去取。

蓝色主体,最上面放着一个皇冠,温尔雅惊喜地分了好几个角度拍照发给好友,感叹:"也太公主了吧?"

"你就是公主呀!"

这份关怀,帮温尔雅撑过了一个个看不到光亮的深夜。

眼看温尔雅慢慢走出那个最艰难的时刻,心情有了起色,这位好友却意外去世。明明没多久前,两人还打电话拎出姜郁来骂;明明她刚住院的时候还拍了手环给温尔雅看,娇嗔温尔雅不能来看她;明明温尔雅两天前还在说,现在手边的活儿实在太多,等她过年回家就能见面……

明明,她和温尔雅说过没有什么事情……

怎么就突然收到了对方妈妈的电话通知,好端端的人没有了呢。

温尔雅开始整宿整宿不能入睡,躺下就回忆起两人在一起的画面,然后痛哭一场,在沙发上挨到天亮,再一轮大哭。

那个高中时一起趴在课桌上看小说的朋友,那个高考结束每天都要给自己打电话的朋友,那个每次她回家都会骑车接她的朋友……那个不久前还带着温尔雅兜风、一起嬉笑打闹的朋友,再也没办法等到一场见面了。

后来，直到毕业了一年，温尔雅才称得上好转，就在遇到顾行舟不久前，温尔雅才跟许知说，她自我感觉良好，艰难向前走了三年，感觉再也不会被追上了。

　　顾行舟知道这位朋友，他听严焕提起过，和温尔雅是高中同学，一个十分爱笑的小姑娘。

　　温尔雅像是一块水晶，坚硬单纯，散发着耀眼的光芒。但凑近才会发现，她更像一块玻璃，敏感易碎，并且碎过很多次。不过那些碎落的玻璃碴被她自己消化，表面看不出任何裂痕。

　　温尔雅回到酒店，躺在床上又回想起这位好友，眼泪便开始掉。

　　最后，她干脆把脸蒙在枕头上，号啕大哭起来。

　　对于这些情绪波动，起初温尔雅还会自怨自艾，不明白为什么会是自己。但经过那么久的挣扎，她已经学会了接受，坦然面对消极一面的自己，只不过是需要时间去战胜这一面。

　　她需要绝对的安静，至于这次到底需要多久，她也不清楚。

　　也许和往常一样，一周？一个月？甚至更久。

　　她也很想抓住顾行舟输出自己的痛苦，拉上一个人一起受折磨的确有用。但她清楚，这样搞不好会让对方远离。而且散播负能量折射到周围的人，实在不是现在的她所喜欢的。

　　所以温尔雅祈祷自己能尽快消化掉这次的情绪问题，然后去找顾行舟好好聊一聊。

　　聊些什么呢？

　　温尔雅只觉得一阵疲惫和烦躁混合着扑面而来，心里又萌生出些许埋怨和期待。

埋怨顾行舟为什么不来找她，期待顾行舟对自己伸出手，哪怕她没有求救。

人一旦不舒服就会矫情，不管是肉体还是心灵。

躺到窗户外面的天色完全暗了下去，温尔雅总算积攒了一些力气翻个身，她打开关机的手机，告诉导演自己可能要先回家，有什么事情线上沟通，然后打开顾行舟的对话框。

他没有发来任何一条消息。

可能是觉得自己需要冷静，或是他不知道这个时候要做什么。温尔雅分析着顾行舟的心理，有些失望地买了明天下午的机票再次将手机关机。

思念决堤，大哭了一场后，温尔雅感觉好了许多，她长舒一口气，起身决定去便利店买些垃圾食品，先度过消极的一晚。

可当她打开门，抽出房卡后，她扭头便看到了在门口靠着墙站着的顾行舟。

房内的灯已经暗了下去，温尔雅浸在黑暗中，顾行舟站在走廊的灯下，平日没什么表情的脸上眉头皱了一下，他伸手放在她的头顶，轻轻揉了揉。

"你等了多久？"温尔雅问。

"大概你进门十分钟后。"

"如果我一直不出来呢？"

"我准备十二点敲门，和你一起'跨天'。"顾行舟主动走入黑漆漆的房间，将温尔雅抱在怀中。

或许是因为放下了所有伪装，她好像消瘦了许多。

被顾行舟抱在怀中，温尔雅急促地呼吸着他身上的味道，是她的同款洗衣液的味道。当初温尔雅买它之后，格外喜欢这个味道，次日顾行舟就买了同款放在自己家。

"在我面前你可以做自己，你也应该做自己，不必担心真实会让我疏远或离开。我接受所有的你，是好、是坏，都是你。"

顾行舟得知那段过往后很是心酸，他不知道温尔雅经历了那样一段时光后还能保持乐观积极，要付出多少的努力。他甚至还有些钦佩，她比自己坚强，没有被生活击倒地和自己一样选择封闭，而是一次次站起来，一次次回击。

"顾行舟，我有些想念我的一位朋友。"温尔雅沉默片刻，开口了。

顾行舟将她抱得更紧："我知道我没办法替代她在你身边，也没办法真正感受此刻你的难过。但是别再推开我，让我陪着你。"

两人就这样离开酒店。

许知气不过，还想再去剧组里杀一杀姜郁的气焰，但因为要顾及罗导的面子，便只私下牢骚了几句。

在顾行舟的陪伴下，温尔雅缓解了许多。

她在家里窝了三天逃避现实，就只是吃吃喝喝，看看电影，网上冲浪一番，送顾行舟上班，等顾行舟下班。两人都空闲时就一起坐在沙发上，相互靠着聊天看剧，温尔雅也总算给顾行舟看到了自己过往的一面。

"我觉得我永远没办法变成一个正常人了。"已经度过这次低谷的温尔雅靠在顾行舟的肩头,摆弄着手中的餐巾纸很是平静,"我总觉得我好了,但其实只是我接受了和它相处,难舍难分。"

"正常的标准是什么?如果是以你作为不正常的标准,那我觉得世上大多数人都不算正常人。"顾行舟对情绪问题接受得很坦然,在他看来,这和肉体上的疾病没有什么区别,都是生病了,需要治疗、需要关爱。

和他一样。

"我还好,真的还好,我感谢它,是它让我成长、强大。"

"我们不需要感谢苦难,只要感谢在苦难中前行的自己,就可以了。"顾行舟的手缠住温尔雅的发梢,温柔顺着指尖,通过发丝,到达温尔雅身上的每个细胞。

人真的会被温柔治愈,每一处被过往伤害所留下的褶皱都会被抚平。

一段健康的感情,也是真的让人每晚都能安稳入睡。

温尔雅闭上眼,在顾行舟的腿上躺下:"顾医生,我还是和昨天一样喜欢你。"

工作室逐渐步入正轨,温尔雅和徐导商量着扩张招些人进来,聊着聊着温尔雅拿出饭盒放进了微波炉。

"你俩越来越像老夫老妻了。"徐导看着在爱情的滋润下越发光彩照人的温尔雅,感叹道,"不知不觉在一起快一年了吧?真快。"

"嗯，确实快了。我们还说好下个月一起过周年纪念日呢。"

"你们这种每个月都过纪念日的人，周年纪念日还能玩出什么花样？"对于温尔雅这个每个月都要过纪念日的人，徐导是有些无语的，他都替顾行舟感到心累。

偏偏当事人好像乐在其中，每次都用心地配合温尔雅准备礼物，制定计划。

"顾医生现在忙死了，我们总要每个月抽出一天时间来度过一场二人世界吧！"每个月的17号，他们都要出去吃顿大餐，再交换准备的礼物，这简直是温尔雅整个月最期待的事情。

"今年的冬天比去年冷好多，要不然咱们这两天在家办公吧。"徐导也打开了自己的饭盒，被温尔雅影响，他也开始自己带饭了。

"嗯……也行，许知还说这两天过来呢。"

"他新剧上了，热度涨了不少呀！"

"也换营销公司了嘛，到时候看看在公司见还是在我家见。"

"反正都离我不近。"

"你不是有车吗！我和顾医生都没驾照哎！"

两人插科打诨了一会儿，又聊了几句正事儿，温尔雅便蹭徐导的车回家了。

顾行舟确实忙，忙到下班时间越来越晚，温尔雅也就不让他再来接自己了。但不管多晚，他一定要和温尔雅见一面，说一说这一天发生的事情才分别，今天也一样。

温尔雅抱着顾行舟，问他今天在医院有没有发生什么特别的事情。

"嗯……又有几个同事病了,虽然我回家消了毒才来找你的,但是看看明天的情况,严重的话我就暂时不来找你了。这几天也不要出门,气温骤降,生病的人多了很多。"

"一般说出这种话,到这种情节,就会有事情发生……我的生活应该还不至于活成灾难片吧?你还是别说了!"温尔雅故作不高兴地看着他。

顾行舟轻轻拍了下她的头:"你不是这两天有同学聚会吗?一定要去?"

"哎呀,许知抽风非要去,正好也都在这儿,就聚一聚吧。"

"好。"顾行舟从沙发上站起来,将挂在自己身上的温尔雅抱起,"那今天就早点休息。"

不知道是不是被顾行舟的话影响,温尔雅有些失眠。第二天他真的没来,温尔雅半夜敲响了对面的门才见上他。

她直接扑上去,讨要了一个吻才作罢。

顾行舟将人抱在怀中叹了口气,亲了亲她头顶:"我都想你了。"

"想我你不来找我!有多想?"

"嗯……很想。"

得到这个答案,温尔雅一个劲地撒娇要他证明自己,换得顾行舟保证每天都见面才作罢。两人腻歪了一会儿,温尔雅干脆就赖在了顾行舟家,顾行舟也就轻车熟路地打开了书房的门。

第二天要同学聚会,温尔雅睡好后神采奕奕,还化了一个精致的妆,纯黑色羊绒大衣里裹着件高领灰色毛衣,走干练风格。

她化好妆后还显摆地自拍了一张发给顾行舟。

顾行舟把照片设置成了手机壁纸,看着屏幕上笑得开心的女孩,顾行舟嘴角微扬……啊,把屏保换成自己女朋友的照片,这是他曾经觉得最无聊的行为。

同学聚会约的是晚饭,但大家下午就到了,在包房里寒暄起来。

人到得不多不少,二十多个,快到全班的一半。

温尔雅早已过了肆意张扬的年纪,只是得体地微笑,听桌上的人犹抱琵琶,真真假假的炫耀。

直到他们主动将话题聊到了她身上,毕竟是当初上学期间的风云人物,无论是黯淡还是继续生辉,都是谈资。

一些刺探和奉承,让想要回味一下青春的温尔雅有些透不过气,她时不时给许知发消息问他到哪儿了,还要多久才能出现。毕竟他的现状和所在的圈子更吸引人,来了就能吸引大部分目光。

果然,许知到了之后,大部分人的视线都聚焦在了他身上,但没想到才几句话,就话锋一转,又将温尔雅扯了进去。

那段早已经被澄清,且成为温尔雅与许知之间笑谈的绯闻,再次被摆上桌面。

"我和尔雅可真是好朋友,就算我想吃这口窝边草,也晚了!"许知比温尔雅自在得多,几乎是一到就开始带节奏,主宰了气氛。

"我们当初可都认为你跟尔雅能在一起!是不是?"

伴随着起哄,温尔雅摆了摆手:"这话被粉丝听到,我就完了。"

"最近许知,不不不,白知秋,好火哦!"

"给我签个名！"

"我娃都看他演的剧！"

"你娃多大了？"

大家热烈地讨论着，倒是让温尔雅和许知换得一丝轻松，许知贴近身边的她说道："听说那几个人混得都不错，咱们班也算人才辈出。"

"你到底为什么要来？来这儿拉投资？"温尔雅不解地看着他。

"哎呀，我在圈内很孤独的，找找青春的感觉嘛。"

"大哥，你大学的时候就跟他们不怎么说话，现在能说到一起？"

两人耳语着，突然，刚刚许知说混得不错的那位同学又把话题扯到了他们身上："我最近新提了一辆车，就在外面呢，我看新闻说老许你也有一辆，感觉怎么样？"

"哦，门口那辆车？我看到了，不错。"

"那车可是国外空运过来的，老温你不选老许也太可惜了。"

对方这话，温尔雅觉得应该是想嘚瑟，不过是借着和她说话的由头嘚瑟。

她记得这位同学大学的时候挺朴实的啊！

"没在一起也能坐副驾，毕竟那车就俩座位，我又不会开车，没得选。不在副驾就只能在车底了。"温尔雅其实称得上混得不错，并且是少数几个继续在自己的专业上发展的。只是她和顾行舟在一起久了，也学到些他的低调。

"你男朋友做什么的呀？能把我们才女拿下，金融巨鳄？还是霸道总裁？"

"医生。"

"牛啊！"引来一阵讨论后，大家纷纷询问在哪个医院，知道是个中医之后，反应也挺丰富。和那次在剧组吃早饭的时候差不多，有罗导那种反应，也有姜郁那种反应，不过这次人多，讨论得更激烈。

"大明星输给个小中医，咱们才女还真是把生活过成了电视剧。"另一位同学搭腔道。

温尔雅开得起这些玩笑，情商也足以答一句漂亮话圆过去，但谈及顾行舟，她突然不愿意圆场了，只想杀一杀他们的威风。

"我自己条件挺好的，不用把感情当作筹码。"

"谁说不是呢，而且什么大明星啊，我也就是打工仔。兄弟，你眼界不行啊，我这样的你都觉得是良配？"许知更狠，踩起自己，轻车熟路。

"我觉得我男朋友挺好的，好就好在，话少。"温尔雅笑里藏刀，立刻有人打了个哈哈含糊过去，拉着许知聊圈内的八卦去了。

听得温尔雅更加心烦。

她本来就越来越不喜欢应酬，人一多，环境嘈杂的情况下，她就很容易焦虑。

之前的社交是为了生活，温尔雅实在不喜欢讨论别人的私事八卦，她也不在意"圈内"或"圈外"，在某些方面，她自认为大家与"圈内人"相差不多，唯一的差别就是皮囊没有那么精致。相反，他们要付出更多，才能保证自己在如海浪一般起伏的名利场中不狼狈退场。

所以每次见到顾行舟，温尔雅都会觉得舒服，是干净简单的舒服，让她思考的大脑能缓慢下来。可能是羡慕,她羡慕对方如此简洁的生活气息。

旁人总说自己想做却没做到,就很容易被做到了的人吸引,温尔雅觉得,是真的。

想着顾行舟,温尔雅就更想他了。

都在一起快一年了还如此腻歪,温尔雅觉得要是能一辈子这样,她未免也太幸运和幸福了。

在许知有意的引导下,没人再来烦温尔雅。她吃完饭就借口有事先走了,没跟着一起去下一场活动。许知安排了自己的保姆车先把她送回去,温尔雅就让司机把她送到了医院,挂了顾行舟的号。

顾行舟直接赶人:"快走!回家消毒,算了,我给你先消毒。"

"我就是想看你一眼。"医院里的人确实很多,温尔雅也不能自私地添乱,就和顾行舟说了这一句话,配合的被"赶"走了。

晚上,顾行舟把她今天穿的衣服鞋子都拿回家好好洗了一番,第二天早上再三叮咛她不要往人多的地方凑热闹才离开。

一月份,眼看还有四天到周年纪念日,爆发的流感却让顾行舟忙得脚不沾地,他应要求直接住在了医院,两人已经一周没见面了。

影视行业也开始停摆,温尔雅早前参与的几个项目倒是运气很好地提档,工作室赚了不少,许知心情大好的要飞过来庆功。

"你就别来了,万一路上生病……"

"我直接去找顾医生呗!"

"你别给他添乱了。"温尔雅和顾行舟短短视频过几次,一向爱干净的人胡子都冒了出来,头发也长了很多,想必是繁忙得不行。

"哎呀,我是正好要去那边拍杂志嘛,见一面没影响的。"

耐不住许知的强烈要求,温尔雅和徐导去了影棚跟他碰了一面。

不过人太多,温尔雅谨慎的表示自己和徐导在保姆车内等他,等候的时候徐导翻看着车上的刊物——全都是许知收集的自己有参与的杂志。

"真是火了,之前上杂志最多是内页,还是蹭的小内页。"温尔雅看着徐导手上的那本杂志,封面上是许知骚气的凹造型的图。

"拜托,我们现在也不错啊!多少人找我们合作?做一部上一部,上一部,赚一部,业内知名的福星!"徐导很膨胀。

"有没有可能是我们便宜呢?"温尔雅调侃道。

目前他们还在走薄利多销的路线。

"哎呀,你就是太谦虚了,少和顾医生相处吧,多跟我还有许总待一待,保证你自信到狂妄!"

温尔雅笑了声。

两人又等了挺久,温尔雅终于不耐烦:"这个许知拍完了没有啊!"她拉开车门往外看了一眼,没想到这一看,真就看出了问题。

谁都没想到,温尔雅探头那一幕被好事的工作人员发到了八卦组内,又被狗仔贴上了上次同学聚会,她上许知保姆车的画面。

第一天,话题出圈。

第二天,内容发酵。

第三天，热度飙升。

工作室里，许知抿了抿嘴，看着排位靠前的话题，对温尔雅保证道："这次也和我没关系啊！可能是我最近有新剧上，热度比较高，也可能是我真火了。"

"我都说了要你别来！"

温尔雅想到顾行舟在医院万一看到这些糟心的消息，她就糟心了起来。

"别气别气，和上次一样，我联系一下公司，发个声明。"许知说着点开手机，刚好收到了经纪人的消息。

感觉不妙的温尔雅打开了手机，看到直接冲上了榜一的话题：白知秋青梅竹马。

她点进去，是一张他们耳语的照片，角度微妙，仿佛许知在她脸上落下一吻。偏偏她的表情带着些许笑意，怎么看，都仿佛在热恋。

同学聚会那天的耳语。

加上些不知道从哪里跳出来的老同学的佐证，似乎证实了：温尔雅和许知大学就在一起，至今从未分开。

"这也太离谱了！'青梅竹马'这个词应该用在你和严焕身上吧。"

许知这次也是真的有些慌乱，他刚有起色的事业，不能因此断送。

这张照片只可能是在同学聚会的饭桌上流出的，温尔雅打开屏蔽的群聊，里面已经有不少消息了，都在讨论她和许知。

温尔雅：哈喽？请问这张照片是谁拍的？

没人跳出来承认。

温尔雅：还有那些乱说话的，到底是不是这个情况你们心里都清楚，我不是公众人物，不要这样来打扰我的生活，贩卖我的隐私。

温尔雅：撒谎、杜撰，还没有分寸感的人，真是让我感到悲哀。

温尔雅：替你全家和每一位教过你们的老师感到悲哀，竟然教出这样劣质的渣屑！

她打字很快，开始的时候还有人能插上话，到后面完全就是温尔雅一个人在输出了。

期间，那位在聚会上炫耀过的同学来蹦跶：哎呀，不就是绯闻吗？我看许知挺获利的，这不都是名气吗？

温尔雅：这名气给你，你要不要啊？

来一个撑一个，最后她直接退了群。

看见她在群里的言论，以及周遭的低气压，许知道温尔雅是真的被惹毛了，老老实实地没敢作声。

"你该发声明发声明，我要去找顾医生了。"说着，温尔雅直接站了起来，她给顾行舟发了很多条消息都没收到回复。

这可比上次万曼的那张照片过火得多！

而且越来越多她和许知之前相处的照片与事被扒了出来，包括许知上次的澄清，也被认定为是掩护。

"咱们先冷静冷静……"

"许知，你什么意思？"

"这个热度挺高的，也不是我能解决的。而且我们现在解释也没什么用，我相信顾医生肯定不会怀疑的！"

这话说得委婉，可温尔雅清楚地感觉到，比起上次，许知这次迟疑了。

"你舍不得这热度？"

"刚刚公司的意思是……"

"什么意思？"

面对温尔雅的询问，许知有些答不上来，刚好经纪人的电话又打进来，他干脆开了免提。

知道温尔雅也在听，那边倒是比许知干脆得多，开门见山："小温，我们也见过不少次，我知道你和知秋的关系很好，现在你们也在合作做工作室，算是商业上也有绑定。"

"您什么意思？"温尔雅把刚刚问许知的话，又问了一遍。

"这次的绯闻其实挺正面的，你看你那么优秀，和知秋也知根知底。我的意思是大家先不澄清，热度有了，你们工作室不也赚钱吗？我现在正在往你们那边去，不如我们面谈？"

经纪人的话让温尔雅看向许知，许知没有拒绝，只是无奈地和温尔雅对视着。

确实，温尔雅的底子怎么扒都干净，履历也漂亮，才华横溢的幕后编剧和光彩夺目的台前明星，太好操作了。

"我有男朋友。"

"这个我觉得也能理解，关于具体的补偿，我们公司会给出一个方案的！主要还是，你也是这个圈子的，知道热度很重要，这也是个机会！只要把握住了，今后的路会好走很多。"

经纪人说着,许知一言不发,仿佛只是一个拿着手机的支架。温尔雅伸手挂断了电话。

在一旁隐身许久的徐导见气氛遇冷,清了清嗓子开口道:"都别冲动嘛,经纪人不是马上就到,你们先坐下,网上的东西都是虚拟的,不能影响我们现实生活嘛!"

"你要我这样帮你?"

"你愿意帮我一次吗?"许知知道,机会稍纵即逝。

另一边,顾行舟在医院刚闲下来,就觉得同事们看他的眼神有些奇怪,而后就看到了温尔雅的消息。

他这才点开几乎不怎么用的App,看到扑面而来的八卦,关于自己女友的八卦。

特别是那张耳语的照片,看得他五官都皱在了一起。

顾行舟知道这张照片肯定是同学聚会那天拍的,也相信是角度问题,那些过往的细节,他也扫了一眼便过去了,只是网友的评论让他多看了一眼。

正面的居多,都是在感慨两人郎才女貌、天造地设……甚至还有网友长篇大论把两人剖析了一番,什么地位、收入、前途,得出的结论——100%合适。

两个人算是半个同行有话题,认识多年互相了解,在未来的发展方向上可以互帮互助,收入也不会相差太多,在一起之后不存在生活水平下降的问题。最重要的是势均力敌,不需要互相依附。

这些话,别说网友了,就连顾行舟都认为有些道理。

顾行舟联想到那日自己与严焕说起的担忧，出了会儿神，随即王泉匆匆忙忙来叫他。工作要紧，顾行舟把事情放到一边，就没来得及回温尔雅消息。

等到晚上忙完，顾行舟拿出手机，温尔雅没再发消息过来，倒是严焕发了很多信息。顾行舟没看这些消息，正想打电话给温尔雅，就先接到了严焕的电话。

"顾行舟，你不会也和网上的那些人一样，信了这、这离谱的关系吧？"严焕在外地，急得恨不得直接飞回来。

"没有，我只是在忙。"

"那些东西我都看了，简直就是看图说话！夸大其词！那要是我和尔雅，能扒出来更多东西呢，能说明什么？"

"不用你操心了，我正准备和尔雅联系。"

"你可千万别乱想啊！身为我亲手凑成的一对，我不允许你们分开！"

就在他和严焕说这几句话的空当里，顾行舟又收到了好几条短信。

本以为是什么垃圾骚扰短信，点开之后，他发现竟然都是些询问："你和白知秋撞女友了""兄弟，快上网看看吧""能不能管好自己女朋友"……

顾行舟这才后知后觉，还有一些不认识的未接来电。

他再次点开热搜。

才一个下午，温尔雅就被"扒"了个干净，包括她的男朋友，也就是自己。

顾行舟懒得看那些短信,干脆设置了陌生号码不得打入,然后才去拨温尔雅的手机号,没人接。

再打,还是没人接。

此前,在工作室里,温尔雅看着眼前的许知和他的经纪人,双手环胸,姿态冷漠:"已经说了这么久了,我觉得我已经说得很清楚了,我能走了吗?"

如果仅仅是经纪人的想法,温尔雅断然不会答应,但是许知帮过她太多,一下午的拉扯,温尔雅妥协了。

她可以不澄清,也同意许知不发声,静默处理。

"那,你和顾医生之间,还是要注意一点的。"经纪人可没有许知的不好意思,再次强调道,"公司也会尽快拟一份合同。"

"不用了,所有的东西我都不要,给他吧。"

这个"他",指的便是许知。

留下一句"失陪",温尔雅离席,徐导也识趣地溜之大吉。

经纪人松了口气,拍着许知的肩膀,感叹他因祸得福。

许知看向"而至文化"的牌匾,把头埋了下去:"人得到一样东西就会失去另一样东西,果然是能量守恒。"

温尔雅不想去思考许知现在有何感想,她赶到了顾行舟所在的医院,看着人来人往,几次拿出手机都没发出消息,又收了起来。

站到晚上十二点,日历的数字跳动到"17",温尔雅的手机响动了几下,她点开,是顾行舟发来的:一周年快乐。

盯着这五个字,温尔雅不知道如何作答,直到看到对方又发来一句：抬头。

两人就这样隔着一段距离，望着彼此。

"尔雅，回家。"顾行舟挥舞了一下手臂。

医院里有人在叫他，他便转了身，又对温尔雅挥了挥手，让她先回家。

温尔雅看着他的背影，忽然觉得心里好难受。

自己该怎么和他说那个决定？自己要如何和他相处？他今后的生活会不会受到影响？

种种，都让温尔雅想逃避。

她站在原地没动，仰起头看着夜空，静静闭上眼，被无力感紧紧包裹。

站到脚都有些发麻，温尔雅才迈开步子回了家。

许知等在门口。

"现在肯定已经有人拍到我们一起进小区的画面了，明天的内容有了——疑似同居。"懒得和许知再说些什么，温尔雅拿出钥匙在手里晃了晃，"反正你公司有钱，干脆这儿给你住，我搬走。"

"温尔雅。"许知闭眼叹了口气，"我知道这件事对你来说有些不公平，我想……算了吧。"

他看到顾行舟的信息被扒了出来，事情发展得太快，也超出预估太多，甚至在网上隐隐有些失控的意味，什么指责都有。指责他的，温尔雅的，顾行舟的。

事已至此，公司紧急提案，要温尔雅发声她和顾行舟已经分开许久，可许知开不了口。

"明天再说吧。"温尔雅用钥匙打开了门,没有邀请许知,将门关上。她心里已经全然不想管这些事情了。

在沙发上半躺下,温尔雅拿出准备好的周年礼物,一对对戒。

温尔雅觉得顾行舟这辈子可能都不会开口让他们的关系更进一步,但她真的想与对方共度余生,又担心操之过急,便想着在这个日子试探一下。

她合上戒指盒子,脑子越来越乱,怎么做、做什么……最后,干脆破罐子破摔,再次拿起手机看那些糟心的信息。

不看不知道,才几个小时,又有新剧情了——姜郁也冒了出来。

他发了些似是而非的话,被顺藤摸瓜找到,大家纷纷询问是不是他和温尔雅在一起的时候,温尔雅和许知就已经关系亲密。

姜郁一个"唉"字,被大家理解为信息量颇大,将温尔雅盖棺定论为:八爪鱼女。

兴许是许知公司意识到这样不是办法,在影响到许知口碑后,姗姗来迟地发了份声明。

许知转发,发了一篇一看就知道不是他写的小作文。

这些炮火在太阳升起的时候,完美地转向了温尔雅。

许知、姜郁、顾行舟,都是受害者,只有温尔雅一个人,成了众矢之的。

温尔雅选择将手机卡抽了出去,给顾行舟发去了一段分别语,拉黑了顾行舟与许知后,逃似的,离开了。

她没敢回家，怕给爸妈也惹上麻烦，也没敢找严焕，毕竟也是异性，于是随便买了一张打折机票，找了个酒店开了一个月的房。在酒店落脚后，她开始和所有人撒谎，对一切来询问的人称回了家，对父母称在工作，然后躺了两天两夜。

躲起来的感觉其实也没多好受，她之前觉得逃避有用，是因为身边还有人可以陪伴，而且都是因为自身的原因才想逃。

如今，不由她，她真真切切地感觉自己像是见不得光似的。

温尔雅生怕出门被认出来，被讨论就算了，万一遇到激进分子，攻击自己怎么办？

躺到第三天，实在是吃烦了外卖，看电视看到头都开始晕，她才决定出门走一走。好在天冷，能裹得严实一点，她也不担心被发现，但难免有些心虚，在路上走着的时候不由得想起了许知——这样的日子他看起来就很享受。

就这样漫无目的地溜达了一圈后，温尔雅回到酒店洗了个澡，却看到门缝处被塞了一张纸。

她顿时汗毛都竖了起来，心头一紧。

在房间内搜罗了一圈也没看到防身的趁手东西，温尔雅只能拿起了座机电话，手机调到拨号页面，蹑手蹑脚地走向房门。

她拿起那张纸，上面写着：我在隔壁开了一间房，不想见我的话，我现在回房间。如果你想见我，就敲一敲墙，你的左边。

顾行舟的字。

温尔雅打开了门，看到站在门外的顾行舟，还没来得及做反应，就被顾行舟抱在怀中。

"想吃排骨喝鸡汤吗？"他没有询问任何跟这件事情有关的问题。

温尔雅绷不住将脸贴在他的肩头，发出了一声闷哼。

顾行舟安抚了她一会儿，轻轻松开她，后退了一步，他从口袋里拿出了一枚已经摩挲许久的戒指："应该在前几天就送给你的，现在还来得及吗？"

"网上那些话……"她被那样编派，连带着顾行舟也被杜撰打扰，"你看了吗？"

"我不上网，你知道的，我对无聊的人与事，都不感兴趣。"顾行舟举着戒指，目不转睛地看着温尔雅，"这件事，任何事，我都想和你，也能和你一起面对。

"可以吗？"

温尔雅的手就这样被牵起来，顾行舟在她面前双膝下跪。

他把戒指给她戴上，温尔雅忍不住在哭丧的脸上绽放出个笑脸："你应该单膝跪吧？"

顾行舟故作镇定得有些抖，哆哆嗦嗦地起身准备再次下跪，却被温尔雅扑倒在走廊上："我在这儿开了一个月的房，退不了。"

"我陪你。"

"那你工作怎么办？"

"统一休息，一周。"

"你真的没上网吗？"

"嗯……"

何止上了，一向佛系的顾医生开了三个账号去维护温尔雅。

两年后。

"尔雅，想什么呢？"徐导敲了敲桌子，温尔雅的言情项目顺利上线，好评如潮。

"想你什么时候能说完，我要去过纪念日了。"

"三周年？无语，你们到底结不结婚？不是早就求了吗？"徐导指了指投影出来的PPT，"平台觉得你给的宣传语太好了！"

你治疗我的身体，我治愈你的灵魂，健康和爱，缺一不可。

这是温尔雅新写出来的剧本，嗯，男主角主要是参考了顾行舟。

"结，现在就准备去领证。"温尔雅起身，指了指门外，"顾医生已经等着了。"

徐导一时无言。

看着云淡风轻得仿佛要去买菜的温尔雅，徐导一口气没上来，不知道该作何回答。

温尔雅也没给他组织语言的机会，小跑着出了门，看着在路灯下等待自己的顾行舟，一如当年。

不过现在是白天，照亮顾行舟的，是太阳而非微弱的路灯。

顾行舟扬了扬手上的户口本："严焕给你送来了。"

一旁的车鸣笛了几声，严焕和许知的脑袋同时探出来："快点儿，再不去民政局下班了！"

自从上次的绯闻事件后，许知总想着弥补温尔雅，却一直没找到好的机会，甚至两人的关系很久都没能破冰。毕竟上次的事件——许知所在的公司发了一份姗姗来迟的澄清，关注度很快消失，但温尔雅还是时不时会受到一些骚扰，实在是影响长久。

最后，温尔雅忍无可忍，被偷拍、被骚扰一次就报警一次，完全没有了热度，这事情才算翻篇。

至于她和许知，虽然有严焕、顾行舟从中间周旋，终究也回不去了。

即便有多年情分和现在股东的关系，许知也清楚地感觉到自己和温尔雅之间累积的变化。他一直想做些什么，做一件关键性的节点，让两人的关系回暖。

于是就盯上了两人的婚礼。

顾行舟和温尔雅本来不着急领证，已经求了婚，两人想着再稳定一下。起码等到他们能买得起一套属于自己的房子、办得起婚礼的时候。

可身边的人催了好几轮，特别是温父温母。这次决定先去领证，就是因为许知突然拿出了全套的婚礼策划书表示他要全包，为了占这个便宜……温尔雅对顾行舟挥了挥手。

手上精致的戒指在阳光下闪闪发光。

顾行舟想到他第一次见温尔雅的时候，那会儿他还要称她一声"温小姐"，如今，终于可以叫一声"顾太太"。

正文完

番外一
"嗑"的 CP 成真了

婚礼

婚礼当天，温尔雅看着镜子中精致的自己，回想起当初自己知晓顾行舟心意的那个晚上。

她当初从未想过自己能成为顾太太，只是沉浸在：自己心动的对方，恰好也对自己心动。

甚至还在纠结到底要不要在一起，纠结的原因很俗套，如果分开两人岂不是要老死不相往来？可是一想到要和顾行舟在一起，温尔雅心里便觉得被塞满了愉悦，她实在不愿意为了一个安全的选择，放弃心中的渴望。

于是，她连夜订了机票，连行李都没顾得上拿，坐在飞机上时脑子胡思乱想了许久，比如与顾行舟见面后要如何自然地说出第一句话？顾行舟会不会翻脸不认账？甚至想到在一起后，顾行舟会不会还和现在一样，或者会判若两人。

一直到她出现在顾行舟面前，温尔雅手心都有了汗还在故作镇定，而当时的顾行舟选择了顺水推舟。

眨眼间三年，她好庆幸，庆幸当初，没有为了不分开而选择不开始。

婚礼布置得浪漫而温情，随着音乐响起，顾行舟看着温尔雅走向自己，只感觉四周安静，只有自己的心跳声在耳边炸响。

他从未想过，也从未敢想过，只有黯淡灰色的自己有一天也会变得色彩缤纷，而眼前如此绚丽的女孩，成为了自己的妻子。

初见时对方自来熟的靠近，为了改变生活习惯而特地搬到他家隔壁的小心思，带着当初一板一眼的自己去感受"年轻人的生活"……每一个都成了顾行舟能够靠近她的契机。起初，他被温尔雅过度吹捧时内心会有不适，后来他看到可爱表情包就下意识想到温尔雅的脸……往事一幕幕地在眼前闪过，他似乎看见自己从一开始的不敢靠近，到如今情难自禁。

看着温尔雅走到自己跟前，笑盈盈地拿起话筒，顾行舟目光紧紧锁定她的脸庞。

温尔雅被顾行舟看得忍不住露出一个笑脸，微微歪了下脑袋："我没什么想说的，因为想说的都和顾医生说完了，今天就想问一问顾医生，到底是什么时候打起我主意的？"

"我……"顾行舟张口,颤音明显,"第一次正式见面是你的生日,其实……在此之前我就记得你。我、我私下不戴眼镜,但第一次见你的时候戴上了,就是想看清楚一些。"

"当初你给我控制你家电闸的按钮,断电后你打起手电筒,我看着你被照亮的瞬间,仿佛我也被点亮了。你吃饭的时候,吃到喜欢的就起来晃身体的样子很可爱,吃到不喜欢的却还是会为了不浪费统统吃掉,皱着眉头的你也很可爱。

"后来,我越来越了解你,开始参与你的每一次难过,陪着你生病,我才明白,原来真的会有'如果痛苦的人是我,如果我能替你承受,该多好'这种念头。"

顾行舟越说,声音抖得越明显,他的眼眶泛红,温尔雅伸出手在他眼睛上轻轻摩挲了一下。顾行舟顺势抓住了她的手贴在自己脸上:"我也常常在想,自己到底是什么时候心动,意识到对你的喜欢的,可能是第一次私下见面,看见你明明落寞却时刻会对人露出笑脸的逞强,可能是每次看到你的笑,我就会心情跟着放晴,也可能是你一次次出现在我面前……我说不清楚,因为我们在一起的每一刻我都记得,每一刻都让我珍藏觉得心动。"

他们的婚礼没有伴郎与伴娘,简单请了一些亲近的人,台下听着这些发言,纷纷被感动到,特别是严焕,哭得很放肆:"顾行舟原来那个时候就心怀不轨了!呜呜呜,我'嗑'的CP成真了!"

一旁的许知看着台上的两人也忍不住擦了擦眼角。

他也知道,温尔雅接受他全权安排婚礼,就是在告诉他:哎,算了,原谅你一次。

这时,他手中的纸巾突然被夺走,许知转头,看见自己身旁面前已经堆着很多纸团的方语秋,很是无语:"你能注意点儿形象吗?"

"这儿是私人场所,又没有记者,我太感动了!桌子上没纸了,你还有没有纸巾啊?"

方语秋和严焕就这样围着许知一左一右,惹得他酝酿的感情都消失了,只觉得吵闹。

但许知还是忍不住朝方语秋的方向递了一张纸巾。

在台上看到这一幕的温尔雅,精准地将手捧花丢向了他们俩的方向。

和解

温尔雅结婚后不是在忙工作就是和顾行舟贴在一起,严焕对此没少抱怨,嚷嚷着温尔雅重色轻友,要拉她去露营,嚷着重温青春的美好时光。

"你别乱说啊!我现在可是有夫之妇,根本不想跟你重温,而且也没多美好吧?"温尔雅嘴上拒绝,倒是很诚实地收拾好了背包。

到了地方之后,温尔雅挠了挠头:"帐篷呢?"

"我以为你会带呀,你不是说顾行舟买了吗?"

"你叫我出来露营还要我自带帐篷啊?"

两人就这样互相甩锅,席地而坐变成了野餐,幸亏带的零食点心不少。啃着雪饼，不一会儿，温尔雅就看到一个男人扛着帐篷姗姗来迟。

帽子、墨镜、口罩一应俱全，一看就知道是谁。

"这就是你说的找个跑腿来送帐篷？"

面对温尔雅的质疑，严焕拙劣地解释道："咳，他正好在附近嘛。"

只见对方潇洒地支起帐篷，身上的墨镜等装备也仿佛"焊"死，根本不舍得摘下去。等到三人钻进大帐篷后，他才卸下武装，惹得温尔雅忍不住吐槽："这儿也没人，不至于吧？就算是有人，你也没火到不能自由出街的程度吧？"

"即便没有人看到我，我也要提防紫外线，好吗？"许知说着拆开一袋零食送到嘴边，然后提起往事，"而且万一再被拍到……"

"现在应该不能再被胡编乱造了吧？"温尔雅不动声色地又撕开一袋雪饼。

一时间，帐篷里都是啃膨化食品的声音。

"当初那件事……"

"都过了这么久了，怎么突然想起来回忆往昔了？"

温尔雅当初实实在在地埋怨过许知，这口气也在心里憋了许久，但毕竟是多年的朋友，回过头去看，他当时也没太过分，而且站在他那个位置，难免言不由衷。温尔雅愿意让他全盘安排自己的婚礼，的确和许知想的一样，是她和好的信号。

"总憋在心里，一直想找机会揉碎了说一说来着。"许知道温尔雅不怨了，可这件事一天不好好讲清楚，他心里便总不舒坦，觉得这件事似乎无形地梗在两人之间。

"我后来想了想，如果是我，兴许做得比你还过分。"温尔雅释然道，"人一生能有多少机会，机会在眼前的时候，选择去抓住，没什么错。"

在一旁安静旁听的严焕抓住机会开口附和："对对对。"

"我只是不想我们之间，这件事永远都过不去。"许知捏着薯片小小地又啃了一口。

"所有事情都会过去，因为时间是流动的，我也在想如果当初我没有答应帮你，你会不会介意。"温尔雅说着露出嫌弃的神情，"你这一片薯片吃了十分钟还没吃完，太做作了！"

"男明星的自我修养！"

许知说着又咬了小小一口，惹得温尔雅和严焕直翻白眼，许知不甘示弱地抓住严焕就是一番"言语攻击"。

三人的笑声震得帐篷都抖了抖。

哎，朋友之间待在一起的时光，果然很美好。

番外二
你是我的第二份半价

过年

"小顾来啦!"今年是温尔雅和顾行舟结婚的第二个春节,温父和温母早早就等着了,招呼两人进来后就开始忙前忙后。

在他们俩身上没有过年回谁家的苦恼,顾行舟自然是跟着温尔雅回了温家,并且眼里十分有活地一进门就开始帮忙包饺子。第一年春节时,顾行舟可能还有些不自在,但今年他已经完全融入了,一边包饺子还不忘告诉岳父岳母自己带了什么,怎么吃才能达到食补的功效。

而温尔雅则躺在沙发上,脚放在顾行舟的大腿上还不知足,变本加厉地朝着他的上身挪动,眼看脚就要放在顾行舟的肩头,被温父一声呵斥老老实实地缩了回来。温尔雅嘟囔一句:"偏心眼!"

"你平常欺负小顾,到了家里,我们还不给他撑撑腰?"温母是真满意这个女婿,婚后这一年半,温尔雅直接搬到了顾行舟家,省了一笔房租不说,还跟着蹭吃蹭喝,实打实地蹭上了健康生活,别说去医院了,就连小感冒吃药的情况都几乎没有再发生过。

当事人温尔雅也十分满意现在的生活,她的事业稳步上升,身体也健康得不得了,最重要的是爱情顺遂,只是想着她就傻笑起来。

从沙发上坐起身,温尔雅靠在顾行舟身上:"严焕说他今晚到,问要不要出去看许知和方语秋的电影呢。"

"不要也不行吧,许知已经买好票了。"顾行舟这几年跟着温尔雅没少去电影院,如果是温尔雅参与的电影,他还会认真上网给个五星好评,"而且你还参与了,更要去看。"

"哎呀,联合编剧而已,没什么话语权,主要就是给他们俩加了一点儿。"温尔雅的手指捏在一起搓动了一下,"爱情戏。"

等看完电影之后,顾行舟精准评价道:"感觉这爱情戏要演到现实了。"

温尔雅点头表示认同,至于严焕……环顾四周心茫然,抱着大桶爆米花在电影院哀号:"什么时候我的第二份半价才能出现啊!"

秋

白知秋和方语秋的名字已经挂在"热搜"上一整天了,两人的隔空表白甜倒一众网友。众人发现他们连名字都很合拍，纷纷开始下场找"糖"。毕竟两人的定情电影反响不错，就顺势公布了恋情，有电影铺垫在前，大家的接受程度很高。

温尔雅对他们的感情早有预料，两人认识时间不短，也合作过几次，郎才女貌很是登对，她自然是祝福的。

只是……才公布三天就结婚是不是太快了？

"你们这个婚闪得有点，太闪了。"看着领证之后就冲到"而至文化"的两人，温尔雅很怀疑面前结婚证的真假，"这不会是你们的道具，拿过来整蛊我的吧？"

"当然不是啦！"方语秋高兴得不得了，说话的时候都忍不住跳了几下，"年轻人，就是要快。"

这话让温尔雅回想起自己和顾行舟"温水煮青蛙"般的感情进程，"啧啧"了两声："年轻就是好，那你们办婚礼吗？要不然这次换我帮你们策划？"

"我们是特意来感谢你的手捧花的，很准。至于婚礼，我们暂时不准备办。"许知和方语秋有很多方面蛮像的，很多事情一拍即合，这也是为什么两人决定迅速闪婚的原因。

"对，我们准备把办婚礼的精力和钱都攒起来，买一套你们小区的房子，和你还有顾医生做邻居。"方语秋接着说。

看着方语秋的满脸期待，温尔雅是拒绝的："别！我可不想每次你们吵架的时候都被拉过去当裁判。"

藏不住事儿的许知紧接着又通知了严焕，让严焕再次哀号起来，甚至当场注册成了相亲网站的用户。

释然

许知要来"视察工作"，所以温尔雅睡前摸到顾行舟当初送的那个灰色闹钟定了八点的闹钟，第二天被吵醒，她趴在顾行舟身上不乐意起来。

"许知估计也没什么事情，就让他等一会儿吧，难得你放假，一起赖床嘛。"温尔雅拉着顾行舟撒娇。

"他刚刚给我发消息说知道你起不来，所以已经在过来的路上了。"

"嗯？"

温尔雅一下清醒过来，内心是拒绝的！

这人绝对是想来蹭饭！

自从和顾行舟相熟，许知他们动不动就找借口上门，美其名曰找温尔雅，其实每次都没什么正事儿，东拉西扯到饭点儿吃了饭再走。温尔雅吵过几次要收他们伙食费，没想到这群人下次竟然厚着脸皮提食材上门。

更可恶的是，他们知道她不好说话，现在直接给顾行舟发消息。

果不其然，一会儿后，许知便带着徐导和严焕上门了。随着公司扩张，严焕也正式成了公司的一员。温尔雅在心里吐槽这几个进门的人，被不明真相的群众看见，还以为他们公司来团建呢。

"我家是什么，轰趴馆吗？"看着严焕掏出一盒剧本杀，温尔雅更是哭笑不得，"许知，你现在好歹混到十线明星的位置了，能不能大方一点，请你的同事们出去吃顿好的？"

"这大螃蟹，你看看这品质，外面吃得到？"许知说着就走进厨房，"我最近参加了一个户外综艺，厨艺大涨，给你们也露一手。"

"不好意思，我就带了张嘴来。"

徐导笑盈盈地也去厨房帮忙，他这几年顺风顺水，丝毫不显老，倒是比当初他们一起搭伙的时候显得年轻了些，惹得严焕一个劲儿地感叹红气养人。徐导对此连连摇头，十分谦虚地表示："我这哪算什么红气？许知和语秋才算呢。"

"方语秋等会儿也来啊，说要给你带来一个好消息！"厨房里的许知喊道。

别说，这两人看起来像是一对欢喜冤家，但结婚到现在快一年，一次嘴都没拌过。也可能是因为平时两人工作忙，没空吵架，每次都很珍惜见面的时间。

等到螃蟹出锅，方语秋正好踩着点来，惹得温尔雅质问许知是不是给她发了信号。

"我可是紧赶慢赶，就等着饭前公布这个好消息让你们开开胃，多吃几口。"方语秋嘚瑟地拿出手机，往他们的群里发了一张图，"姜郁涉嫌剧本抄袭被起诉了！"

大家齐齐发出一声"哇"，感叹姜郁重操旧业，改不了毛病。

"这次可是踢到铁板了，我刚好认识这个编剧，立刻联系了她，尔雅姐赶紧跟上啊，翻身的机会到了！"方语秋他们一直替温尔雅记着这口恶气呢。

刚好最近温尔雅的剧本斩获了几个奖杯,对比之下,难免唏嘘。

至于是否痛打落水狗,答案必然为:是!

就连温和派的顾行舟都双手支持,井井有条地帮忙收集梳理证据。

一番漫长的拉扯,判决出来当天,温尔雅和顾行舟并肩站在法院门口的阳光下,看向低头弯腰道歉的姜郁,压在她心头多年的石头,终于彻底被击碎。

风轻柔拂过耳畔,连带着阳光下两人的身影轻轻摆动,温尔雅看向顾行舟,温柔地笑着。姜郁的背影被日色拉长,不一会儿,在温暖洒下的微光中消失了。

顾行舟拉紧了温尔雅的手,轻轻道:"走吧,回家,吃排骨。"